KB116397

내 남편

내 남편

모드 방튀라 장편소설 이세욱 옮김

내 부모님에게
사랑을, 변함없이

나는 글을 쓴 적이 없으면서 글을 쓴다 믿었고,
사랑한 적이 없으면서 사랑한다 믿었으며,
아무 일도 하지 않고 그저
닫힌 문을 마주한 채 기다리기만 했다.

마르그리트 뒤라스, 『연인』

나는 사랑에 빠져 있다. 내 남편과 사랑에 빠져 있다. 아니 그보단 이렇게 말하는 게 낫겠다. 나는 내 남편과 **언제나** 사랑에 빠져 있다.

나는 내 남편을 사랑한다. 첫날에 그랬던 것처럼, 청소년기에 사랑하듯, 나이에 어울리지 않게. 나는 마치 내가 열다섯 살인 것처럼 그를 사랑한다. 마치 우리가 방금 만난 것처럼, 마치 우리에게 어떤 속박도 집도 아이들도 없는 것처럼 사랑한다. 나는 마치 한 번도 헤어짐을 겪어 보지 않은 것처럼, 마치 아무것도 배운 적이 없는 사람처럼, 마치 그가 첫 남자였던 것처럼, 마치 내가 일요일에 죽게 되어 있기라도 한 것처럼 그를 사랑한다.

나는 그를 잃을지도 모른다는 두려움 속에서 살아간다. 나는 사정이 나쁘게 돌아가지는 않을지 매 순간 걱

9

정한다. 나는 존재하지 않는 위협으로부터 나를 보호한다.

그를 향한 내 사랑은 사물의 자연스러운 흐름을 따르지 않았다. 이를테면 초기의 열정이 부드러운 애착으로 변화하지 않았다는 것이다. 나는 항상 내 남편을 생각하고, 하룻낮 각 단계를 거칠 때마다 그에게 메시지를 보내고 싶고, 아침마다 사랑한다고 그에게 말하는 내 모습을 상상하며, 우리가 매일 밤 섹스하기를 꿈꾼다. 그렇게 바라고 상상하고 꿈을 꾸더라도, 실제로 그리하는 것은 자제한다. 나는 아내이자 어머니이어야 하니까 말이다. 사랑에 빠진 여자라고 티 내는 것은 이제 내 나이에 맞지 않는다. 열렬한 사랑은 집에 있는 두 아이에게 부적절하고, 긴 세월을 함께 살아온 터라 계제에 들어맞지 않는다. 나는 사랑하기 위해 나 자신을 통제해야 한다는 것을 알고 있다.

나는 금지된 사랑을 부러워하고, 우리가 백일하에 누릴 수 없는 위반의 열애를 시샘한다. 나는 사랑이 공유되지 않거나 공유되기를 멈출 때, 심장이 상대편에서는 뛰지 않고 한쪽에서만 뛰고 있을 때 그런 사랑을 더욱 시기한다. 나는 과부와 정녀와 버림받은 여자를 시샘한다. 나는 15년 전부터 사랑의 대가로 사랑을 받는 지속적이고 역설적인 불행, 이렇다 할 장애 없이 열애를 겪는 불행 속에서 살고 있기 때문이다.

내가 얼마나 여러 번 바랐던가. 그가 나한테 거짓말하기를, 그가 나를 두고 바람을 피우기를, 아니면 그가 나를 두고 떠나기를. 낙심한 이혼녀의 역할이 훨씬 감당하기 쉽다. 그 역할은 이미 글로 쓰였다. 그 역할은 이미 영화나 연극에서 연기되었다.

이별이나 버림받은 것을 노래하는 주눅 잡힌 연인들은 허다하게 존재한다. 반면에 나에게 본보기가 될 수 있고, 덜 열렬하게 제대로 사랑하는 법을 가르쳐 줄 수 있는 소설이나 영화나 시는 본 적이 없다. 내가 어떻게 대처해야 하는지를 가르쳐 줄 수 있는 여자 배우는 어떤 연극에서도 본 적이 없다. 내가 얼마나 큰 어려움을 겪고 있는지 참고 자료를 통해 확인하고자 하지만, 그런 자료는 전혀 없다.

나의 괴로움을 덜어 줄 수 있는 것도 전혀 없다. 내 남편이 나에게 모든 것을 주기 때문이다. 나는 우리가 함께 인생을 보내게 되리라는 것을 알고 있다. 그에게는 두 자녀가 있고, 나는 그 자녀들의 어머니다. 나는 더 많은 것을 바랄 수 없고, 더 나은 것을 바랄 수 없다. 그럼에도 내가 느끼는 결핍감은 어마어마하고, 나는 그가 그 결핍을 메워 주기를 기대한다. 하지만 그가 과연 어떤 집으로, 어떤 아이로, 어떤 보석으로, 어떤 사랑 고백으로, 어떤 여행으로, 어떤 몸짓으로, 이미 가득 차 있는 것을 채울 수 있겠는가?

월요일

매주 월요일, 고등학교 정문을 넘어설 때 나는 권태
감을 조금도 느끼지 않는다. 나는 15년 전부터 영어 교
사로 일하고 있지만, 한결같은 마음으로 수업을 즐긴
다. 한 시간 동안 나는 관심의 중심에 있다. 수업 시간
이 길어지거나 짧아지는 것은 내가 하기 나름이고, 공
간에는 내 목소리가 가득하다. 나는 출판사의 청탁을
받고 일하는 번역가이기도 하다. 이런 이중의 삶을 살
고 있기에, 교육의 열정이 내 안에 온전하게 유지되는
것이 아닌가 싶다.

　　교사 전용 주차장에서 교장 선생님과 마주치면, 잠시
서로 이야기를 나눈다. 그러다 보면 내가 기다리던 순
간이 온다. 교장이 **내 남편**의 소식을 물어 오는 것이다.
나는 **내 남편**이 잘 지낸다고 대답한다. 내 사랑을 두고
그렇게 말하는 것은 우리가 결혼한 뒤로 13년 동안 언

제나 나에게 똑같은 효과를 불러일으킨다. 전율이 솟을 만큼 자랑스러움을 느낄 때가 많다. 식사 자리에서 〈내 남편은 금융계에서 일해요〉라고 넌지시 말할 때, 우리 아이들이 다니는 초등학교 정문 앞에서 딸아이의 선생님에게 〈목요일에는 내 남편이 아이들을 데리러 올 거예요〉라고 알려 줄 때, 빵집에 케이크를 찾으러 가서 〈내 남편이 화요일에 주문했는데요〉라고 말할 때, 우리가 어떻게 사귀게 되었느냐고 누가 물어 오면 짐짓 태연한 척하면서(사실은 그게 엄청나게 로맨틱하다고 생각하는데도) 〈록 콘서트에 갔다가 우연히 내 남편을 만났어요〉라고 얘기할 때가 바로 그러하다. 내 남편에게는 이제 이름이 없다. 그는 **내 남편**이다. 그는 나에게 속해 있다.

월요일은 언제나 내가 가장 좋아하는 날이었다. 때로 이날은 짙은 파란색을 띠어, 로열블루나 군청색이나 암청색이나 이집트청색이나 사파이어청색을 머금는다. 하지만 대개는 실용적이고 경제적이며 의욕을 북돋우는 양상을 보이면서, 빅Bic 볼펜의 파란색이나 학생들이 쓰는 바인더의 파란색이나 어느 옷과도 잘 어울리는 간편복의 파란색을 띤다. 월요일은 한 주 동안 할 일의 갈피를 잡는 날이고, 올바른 마음가짐을 갖는 날이며, 정리함을 가지런히 정돈하는 날이다. 적절한 선택을 하는 날이자 합리적인 결정을 하는 날이기도 하다. 누군가가 나에게 말하기를, 월요일을 좋아하는 것은 반에서 1등을 하기 위한 비결이라고 했다. 똑똑이들만이 주말이 끝나는 것을 좋아할 수 있다는 것이다. 그건 아마도 사실일 것이다. 하지만 내가 월요일을 좋아하는 것은 무엇보다 시작에 대한 나의 열정과 관계가 있다. 책을 읽을 때, 나는 언제나 처음 몇 장(章)을 더 좋아한다. 영화를 볼 때는 처음의 15분을 더 즐겁게 본다. 연극에서는 제1막이 더 마음에 든다. 나는 시작하는 상황을 좋아한다. 균형 잡힌 세상에서 각자가 자기 자리를 지키고 있는 상태를 좋아한다.

오전의 마지막 수업 시간에 나는 학생들에게 한 텍스트를 읽게 한다. 그런 다음 그들에게 발언권을 주어 돌아가면서 소감을 말하게 한다. 이어서 칠판에 어휘를 적고, 학생들이 영어로 말할 때 꼭 알아 두어야 할 단어들을 일러 준다(이때 내가 힘을 지니고 있다는 느낌이 드는데, 그 기분이 매혹적이다). 오늘 우리가 공부하는 발췌문에서 등장인물 중 한 명의 이름이 내 남편과 똑같다. 나는 그 이름이 쓰여 있는 것을 보거나 내 학생들 가운데 하나가 그 이름을 발음할 때마다, 심장이 옥죄어 오는 기분을 느낀다. 우리는 발췌문을 프랑스어로 옮기고, 신랑 신부가 혼인 서약을 하는 대목에 관해서 촌평을 주고받는다. 내 학생들은 앵글로색슨의 그런 전통을 잘 알고 있다. 미국에서 방영하던 드라마 시리즈에서 종종 보았기 때문이다(성혼이 선포되려던 찰나에 옛 애인이 나타나 산통을 깨기 일쑤였지만 말이다). 그런 장면을 읽는 것은 조동사의 용법을 공부하는 좋은 기회이다. 혼인 서약을 할 때, 주례나 혼인 상대가 물으면 〈I do〉라고 대답하는 경우가 많은데, 이때 〈do〉가 어떤 동사구를 대신하여 단축형을 만드는지 배우는 것이다.

학생 몇 명이 마지막으로 교실을 나서는 동안, 나는 창문을 연다. 수업 끝 무렵의 냄새, 즉 땀내와 화이트보드용 펠트펜의 냄새가 어우러진 묘한 기운을 날려 보내기 위함이다. 그 기운은 너무 달큼한 향기(여학생들의 것)와 너무 강한 사향내(남학생들의 것)가 뒤섞인 냄새이기도 하다. 그 고농축 향수들은 대형 마트에서 쉽게 구할 수 있는 것들인데, 청소년의 호르몬은 그런 냄새를 좋아하는 모양이다. 하긴 나도 그런 종류의 향수를 사서 뿌리고 다녀야 하지 않을까 싶다. 몇 달 전부터 소규모 고객을 상대하는 조향사의 고급 향수를 쓰고 있는데, 관능적인 효과가 날 거라는 바람과는 달리 내 피부에 닿으면 절망적으로 번들거린다는 사실이 드러났다. 열여섯 살 무렵의 꽃다운 청춘이라면 어떤 향수가 유행하는지를 어떻게 알 수 있을까? 향기라는 주제에 관한 연습 문제를 내보는 방안이 있을 것이다. 그런 연습 문제는 나에게도 교육적이고(새 향수에 대한 아이디어를 얻을 수 있으므로), 학생들에게도 유익할 것이다(냄새에 관한 어휘를 늘릴 수 있으므로).

내가 학교에 가 있는 동안 가사 도우미 로자가 우리 집에 다녀갔다. 그녀와 마주치지 않도록 내 나름대로 시간을 안배한 것이다. 그녀와 마주하고 있으면 무슨 말을 해야 할지 도통 알 수가 없다. 부유한 사람들의 여유를 체득해야 하는데, 아직 오랜 연륜을 쌓지 못한 터라 가사 도우미에게 어떻게 말해야 하는지 모른다. 우리 집에서 그녀가 청소하는 것을 보고 있으면 그게 당연한 일로 여겨지지 않았다.

집 안에 은은한 냄새가 감돈다. 청결한 느낌을 주는 냄새다. 욕실의 보들보들한 수건들에서 세제 냄새가 나고, 시간이 흐름에 따라 촉감이 더 부드러워진 우리 침대의 리넨 시트에서도 청결한 냄새가 난다. 현관의 커다란 거울에는 손가락 자국 하나 남아 있지 않다. 주방의 붉은색 육각 타일은 반짝반짝 빛난다.

벽난로 위쪽에 놓인 조각상들, 소파 위의 모직 담요, 선반에 세워 놓은 초들, 서가에 꽂힌 책들, 낮은 탁자 위에 쌓인 미술 잡지들, 계단에 걸린 사진 액자들. 모든 것이 저마다 제자리에 있다. 식탁에 놓인 꽃병에 시장에서 사 온 꽃다발을 꽂아 놓았는데, 그 꽃들의 모습도 한결 깔끔해 보인다. 짐작건대 로자가 꽃줄기 몇 개를 골라내고 시든 잎을 조금 따내서 꽃다발을 더 보기 좋게 만든 게 분명하다.

장이 서는 날인 어제 오후, 내 남편이 장을 보아 왔다. 덕분에 주방에 먹을거리가 풍성해져서 기분이 흐뭇하다. 조리대에 브리오슈와 잼이 그득하고, 과일 바구니에는 살구와 배가 수북하다. 내가 보기에도 어리석은 생각이긴 하지만, 내 남편이 장을 보아 온 게 많으면 많을수록 나를 더 사랑한다는 느낌이 든다. 마치 그가 우리 부부 관계에 정성을 쏟는 것처럼 느껴지는 것이다. 청과물 장수가 신선한 채소나 과일을 팔 때 종이봉투 하나하나의 무게를 달듯이, 나는 매주 일요일 그가 시장에 다녀오면 장바구니 속에 버려진 영수증의 총액을 보고 그의 사랑을 계량화할 수 있다. 주방의 서늘한 곳에는 채소와 고기도 있고, 올리브 장수에게서 사 온 타프나드페이스트,[1] 즉석 조리 식품 가게에서 사 온 게살 자몽샐러드, 다량의 치즈도 보인다. 주방에 이렇듯 먹을거리가 넘쳐나면 내 심장이 콩닥거린다.

오후 2시 30분. 우편물을 거둬들이기에는 조금 이른 시각이다. 하지만 그런다 해도 나에게 별다른 위험이 따르지는 않을 것이다. 나는 내 보석함의 바닥 밑 또 다른 바닥에 감춰 둔 열쇠를 꺼낸 다음, 사잇길을 걸어가 가슴에 두려움을 품은 채로 우편함을 연다. 편지 세 통이 와 있는데, 불안감을 주거나 평소와 다른 것이 전혀 없어서 마음이 놓인다(손으로 쓴 편지나 우표를 붙이지 않은 편지는 없다). 편지봉투에서 눈을 드는 찰나, 이웃집 남자의 눈길이 느껴진다. 몇 미터 떨어진 곳에서 그가 나를 지켜보고 있다. 나는 당황한 마음으로 그에게 인사를 건네고 바삐 집 안으로 돌아온다.
시간이 좀 지나자 마음이 차분해진다. 하지만 그런 순간에 실수를 저지를 가능성이 가장 높다는 것을 나는 알

1 검은 올리브나 푸른 올리브를 절구에 넣고 빻은 뒤에, 올리브기름, 카프르(케이퍼)초절임, 마늘, 안초비, 허브를 넣어 조미한 프로방스 지방 전통 식품. 지중해 연안산 관목의 꽃봉오리를 가리키는 카프르를 프로방스 말로 〈타페나〉라고 하는데, 여기에서 타프나드라는 말이 나왔다. 이하 모든 주는 옮긴이 주이다.

고 있다. 그래서 앞으로 조심하자고 마음을 다잡는다. 나는 열쇠를 보석함의 바닥 속 바닥에 다시 감춰 둔다. 열쇠 옆에 반지가 하나 있다. 세월 탓에 조금 산화되긴 했지만 여전히 반짝인다. 거의 스무 해가 된 반지이지만, 나는 노스탤지어 때문에 간직하고 있다. 물론 나는 이것이 위험할 수도 있다는 것을 안다. 만약 내 남편이 어쩌다 이 반지를 보게 되면 어찌할까? 이 외알박이 다이아몬드 반지는 그가 청혼하던 날 나에게 선물한 것과 거의 똑같이 생겼다. 내가 왜 이런 반지를 가지고 있는지 그에게 해명해야 한다. 어떻게 설명할 수 있을까?

하지만 내 남편을 만나기 전의 내 삶은 그와 상관이 없다. 내가 어떻게 살았는지 무엇이든 그에게 말해야 하는 건 아니다. 커플이 오래가려면 저마다 감추고 있는 미스터리가 발각되지 않아야 한다. 예를 들면, 우리가 처음 만나고 나서 몇 달이 지난 뒤에, 나는 그와 헤어진 적이 있다. 헤어져 있던 두 주일 동안 나는 옛 애인 아드리앵의 품에 도로 안겼다. 우리는 열차를 타고 바다를 보러 갔다. 그러던 어느 날 아침, 나는 베개 위에 메모를 남겨 놓고 떠나와서 내 남편이 될 남자를 다시 만났다. 그건 내가 망설이던 그 두 주일 동안에 일어난 일이다. 내 남편이 그 일을 알아야 하는 것은 아니다.

여느 월요일과 마찬가지로, 내 남편은 업무를 끝내고 수영장에 가 있다. 그리고 여느 월요일과 마찬가지로, 나는 다른 날들보다 더 들뜬 마음으로 요리를 한다. 나는 흥분된 마음으로, 인내심 없이 아이들을 대하고, 앙트레를 만들다가 손을 베는가 하면, 고기를 너무 많이 굽는 실수를 범하기도 한다.

내 남편이 집에 없으면, 집이 마치 약음 페달을 밟아 놓은 피아노처럼 울린다. 현과 해머 사이에 펠트 천이 끼어 있는 듯한 소리가 난다. 우리 가족의 삶은 변주의 가능성과 강도를 잃어버린다. 그건 마치 누군가가 우리 집 지붕에 거대한 뚜껑을 덮어 놓은 거나 다름없다.

나는 현관 불을 켜고, 주방과 거실의 불도 켠다. 길가에서 보면, 우리 집이 어둠 속에서 반짝이는 기념품 가게와 비슷해 보일 것이다. 내 남편이 집에 돌아올 때 본다면 자기를 찬란하게 반기는 모습일 것이다.

　아이들이 잠들자, 나는 얼마간 텔레비전을 본다. 내 눈에는 여자들 모두가 누군가를 기다리는 사람으로 보인다. 요구르트를 먹는 여자도, 자동차를 운전하는 여자도, 몸에 향수를 뿌리는 여자도 모두가 남자를 기다린다. 겉으로 보이는 모습이 어떠하든, 실제로 벌어지는 일에는 차이가 없다. 여자들은 예쁘게 미소를 지으며 활기차고 바쁜 모습을 보이고 있지만, 알고 보면 다들 누군가를 기다리며 서성거리는 것이나 다름없다. 내가 보기엔 분명 모두가 기다리고 있다, 나 혼자만 그렇게 느끼지는 않을 듯싶다.

　시간이 되었다. 내 남편은 더 늑장을 부리지 않고 귀가할 것이다. 나는 서재를 죽 둘러보며 소설책 한 권을 찾는다. 침착한 모습을 보이려면 책이 필요하다. TV 화면을 켜놓고 기다리는 모습을 그에게 보이고 싶지는 않다. 오늘 저녁에는 마르그리트 뒤라스가 딱 좋을 것이다.

　뒤라스의 『연인』은 이미 읽었다. 하지만 열다섯 살 반이던 때에 읽은 거라서, 지금은 몇몇 이미지만 기억에 남아 있다. 우기, 땀, 덧창, 메콩강, 내 또래이지만 나랑 전혀 비슷해 보이지 않던(너무 초연하고 부정적이던) 소녀. 그런 이미지들 말이다. 그리고 마흔 살에도 그렇지만 열다섯 살에도 감정이 빠진 섹스에는 별로 마음이 끌리지 않았다. 반면에 한 문장은 여전히 내 마음에 남아 있다. 그 문장은 이렇게 끝난다. 〈나는 아무 일도 하지 않고 그저 닫힌 문을 마주한 채 기다리기만 했다.〉 분명 처음 읽는 책이었는데, 이상하게도 이미 어디선가 그 문장을 읽었다는 느낌이 들었다. 나는 먼저 연필로 그 문장에 밑줄을 그었다(나는 책의 페이지에 글을 쓰거나 밑줄을 그어 본 적이 없던 터라, 그 행위가 아주 중대하게 느껴졌다). 그런 다음 아직 성이 차지 않은 듯, 그 문장을 수첩에 옮겨 적었다. 열여덟 살에는 그 문장을 어깨뼈 부위에 문신으로 새겨 넣을까 생각하기도 했다.

몇 해가 지나서, 나는 그 문장이 내 과거에 속하지 않고 내 미래에 속한다는 사실을 깨달았다. 〈나는 아무 일도 하지 않고 그저 닫힌 문을 마주한 채 기다리기만 했다〉라는 문장은 과거의 추억이 아니라 미래의 프로그램이었다.

소파에 퍼더앉아, 한 줄도 눈에 들어오지 않는 책을 그냥 펴 들고, 뜨거운 차가 담긴 잔을 한 손에 든 채로,

내 남편을 기다린다. 거실의 조명이 너무 세다 싶어서, 전기스탠드를 켜고 초 두 개에 불을 붙인다. 그리고 얼른 독서 자세를 다시 취한다. 소파의 그 자리에서 보면, 현관문이 현관의 큰 거울에 비쳐 보인다. 마침내 문의 손잡이가 돌아갈 그 순간을 나는 기다린다.

누구나 그 장면에 익숙해지게 마련이다. 남편이 직장에 나갔다가 돌아오는 그 장면을 숱하게 겪다 보면 나중에는 그게 눈에 들어오지도 않는다. 우리의 관심은 다른 데로 옮겨 간다. 승진할수록 점점 늦어지는 귀가 시간에 마음을 쓰고, 음식 익히는 시간을 못 맞춰 요리를 망치지나 않을까 걱정하고, 아이들 잠자리를 봐주는 데에 더 신경을 써야 한다. 그렇듯 익숙해지면 다른 곳을 보게 되는 것이다. 하지만 나는 마음을 딴 데 돌리지 않고 매일 저녁 그 장면에 대비한다.

저녁 9시 20분. 내 손목의 맥을 짚어 보니, 심장 박동이 빨라지고 있다. 동맥압이 자꾸 높아진다. 좀 더 차분해져야 하는 상황이다. 큰 거울에 눈길을 한 번 준다. 거울에 비친 내 눈매가 또렷해 보인다. 내 편도체로 아드레날린이 퍼져 들어가는 듯한 느낌이 든다. 뇌 속에 있는 아몬드 모양의 그 작은 구조물이 파닥거리면서 스트레스의 화학 물질을 퍼뜨리고 있는 것만 같다. 나는 심장 박동을 늦춰 볼 요량으로 심호흡을 여러 차례 해 본다.

9시 30분. 내 남편은 시간을 칼같이 지킨다. 승용차의 전조등 불빛이 우리 집을 부분부분 비추면서 그의 도착을 알린다. 차 문을 열었다가 닫는 소리가 거리를 울린다(이건 도착을 알리는 첫 번째 진짜 신호다). 우편함이 쇳소리를 내며 열렸다가 닫힌다(두 번째 신호). 끝으로 자물쇠에서 열쇠가 돌아가는 소리(마지막 신호, 막이 오르기 전에 무대 바닥을 세 번째로 두드리는 것에 해당). 3, 2, 1. 나는 내면의 대화를 중단한다. 그래도 심장은 걷잡을 수 없이 쿵쾅거린다. 문이 열린다. 밤의 만남이 시작될 참이다.

화요일

15년 전, 나랑 밤을 함께 보낸 남자가 나처럼 손목을 얼굴 가까이로 구부린 채 잔다는 사실을 알아차렸을 때, 그 우연의 일치를 어떻게 해석해야 할지 궁금했다. 우리가 공통으로 가지고 있는 인격의 어떤 특성이 그런 식으로 나타난 것일까? 손목을 직각으로 구부리고 자는 사람들은 서로에게서 자기와 닮은 점을 알아볼까? 세간에서 말하기를, 바닥에 등을 대고 누워서 자는 사람들은 사회성이 좋고, 엎드려 자는 사람들은 성적으로 욕구 불만에 빠져 있으며, 옆으로 누워서 자는 사람들은 남을 잘 믿는다고들 한다. 그런데 손목을 구부리고 자는 사람들에 대해서는 아무 말도 하지 않는다. 그런 사람들 역시 공통점을 지니고 있을까? 그렇게 처음으로 밤을 보내고 15년이 지난 지금, 나는 우리가 잠들었을 때 내 남편과 내가 어떤 점을 공유하고 있는지 여전히 궁금하다.

이른 시각 아침 햇살은 그의 한쪽 겨드랑이 어름에 내려앉는다. 명암이 대비되는 그 장면은 한 폭의 그림 같다. 완벽하게 숙달된 연기자가 해내는 그림자놀이를 그리면 이런 장면이 나오려나. 카라바조 같은 화가가 모델을 구했다 해도 내 남편보다 나은 모델을 구하지는 못했으리라. 볼의 맨 위쪽에 살포시 내려앉은 기다란 속눈썹, 목의 오목한 곳에 서린 촉촉한 기운을 어느 남자에게서 구하랴. 무엇보다 새벽에 그의 몸이 전해 주는 따뜻한 기운은 언제나 나에게 큰 감동을 주었다(깃이불을 덮고 자면 이불 속의 온도가 얼마나 올라갈 수 있을까? 우리 침대의 미기후는 때때로 50도 가까이 올라가는 것 같다. 이게 물리적으로 가능한 일일까?). 게다가 그의 미소가 있다. 내 남편은 잘 웃는다. 밤이면 너무 웃음보를 많이 터뜨려서 그러다가 폭발하는 게 아닌가 걱정될 정도이다. 그리고 꿈을 꾸다가 아주 재미있는 얘기를 듣기라도 한 듯 미소를 짓기 일쑤다. 그런 특징을 우리가 공유하고 있었다는 생각은 들지 않지만, 그건 분명 좋은 소식이다. 남자가 불행하면, 잠잘 때 미소를 짓지 않을 테니 말이다.

나는 손을 내밀다가 멈춘다. 손가락이 그의 머리카락에 닿기 전에 그치는 게 좋다. 베개에 비듬이 가늘고 긴 자국을 이루고 있다. 첫눈이 떨어져 있는 것과 비슷한 자국이다. 우리의 침대나 셔츠 깃에서 그런 풍설(風屑)을 대하면 종종 감동을 받는다. 내 남편의 비늘에도 감동을 느낀다는 건 이상한 일일까? 하지만 생각건대 사랑이란 옷이나 시트에 남긴 자국을 양분으로 삼는 것이고, 사랑에 빠진 여자들은 너나없이 그런 자국을 보고 감동을 받는다.

　내 남편은 자기 자명종이 울릴 때까지 계속 잔다. 내가 조금 전에 침실 덧창을 열어 놓았는데도 내처 잔다. 사실 여러 해 전에 그가 높고 강한 목소리로 외치기를, 자기는 칠흑 같은 어둠 속에서만 잘 수 있다고 했다. 나는 언제나 덧창을 열어 놓고 자는 것을 더 좋아했다. 어둡게 해놓고 자면 휴식을 얻기는커녕 정신만 산만해진다. 그러나 내 남편에게 어둠이 필요하다면 내 선호에 무게가 많이 실리지는 않는다. 그래서, 나는 침대를 같이 쓰기 시작했을 때 아주 자연스럽게 어둠을 중시하는 쪽으로 양보했다. 그건 별로 대단한 일이 아니다. 하지만 오늘 아침에는 내 남편이 나에게 거짓말을 하는지 꼭 확인해야겠다는 생각이 든다. 보아하니 그는 빛이 비치는데도 아무 문제 없이 쿨쿨 자지 않는가.

　내 남편은 살며시 잠에서 깨어나 나에게 다가든다. 하지만 나는 제때에 몸을 돌려 그의 두 팔을 벗어난다. 이건 규칙이다. 양보하면 안 된다. 간밤에 그는 잘 자라고 인사를 건네지 않고 잠들어 버렸다. 그러니 잠에서 깨어나 내 애무를 받을 이유가 전혀 없다. 그리고 경계를 늦춰서는 안 된다. 특히 화요일에는 안 된다.
　화요일은 호전적인 날이다. 그 이유를 복잡하게 설명할 필요가 없다. 화요일의 색깔은 검고, 화요일Mardi의 라틴어 어원은 이날이 전쟁의 신 마르스Mars의 날임을 알려 준다. 파리 시민들이 바스티유 감옥을 습격한 일은 화요일에 벌어졌다. 2001년 9월 11일 역시 화요일이었다. 화요일은 언제나 위험한 날이다. 그래서 불안한데, 나를 더 불안하게 만드는 것은 오늘 저녁 전혀 가고 싶지 않은 만찬에 가기로 되어 있다는 점이다. 모두가 알고 있듯이 사교적인 저녁 모임은 평화로운 만남이 되는 경우가 드물지 않은가.

　오늘 아침엔 내 남편이 나보다 바로 앞서 샤워를 했

다. 샤워실이 미지근하다는 것을 금방 알아차렸다. 나는 내 남편이 샤워할 때보다 더 뜨거운 물로 샤워하는 것을 좋아한다. 하지만 내가 선택하지 않은 그 온도의 물로 샤워할 때 기쁨을 느낀다. 내가 좋아하는 온도보다 조금 낮은 온도의 세계에서 몸을 씻는 데서 즐거움을 얻는 것이다.

목욕 타월로 몸을 감싸는 사이, 한 줄기 바람결에 몸이 바르르 떨린다. 머리칼에 오일을 바르고, 다리에 크림을 바른다. 목의 오목한 자리에는 향수를 조금 뿌린다. 그런데 향수가 내 피부에 닿자, 원래 최면성이라는 향기가 가벼운 꽃향내로 변한다. 내가 이 향수를 산 것은 어떤 저녁 모임에 갔다가 다른 여자에게서 그 향기를 맡은 뒤였다. 담배 냄새와 술내가 공기 중에 감돌고 있던 자리였는데, 그 향기가 즉시 나에게 사랑의 묘약 같은 강력한 효과를 불러일으켰다. 사람의 마음을 호리는 지극히 육감적인 향기였다. 나는 독약처럼 위험한 그것의 이름을 알아내기 위해 우리를 초대한 주인의 욕실로 슬며시 들어갔다. 그런 다음 다이아몬드처럼 결정면을 따라 깎아 놓은 듯한 작은 병을 사진에 담았다. 그런 향수병은 본 적이 없었다(소규모 고객을 상대하는 조향사의 고가품이었다). 그런데 애석하게도 그 향수를 처음으로 뿜어내 보자마자 고약한 진실이 드러났다. 내 몸에 그 향수를 뿌려 보니 악마 같은 효과가 전혀 나지 않았다. 아늑한 느낌을 주는 내 고유의 체취에서 벗어나 보려고 했지만, 단 한 번도 성공하지 못했다. 내 남편은 몇 해 전부터 나를 〈내 순둥이〉라는 별명으로 부른다. 내가 꿈꾸는 것은 팜 파탈인데 말이다.

아래층에서 커피 향내와 핫초코 향기가 올라온다. 주방에서 내 남편이 착즙기로 오렌지즙을 짜고 있다. 라디오에서는 시사에 관한 평론을 담당하는 사람들이 번갈아 나와 세상 소식을 전한다. 그들이 신문 기사를 요약해서 소개하는 동안 나는 오늘의 첫 커피를 마신다. 시간에 맞게 하루가 돌아간다.

우리 아이들이 아침 식사를 차려 놓은 식탁으로 온다. 우리 아들과 딸은 언제나 같은 시각에 모습을 드러낸다. 시간을 미리 협의해 놓고 내려오는 것일까? 식사를 마치고 숙제를 하거나 놀기 위해서 자리를 뜰 때도 으레 둘이서 같이 한다. 두 살 터울 — 일곱 살과 아홉 살 — 인데도, 쌍둥이라도 되는 양 모든 것을 함께 한다. 우리 친구들과 친척들은 우리를 부러워한다. 〈**두 사람은 복도 많아**, 애들이 저렇게 사이가 좋으니 말이야. 우

36

리 애들은 서로 말도 잘 안 하는데.〉 사실 우리 집 아이들은 사이가 좋은 정도에서 더 나아가 서로 떨어져 살기 어려울 만큼 밀착되어 있다(내가 원하던 바는 아니었지만 내 성격의 한 부분을 아이들이 물려받은 것일까?).

여느 아침이나 다름없이, 내 남편은 손수 빵 두 조각을 구워 거기에 딸기잼을 바른다. 그는 그것만 먹는다. 무화과잼과 오디잼과 체리잼은 마다한다. 라즈베리, 블루베리, 레드커런트, 블랙커런트 등의 산열매를 섞어 만든 잼조차 거들떠보지 않는다. 일신론 같은 이런 고집은 늘 나를 놀라게 했다. 사실 내 남편은 딸기가 너무 시다면서 좋아하지 않는다. 붉고 즙이 많은 그 작은 열매를 갈아서 걸쭉한 액체로 변화시킨 뒤 엄청난 양의 설탕을 넣어서 잼으로 만들어 놓아야 비로소 열매의 가치를 인정하는 사람이다.

누구에게나 강박관념은 있다. 나는 휴대 전화를 떼어놓지 못한다. 그것에 매이지 말자고, 식사 시간에는 휴대 전화를 식탁에 올려놓지 말자고 1백 번은 다짐했다. 휴대 전화에 매이는 게 건전하지 않다는 것을 알지만, 그것에서 벗어날 수가 없다. 다행히도 현재로 보아선, 내 남편이 그런 사실을 전혀 알아차리지 못했다.

나가기 전 그가 인사를 건넨다. 하루를 잘 보내라면서 내 입가에 입을 맞춘다. 그건 입맞춤이라 할 수 없다. 다른 사람들의 세계에서는 어떤지 모르지만 내 세계에서는 그것이 키스 축에 들기 어렵다.

나는 서재에 올라가서 사람들의 왕래를 지켜본다. 우리 교외 주택가에서는 승용차들이 조수처럼 주기적으로 빠져나갔다가 돌아온다. 오전 8시에 출근의 물결이 일고, 저녁 8시 30분에 반대 방향의 물결이 인다(바닷가에서 물때를 계산하듯이, 말하자면 하나의 사이클이 완성되는 데 12시간 30분이 걸리는 것이다). 나는 그 물때를 지키지 않고 살아가는 몇 안 되는 주민 가운데 하나다. 교사이자 번역가인데, 고교에서 가르치는 일은 파트타임으로 하고 번역은 집에서 하기 때문이다.

우리는 도시 중심부에서 자동차로 30분쯤 달리면 도착하는 곳에 살고 있다. 1930년대에 지어진 주택들이 모여 있고, 외부의 시선에 노출되지 않도록 집집이 정원을 잘 가꾸어 놓았다. 거대한 정문 안쪽에 과실나무가 우거지고 그네가 달려 있을 것이라 짐작되는 그런

곳이다. 어린 시절에는 이곳이 도달할 수 없는 꿈의 공간이기도 했다. 나는 수업이 없는 수요일마다 그 꿈의 공간을 구경했다. 서민들이 모여 사는 우리 아파트 단지를 빠져나와 그 고급 빌라에 사는 친구들 집에 놀러 간 것이다.

이제 나는 그 고급 주택가의 가장 아름다운 집에 산다. 아주 객관적으로 말하자면 정면이 가장 매력적이고 나무들에 열매가 가장 많이 열리는 집(어떤 장식 미술 잡지에서 읽은 바에 따르면, 나무들이 한 장소에 고유한 특성을 부여한다고 한다)에 산다. 나는 우리 집 벽을 쌓을 때 사용한 돌들이 마음에 들고, 행운을 가져다준다는 녹색 덧창과 우편함, 꽃이 피어 있는 진입로와 문간을 둘러싸고 있는 덩굴장미도 마음에 든다(같은 잡지에서 읽은 바로는, 우리 덩굴장미의 흰 꽃들은 한 송이만으로도 정원 전체를 향기롭게 만들 수 있다).

우리 집 내부에도 내가 좋아하는 것들이 많다. 삐걱거리는 마루와 역시 삐거덕 소리를 내는 계단, 한 층 올라가면 있는 우리 침실과 욕실, 한 층 더 올라가면 나오는 아이들의 두 침실과 내 서재. 그야말로 이상적인 배치라 할 수 있다.

하지만 단연코 내가 가장 좋아하는 공간은 현관이다.

저녁이면 거기에서 큰 의식이 치러진다. 일터에서 근무를 마치고 돌아오는 내 남편을 맞이하는 의식이다. 먼저 그가 문을 열고 열쇠 꾸러미와 우편물을 내려놓은 다음(그의 고집에 따라 우편물 수거는 그의 몫이다), 나에게 바게트를 내밀고 내 이마나 볼에 입을 맞춘다(드물게 입에 맞추기도 한다). 이 장면이 중요한 만큼 아주 예쁜 장식이 필요했다. 그래서 나는 그 공간을 정성스럽게 꾸몄다. 조각품 수준의 거울을 고가에 사들여 설치하였고, 우리의 열쇠 꾸러미를 두기 위해 아름다운 도자기를 마련해 놓았으며, 가족사진을 액자에 넣어 위아래로 진열해 두었다. 내 남편이 집에 돌아와 처음으로 마주하는 공간이 이곳이므로, 특별히 주의를 기울이는 게 당연하다. 그러지 않는다면, 어느 날 내 남편이 우리 집에 다시는 돌아오고 싶지 않다고 할 때, 나 말고 누구를 탓할 수 있겠는가.

현관은 아래층의 다른 방들로 통한다. 좁다란 거실로 연결되기도 하고, 정원이 보이는 작은 주방으로 이어지기도 한다. 나는 지나치게 탁 트인 공간의 애호자가 아니다. 그런 공간에 들어가면 오히려 압박감을 느낀다. 나는 대칭을 이루지 않은 불규칙한 공간에서 더 편안한 기분을 느낀다. 그래서 그런 공간을 만들기 위해 일부러 가구를 맞추기도 했다. 옛날에 프랑스에서 유행한 아르 데코 스타일의 대리석 벽난로와 복잡한 화환 무늬를 새겨 넣은 천장의 쇠시리들은 손을 대지 않고 그대로 두었다. 나는 소파에 누워 있을 때 종종 그 천장 장식을 올려다보면서 생각한다. 혹시 우리 집안의 어떤 사람이 그렇게 천장에 몰딩을 하지 않았을까 하고. 내 증조부와 조부는 도장공이었다. 그런데 몇 년 전에 알게 된 사실이지만, 그분들은 석고 몰딩 작업을 전문적으로 하셨다고 한다.

우리가 이 집으로 이사하고 몇 달이 지나서, 나는 번역가로 일하기 시작했다. 같은 고등학교에서 일하는 동료가 자기 대신 번역을 맡아 달라고 제안했다. 어떤 텍스트를 번역해 주기로 했는데, 시간에 맞춰 끝낼 수 없으니 대신 번역해 달라는 것이었다. 그 텍스트는 코페르니쿠스 혁명을 대중 사이에 널리 알리기 위한 책이었다. 그건 내 전문 분야가 아니었다. 나는 코페르니쿠스가 살았던 시대에 관해서 아는 바가 별로 없었다. 하지만 나는 제안을 받아들였다. 내가 번역 원고를 건네준 뒤로, 그 출판인은 나에게 종종 번역을 맡긴다. 단편집이나 시집을 번역해 달라고 하는가 하면, 꽤 좋은 반응을 얻은 추리 소설이나 과학사에 관한 책들을 부탁하기도 했다.

나는 지금 아일랜드의 젊은 여성 작가가 쓴 소설과 한창 씨름하고 있다. 작가의 첫 소설인데 영어권에서 성공을 거둔 작품이라고 한다. 번역하기가 특별히 어렵지는 않다. 다만 솔직히 말하자면, 제목을 어떻게 옮길지 아직 마음을 정하지 못하고 있다. 〈Waiting for the day to come……〉이 그 제목이다. 처음엔 이걸 그냥 〈그날이 오기를 기다리며〉라고 평범하게 옮길까 했는데, 그것만으로는 부족하다는 생각이 자꾸 든다. 작가가 제목에 시정(詩情)을 담고 있어서 그걸 살려야 한다. 그리고 제목의 구체적인 의미도 온전히 전달해야 한다. 그런데 이쪽저쪽이 다 신통치 않다. 소설의 여자 주인공은 단지 새로운 시대가 오기를 바라는 게 아니다. 사고방식이 바뀌는 새로운 날이 오기를 바랄 뿐만 아니라, 진짜 날이 밝기를 바라고 있다. 주인공은 밤을 지새워야 하고 새벽까지 버텨야 한다. 아침의 첫 햇살만이 그녀를 확실하게 구원할 것이다. 게다가 작가는 이 제목에 초조한 마음을 담고 있다. 중요한 순간이 임박하고 있음도 보여 주어야 한다. 나는 그 점을 살리지 못한 것이다. 소설을 읽어 보면, 날이 곧 밝아 올 게 분명하다.

그리고 〈Waiting for the day to come……〉의 말줄임표
는 어찌할 것인가?

제목을 옮기는 것 말고는 이 소설을 번역하는 데에
큰 어려움이 없어 보인다. 나는 평소에 하는 방식대로
작업을 진행했다. 먼저 작가의 사고 체계에 친숙해지는
일부터 시작했다. 작가가 즐겨 쓰는 표현, 작가가 문장
을 시작할 때 자주 쓰는 방식, 작가가 자신도 모르게 반
복하는 말투, 작가가 좋아하는 어법을 알아냈다. 나는
그녀의 머릿속에 들어갔고, 그녀의 추론 방식을 독자에
게 온전히 보여 줄 수 있도록 그 추론을 내 것으로 만들
었다. 몇 달에 걸쳐 작업을 행한 뒤라, 이제는 그녀의
몸짓과 목소리를 내 것으로 만들었다고 말할 수 있다.

이 정도가 되면, 별로 전문적이지는 않지만 감수성이
매우 풍부한 이 소설 속 언어의 미묘함을 온전히 맛볼
수 있다. 영어라는 언어는 프랑스어에 비해 지나치게 단순
하다. 어미 변화를 기억할 필요가 없고, 형용사의 성 수
일치를 따지지 않는다. 반면에 영어는 요철이나 기복이
많은 언어라 할 수 있을 만큼, 불규칙하고 변덕스럽다.
문법은 별로 까다롭지 않고 기본적인 원칙만 잘 알면
된다. 하지만 어구들은 귀에 거슬리고 억양은 따라 하
기가 불가능하다. 구문론에 관한 몰이해를 바로잡고,

어휘를 늘리고, 동일 어휘의 지나친 반복을 받아들이는 등 나름대로 노력을 기울이지만, 영어를 온전히 정복하기는 쉽지 않다. 이따금 나는 나 자신에게 스스로 묻는다. 왜 독일어처럼 논리적이고 예측 가능한 언어를 선택하지 않았을까? 영어를 선택하는 바람에 언어의 모든 면을 통제하리라는 생각을 포기해야 하지 않는가. 그래서 때로 짜증이 나고, 종종 좌절감이 들기도 한다. 그러나 어쩌면 내가 영어에 지친 적이 없는 이유가 바로 거기에 있는 것은 아닐까.

사람들에게 이런 질문을 받은 적이 있다. 번역가로 일하다 보면 자기 글을 쓰고 싶다는 생각이 들지 않더냐고. 대답은 언제나 똑같았다. 나는 스스로 작가라 느끼지 않는다. 번역자로 일할 때, 나는 그저 해석자일 뿐이다. 이렇게 해석자로 일하는 것이 나에겐 더없이 잘 어울린다. 나는 무언가를 창안하지 않아도 된다. 그게 딱 맞는다. 나는 상상력이 별로 없으니까 말이다. 나는 살펴보고 분석하고 추론하기를 더 좋아한다. 나무나 열매의 껍질을 벗겨 그 속을 살피듯이 원문을 면밀하게 분석하여, 원문의 함의를 밝혀내고, 그 무언의 울림을 드러내는 일을 좋아한다. 마치 감춰진 증거를 찾아 나가는 수사관처럼 치밀하게 조사하는 일이 마음에 든다.

게다가 나는 마르그리트 뒤라스의 이 말을 종종 떠올린다. 〈나는 글을 쓴 적이 없으면서 글을 쓴다 믿었다.〉 그 말을 떠올리면 어김없이 이런 경고가 날아들었다. 조심해, 네가 글을 쓰고 있다고 생각하지 마, 너는 번역을 하는 거야.

잔디가 소나기에 젖어 그 냄새가 창문 어름까지 올라온다. 계속 비가 내렸으면 좋겠다. 내 남편은 회사에 나가 있고, 아이들은 학교에 있다. 나는 방해받지 않고 계속 일할 수 있다. 내 남편이 집에 있으면, 나는 집중하는 능력을 모두 잃어버린다. 계단에서 아주 작은 인기척만 나도 화들짝 놀란다. 그가 다가오는 기척이 들리면, 나는 안경을 벗고 컴퓨터를 끈다. 그에게 보여 주고 싶은 내 모습은 두툼한 언어 관련 교재를 연구하는 데에 푹 빠져 있거나, 바이런의 난해한 시를 번역하는 데에 몰두해 있는 모습이다. 고교의 소프트웨어를 열어 놓고 학생들의 성적표를 작성하고 있는 모습을 보이는 것보다는 언제나 그 편이 낫다. 내 남편이 내가 일하는 방에 들어오는 경우에 대비해서, 나는 언제나 만년필을 옆에 놓아두기도 한다. 글을 쓰되, 손으로 쓰는 게 중요하다. 그는 나의 그런 모습을 무척 좋아한다.

내 남편은 내가 엄밀하게 작업한다면서 언제나 경탄했다. 나는 번역에 필요하다 싶은 단어들을 주제별로 작은 수첩에 적어 두었는데, 그것이 바로 그가 엄밀하다고 생각하는 방식이었다. 그동안 내가 작성해 놓은 수첩이 이제 열 권쯤 된다. 빨간 수첩은 정치며 사회의 논전과 관련된 말들을 모아 둔 것이고, 파란 수첩은 자연에 관한 것이다(이 수첩에 모아 놓은 어휘가 가장 풍부한데, 무엇보다 영국 정원의 덩굴 식물 이름과 참나뭇과 참나무속에 딸린 무수한 종의 이름을 담고 있으니 그럴 수밖에 없다). 그 수첩들은 모두 내 책상 위쪽의 선반에 나란히 꽂혀 있다. 그런데 오늘 올려다보니 그것들 가운데 한 권이 사라졌다. 의학과 자연사에 관한 어휘를 모아 놓은 노란 수첩이 자취를 감추었다. 이리저리 눈을 돌려 찾아보지만, 보이지 않는다.

나는 번역할 때, 사랑에 관한 어휘가 담겨 있는 단 하나의 수첩을 활용하기도 한다. 만남, 커플, 이별, 감정의 갖가지 변화를 가리키는 말들을 모아 놓았다. 영어의 어떤 어구들은 사랑에 관한 상상 세계를 묘사하는 데 자주 사용된다. 아일랜드의 이 소설가도 몇몇 어구를 자주 사용한다(확인하기는 쉽지 않지만, 내가 상상컨대 이 소설가는 부주의하게 처신하다 첫사랑을 잃고 황폐해진 적이 있고, 그런 잘못의 대가를 평생에 걸쳐 치러야 하는 게 아닌가 싶다). 예를 들어 〈let you go(보내 주다)〉라는 어구는 그녀의 소설 곳곳에서 찾아볼 수 있다. 어느 등장인물의 입에서든 이 말이 나온다. 상황이 어떠하냐에 상관없이 이 말이 쓰인다. 〈I shouldn't have let you go, I will never let you go, don't let me go(널 보내지 말았어야 했어, 다시는 널 보내지 않을 거야, 날 보내지 마)〉 하는 식으로. 이 어구는 종종 후회하는 조로 사용된다. 널 보낸 게 후회돼, 널 붙잡았어야 하는 건데 하는 식으로 말이다. 작가는 상대가 우리 곁을 떠났다면, 그건 우리 잘못이라고, 우리가 이별을 막을 수 있었으리라고 생각한다. 이 소설에서 〈let you go〉라는 어구는 재미를 준다. 자꾸 접하다 보면 어떤 안도감마저 느끼게 된다. 이 소설은 나도 믿고 싶은 허구의 세계다. 번역에 푹 빠져 있어서 그런지, 문득 궁금증이 인다. 그런 어구를 프랑스어로 옮기기가 어렵다. 이는 영어권 사람들이 우리랑 다른 방식으로 사랑한다는 사실을 증명하는 게 아닐까? 사랑이 오래가게 하는 것, 꺼져 버린 욕구를 되살리는 것, 그들에겐 그게 가능하다는 얘긴가? 그들은 어떻게 대처하는 것일까? 떠나기로 작정한 사람을 어떻게 붙들어 둘 수 있을까? 감미로운 사랑 노래를 들려주는가? 새로운 옷차림으로 멋을 부리는가? 매혹적인 향수로 상대를 홀리는가? 지구의 대척점까지 데려가는 바캉스로 상대의 마음을 사로잡는가?

세월이 지나면 내 결혼도 이 〈let you go〉라는 어구가 시사하는 상황을 맞게 될까? 그런 아픔을 겪지 않으려면 우리는 어떻게 대비해야 할까? 번역에 정신을 집중하고 있는 상황에서도, 나는 각 페이지를 대할 때마다 내 남편을 생각한다. 나로서는 별로 놀랄 일이 아니다. 내가 무슨 책을 읽든, 그에 관한 애기를 하지 않는 책이 없다. 나의 첫 번역인 코페르니쿠스 혁명에 관한 책을 옮길 때도 사정은 다르지 않았다. 그 과학적 발견(우리가 세계의 중심에 있지 않으며, 지구가 무한한 우주의 외딴 구석에서 태양의 둘레를 돌고 있다고 주장하는 파천황의 사태)을 끊임없이 나의 애정 생활과 비교했다. 나는 마음이 어수선해진 채로 스스로 되뇌었다. 만약 내 남편 없이 살아야 한다면, 내가 겪어야 할 것이 바로 그런 사태이리라고. 사고의 모든 지표를 무너뜨리고, 사람들이 언제나 확실하다고 여겼던 모든 것을 와해시키는 그런 사태를 내가 겪게 되리라고. 그래서 나는 할 수만 있다면 아주 오래된 시대에 벌어진 이야기나 외딴 은하에서 벌어지는 이야기를 선택하고 싶었다. 작은 묘사 하나, 사랑의 장면 하나, 말 한마디가 나를 그에게로 이끌어 가기 일쑤였다. 정원 가꾸기에 관한 책이나 고대 이집트에 관한 책도 내 남편에 관한 얘기를 능히 해낼 법했다.

나는 우리 책장에서 가장 두툼한 소설을 집어 든다. 그 책갈피에 편지 한 통을 끼워 놓는다. 내가 책상 위에 놓아두었던 편지다. 봉투는 뜯기지 않았다. 이건 내가 화요일마다 확인하는 일이다. 최근 몇 달 동안, 나는 서랍장 안, 구두 상자, 내 침대 머리맡 탁자 밑의 버들고리에 편지를 감춰 두었다. 하지만 내 남편은 편지를 찾아낸 적이 없다. 비가 그쳤다. 비도 나를 버리는가. 나는 차 한 잔을 탄 다음 거실 안락의자에 앉는다. 한낮의 이 시간에는 이 자리에 드는 빛이 독서하기에 이상적이다. 나는 낮은 탁자에 일부러 눈에 잘 띄게 올려놓았던 『연인』을 펼쳐 든다. 내 남편이 이번에는 관심을 기울여 줄까? 그가 다니는 길목에 뿌려 놓은 징표들을 찾아낼까? 엊저녁엔 이 소설을 단 한 줄도 읽지 못했지만, 지금은 소설이 이끄는 대로 순순히 따라간다. 덕분에 오후 반나절이 더 빨리 지나간다. 그 뒤에 이어질 저녁 모임에도 더 편한 마음으로 참석할 수 있으면 좋겠다.

나는 조에가 이미 지시를 받아서 알고 있는 사항을 다시 일러 준다. 조에가 아이들을 보살피는 것은 이게 처음이 아니지만, 텔레비전을 보지 못하게 하고, 변덕스러운 투정에 응하지 말고, 잠들기 전에 반드시 30분 동안 독서를 하게 하라는 지시를 또 내리는 것이다. 여느 때처럼 우리는 밤 12시 30분이 되기 전까지 돌아올 것이다(집에서 베이비시터가 기다리고 있으면, 만찬 자리에 더 머물고 싶지 않을 때 그것을 핑계하고 일찍 자리를 뜨는 경우가 종종 있다. 아마 오늘 밤에도 그것이 핑곗거리가 될 것이다). 집을 나설 시간이 되었으니 굳이 그러지 않아도 되는데, 나는 그녀를 불러 물어본다.

　「조에, 솔직하게 의견을 말해 줘요. 이 전기스탠드는 아무래도 안 되겠어요, 그렇게 생각하지 않아요?」

조에는 아무 말 없이 나를 바라본다. 내 기분을 상하게 할까 걱정하는지 아니면 의견이 없는 것인지(하기야 나도 집 안의 집기와 관련해서 분명한 취향을 갖기까지 몇 년이 걸렸으니까) 알 수가 없다. 나는 스탠드를 소파 주위로 옮겨 가면서 불빛 방향을 바꿔 보고, 매번 조에에게 스탠드가 거실에 더 잘 어울리는지 묻는다.

스탠드는 새로운 스타일의 예쁜 제품이다. 문제는 조도가 너무 강하다는 데에 있다. 마치 영화 세트장에 설치해 놓은 투광기처럼 강하게 빛을 발한다. 이런 스탠드에서 내가 얻을 것은 전혀 없다. 빛이 그렇게 강하니 앤티미즘의 따뜻하고 정감 있는 분위기나 펠트를 밟을 때의 안온한 기분을 만들어 낼 수 없다. 결국 나는 조에에게 그 스탠드를 주겠다고 제안한다. 조에의 대답은 완곡하다. 스탠드가 마음에 들기는 하지만, 하녀 방이라는 불리는 자기네 좁다란 지붕 밑 방에 그것을 억지로 들여놓을 엄두가 나지 않는다는 것이다.

저 스탠드를 어떻게 처분하지? 그 생각에 깊이 빠진 나머지, 집을 나선 뒤에야 아이들에게 입을 맞추지 않았다는 사실에 생각이 미친다. 현관문을 닫기 전에 계단에서 아이들을 향해 몇 마디 말을 하기는 했다. 말썽을 부리지 말고 조에 말을 잘 들으라고 이른 것까지는 좋았는데, 깜박 잊고 아이들을 품에 안아 주지 않았다. 나는 괜찮아, 괜찮아, 하면서 자신을 달랜다. 심각하게 생각하지 말자. 그런데 다른 어머니들은 어떻게 하지? 다른 어머니들에게도 집을 나서기 전에 자식들의 뺨에 입맞춤하기를 깜박하는 일이 일어날까? 자식들이 몇 살쯤 되어야 그들과 작별할 때마다 행하는 다정한 몸짓을 중단하는 것일까? 내 자식들은 일곱 살과 아홉 살이다. 그 아이들은 이제 내 품에 안기지 않아도 되는 나이가 된 것일까? 조에가 나를 어떤 엄마라고 생각할지 궁금해진다. 내가 나쁜 엄마로 보이지는 않을까?

내 친구들은 내가 어느 미용실에서 머리를 하는지 궁금해한다. 하지만 나는 그 소재지를 알려 주지 않으려고 애쓴다. 처음 그 미용실에 들르게 된 것은 우연이었다. 내가 머리를 할 때마다 미용사를 바꾸던 시절의 이야기다. 그 시절에 나는 나쁜 습관에 빠져 있었다. 머리 색깔을 바꾸거나 매니큐어를 칠했을 때, 나 스스로 다른 인물이 되었다고 상상했다. 별 탈 없이, 많지 않은 비용으로, 한 달에 한 번쯤 일상에서 벗어나기 위해 들인 버릇이었다. 그 미용실에 가던 무렵에는 나 자신을 그레이스 켈리라고 상상하던 때였다. 나는 평소에 좋아하던 히치콕 영화 속의 금발, 그중에서도 그레이스 켈리 블론드를 선택했다. 그건 차갑지만 관능적이고, 기교를 부린 듯하지만 야성적인 금발이다. 내 선택이 전적으로 우연의 소산이었던 건 아니다. 그 몇 해 전에,

금발에 관해서 그리고 히치콕 영화에서 금발의 역할에
관해서 학년 말 논문을 쓴 경험이 있으니까 말이다. 그
러니까 그해 겨울, 나는 몇 시간 동안이라도 나 자신을
그레이스 켈리로 변화시키겠다는 야무진 의도를 품고
미용실에 들어갔다. 유치한 짓이지만, 재미있기는 했
다. 나는 미용사에게 설명했다. 번개 이혼을 한 뒤에 이
제 막 재혼을 했다고. 십 대 시절의 사랑을 다시 만나
열정적으로 재혼을 했다고. 그 남자는 미국인 사진작가
라서 몇 년 동안 보지 못했는데, 어떤 갤러리에서 열린
사진전에 초대를 받았다가 우연히 그의 자취를 다시 알
아보게 되었다고. 벽에 걸린 어떤 초상 사진을 보고 마
치 자석에 이끌리듯 다가들어 액자 아래쪽 작은 알림판
에서 그의 이름을 보았다고. 그 초상을 찍은 작가가 옛
날에 내가 좋아했던 남자임을 깨달은 순간, 그가 내 뒤
에 서 있더라고.

지금 생각해 보면 그 거짓말이 자랑스럽지 않다. 하
지만 그건 그 미용실에 다시 가리라고 생각하지 않았기
에 늘어놓은 거짓말이었다. 그런데 머리를 하고 보니,
내 머리가 다른 미용실에서 이루어 낸 적이 없는 더없
이 아름다운 빛깔의 금발로 변해 있었다. 그 차갑고도
관능적인 금발을 두고 몇 주일 동안 나에게 칭찬이 쏟

아졌다. 그게 내 머리의 원래 색깔이 아니지만, 나는 그 사실을 계속 부인했다. 그래도 가까운 주위 사람들에게는 이따금 탈색하는 일이 있다는 것을 인정하지 않을 수 없었다. 나는 다른 미용실들에 가서 그런 금발이 나오는지 시험해 보았다. 하지만 어느 곳에서도 그와 똑같은 빛깔을 얻지 못했다. 그러니까 내 머리를 염색한 그 미용실의 미용사가 특별한 것이었다. 마치 그레이스 켈리로부터 직접 배워서 차갑고도 뇌쇄적인 그 금발을 만들어 내는 것 같았다(하지만 내가 그녀에게 물어봤더니, 히치콕의 영화에 나오는 금발에 대해서는 별로 아는 바가 없었다). 결국 다시 그 미용실로 가는 것 말고는 선택의 여지가 없었다. 그 뒤로 나는 한 달에 한 번씩 그레이스로 변모하여 내 금발을 유지하고 언제나 손톱을 나무랄 데 없는 모습으로 가꾸어 간다. 그러면서 미용사를 상대로 나의 거짓말을 이어 간다. 두 번째 남편과 함께 로맨틱한 방식으로 일상생활에서 탈출한다는 얘기며 남편이 최근에 뉴욕에서 전시회를 열었다는 얘기도 한다. 그리고 아이를 얻지 못해서 이따금 슬픔을 느낀다는 얘기도 곁들인다.

오늘의 내 요구는 여느 때와 조금 다르다. 머리 빛깔이 조금 더 따뜻한 느낌을 주었으면 좋겠다. 여름을 준비하기 위해 머리 빛깔을 환하게 만들고 싶다. 하지만 너무 갑작스러운 변화는 금물이다. 내 남편이 알아차리는 걸 원치 않는다. 그리고 금발이란 자연스러워 보이지 않으면 이내 저속한 느낌을 준다. 길이를 줄이는 것 역시 금물이다(나는 필요 이상의 커트를 절대로 허용하지 않는다). 내 남편이 긴 머리를 더 좋아하기 때문이다. 그는 어중간한 것을 싫어한다. 삶에서도 그렇고 내 머리에 대해서도 마찬가지다.

나는 값비싼 모발 보호용 스프레이를 몇 개 산다. 그것들을 옷방의 높은 곳에 감춰 둘 것이다. 캐모마일이 들어간 금발 반짝이 스프레이도 거기에 감춰져 있다. 끝으로 내 손톱에 바를 연분홍 매니큐어를 고른다(심홍색만큼 세련되어 보이지는 않지만, 학교가 파할 때와 테니스 클럽에서 손톱에 그런 색을 칠한 어머니들을 여러 명 보았다).

미용실을 나와 내 남편에게 연락을 해보니, 이제 막 사무실을 나섰다고 한다. 그렇다면 어디에서 만나는 게 좋을까 하다가 각자 우리 친구 부부의 집으로 곧장 가서 만나기로 합의한다. 우리 친구들인 니콜라와 루이즈는 석 달 전에 딸을 얻은 행복한 부모다. 우리는 곧 그 아기를 처음으로 보게 된다.

　도심의 한 가게에 들렀다. 아기의 탄생을 축하하는 선물을 찾아보기 위해서다. 고래 모양의 플러시 장난감이 좋을 듯하다. 아주 보드라운 데다가 잠옷을 정돈해 두기 위해 쓸 수도 있는 장난감이다. 나도 어렸을 때 그와 거의 비슷한 인형을 가지고 있었고, 거기에다 내 보물을 넣어 두었다. 무언가를 숨겨 둘 수 있는 장난감보다 더 아름다운 선물이 있을까? 나는 선물용 책도 한 권 준비해 두었다. 지난 주말 영어권에서 출간된 책을 파는 서점에서 찾아낸 책이다. 모험이라는 주제를 다룬 아동용 그림책인데, 세계 전역의 풍경, 설산, 가없는 바다, 굽이치는 협곡의 거센 물살을 가르는 카누, 사막 위를 나는 열기구 등의 그림을 담고 있다. 여자 아기에게 딱 좋은 책이다.

　끝으로 꽃집에도 들러야 한다. 당연히 오기 전에 검색을 해봤다. 검색 엔진에 〈탄생을 축하하려면 무슨 꽃다발을 선물해야 할까?〉라고 쳐 넣고 살펴보니, 흰색 꽃을 고르는 게 좋다는 의견이 많았다. 예컨대 흰 모란이나 백장미를 고르라는 것이다. 나는 어느 꽃이 가장 세련된 느낌을 줄지 알아보려고 계속 검색해 보았다(장미는 좀 평범하지 않나 싶었고 그보다는 모란이 더 고상해 보였다). 하지만 내 질문에 대한 결정적인 대답을 찾아낼 수는 없었다.

꽃집에 가서 조언을 구하는 방법이 있긴 하지만, 나는 그것을 싫어한다. 꽃에 관해서 아무것도 모른다는 사실을 보여 주고 싶지 않다. 제비꽃과 삼색제비꽃을 구별할 줄 모르고, 노랑 수선화나 붓꽃이나 히아신스를 전혀 알아보지 못한다. 그런 사실을 자랑할 필요는 없지 않은가. 그래서 내가 더 좋아하는 것은 미리 조사해서 정보를 얻는 것이다. 여자들은 꽃에 대해 잘 알아야 한다. 우리 친구 루이즈는 꽃다발을 고를 때 조언이 필요하다고 느낀 적이 단 한 번도 없었을 것이다. 그저 입가에 미소를 머금고 꽃집 안을 거닐다가 이따금 멈춰서서 꽃향기를 맡아 본 다음, 꽃 파는 여인을 돌아보며 청아한 목소리로 자신 있게 말했으리라. 〈꽃집이 참 아름답네요.〉 어떤 때는 걸음을 딱 멈추고, 경이와 감탄이 뒤섞인 소리를 지르기도 했으리라. 〈와, 인동덩굴이 새로 들어왔네요, 참 멋진 식물이에요! 이 꽃향기를 맡으면 어린 시절이 생각나요! 몇 송이 살게요. 장미 두세 송이를 곁들이면 더 좋을 것 같아요!〉 그런데 나는 인동덩굴 꽃다발의 향기가 거실에 감도는 집에서 자란 적이 없다. 그래서 되도록 그런 말을 안 하려고 한다. 비결은 어떤 질문도 하지 않는 것이다. 나는 물을 얼마나 자주 주어야 하는지도 묻지 않고, 집에서 두고 보다가 줄기 밑동을 한 번 잘라 주어야 하는지도 묻지 않는다.

그래도 나는 매니큐어를 칠한 손톱과 화사한 금발에 걸맞게, 그리고 약손가락에 낀 위엄찬 외알박이 다이아몬드 반지에 어울리게 마침내 용기를 내어 꽃집 주인에게 말을 건다. 스스로 대단한 사람인 척하느라고 무척 바쁘다는 사정(물론 이건 거짓이다)을 넌지시 알리고, 먼저 백합꽃을 살까 말까 망설이다가 모란 한 다발을 달라고 한다. 백합꽃이 무척 아름다워 보이긴 하지만, 나는 그 꽃말을 모른다. 아주 하얀 꽃인데, 이것이 조의를 표하는 데 쓰는 꽃이면 어쩌지? 조금 전에 내가 찾아본 사이트의 추천에 따르면, 분홍색 모란과 흰색 모란을 고르면 아무런 문제가 없다고 하긴 했다.

플로리스트가 내 눈앞에서 꽃다발을 만들어 가며 목청을 높여 설명한다.

「요즘엔 결혼 철을 맞아서 모란을 찾는 분들이 많아요. 모란으로 꽃다발을 만들면 참 아름다워요.」그러더니 전문가다운 솜씨로 가위질을 하면서 주의 깊은 표정으로 덧붙인다.

「사실 모란은 제가 가장 좋아하는 꽃들에 속하죠.」

나는 울상을 짓는다.

「결혼 축하 선물이 아니라…… 석 달 전에 아기를 낳은 여자 친구에게 주려는 건데…….」 말이 더듬어지고 눈가에 눈물이 어린다. 「내가 꽃을 놓고 착각을 할 때가 많아요. 모란을 데이지로 잘못 본 적도 있죠.」

플로리스트는 큼직한 녹색 눈으로 나를 올려보다가 처음으로 호의 어린 미소를 짓는다.

「모란 역시 탄생을 축하하는 아주 아름다운 선물이 될 거예요. 행복한 일을 축하하는 꽃이거든요. 손님의 친구분에게 더없이 좋은 선물이 될 거예요! 걱정하지 마세요.」

나는 서둘러 꽃값을 지불했다. 모욕을 당한 기분이 들었다. 꽃다발을 받고 보니, 생각보다 너무 크다는 느낌이 든다. 마치 머랭빛 드레스를 입은 신부의 꽃다발 같다. 루이즈의 우아함과는 거리가 멀어 보인다. 너무 거추장스러운 꽃다발은 세련된 맛이 전혀 없다. 그 점을 깨닫고 나니, 망설여진다. 꽃 몇 송이를 뽑아 쓰레기통에 버리고 조금 더 단아한 꽃다발, **꽃으로 장식한 처녀 같은 느낌**이 조금 덜한 꽃다발을 만드는 게 낫지 않을까. 하지만 길모퉁이를 돌아가다 보니, 내 남편이 벌써 건물 앞에서 나를 기다리고 있다.

「머리에 뭔가를 한 거야?」 그는 빠르게 입을 맞추면서 그렇게 묻는다(이 사람은 언제 나에게 진정으로 입을 맞추겠다고 마음을 먹으려나? 2초도 안 걸리는 입맞춤은 사랑에 빠진 사람의 입맞춤이 아니다). 대답을 피했더니 그가 다시 묻는다.

「드레스가 아주 멋져. 새 거야? 차림새가 고상해, 여보.」 나는 마음이 편치 않아서 화제를 바꾸고 인터폰에서 우리 친구들의 이름을 찾는다.

우리가 도착해 보니, 그들의 아파트는 여느 때보다 조금 더 무질서해 보인다. 그들의 아기 비올레트는 요람에 잠들어 있다. 아기의 새내기 부모가 지쳐 있을 텐데도 밝은 기색으로 우리를 맞아 준다.

니콜라와 루이즈는 인상적인 아파트에서 살고 있다. 우리가 살 수 없을 법한 아파트이다. 내 남편은 죽마고우인 니콜라를 무척 부러워하지만, 나는 그러지 않는다. 나는 우리 집이 더 좋다. 나는 우리 삶이 더 좋다. 니콜라는 연애를 많이 하고 많은 여자를 사귀어 본 뒤에 루이즈를 만났고, 작년에 처음으로 결혼식을 올렸다. 그는 금융계의 고위직에 있는 덕에 거액의 급료를 받는다. 그는 여행을, 그것도 원거리 여행을 자주 하고, 인기 많은 연출가의 연극을 보러 가며, 최근에 문을 열었기에 우리는 들어 본 적도 없는 레스토랑에서 저녁을 즐긴다. 한마디로 말해서, 니콜라는 자유롭다. 그런 삶의 구체적인 양상이 이렇듯 도심 한복판의 현대식 복층 아파트에 사는 것으로 나타난 것이다. 반면에 내 남편은 변두리에 있는 중산층 단독주택에 살고 있다. 그리고 그런 점 때문에 언제나 나를 조금 원망할 것이다.

루이즈는 꽃을 받으며 나에게 감사를 표시한다. 그녀가 꽃병을 찾기 시작한다. 나는 그녀를 따라 아파트 안을 이리저리 돌아다닌다. 처음으로 찾아낸 꽃병은 너무 작다. 나는 부끄러운 기색을 보이며 사과한다. 루이즈는 웃음을 지으며 〈아주 아름다운 꽃다발〉에 다시 감사를 표한다. 그러나 내가 느끼기엔 그녀의 목소리에 약간의 조롱기가 섞여 있다. 루이즈는 결국 거실 식기장 위에 모란꽃들을 내려놓는다. 현대적인 미니멀 아트식 실내 장식 한복판에 놓인 그 커다란 꽃다발이 우스꽝스럽다.

루이즈는 기다란 검은 드레스를 입은 품새가 참 멋지다. 나는 자제하면 좋으련만 그러지 못하고, 그 색깔이며 재단이 그녀와 잘 어울린다고 한마디를 건넨다. 그 말이 입에서 나오는 순간에도 나 자신이 원망스럽다. 이건 내가 몇 년 전부터 고쳐 보려고 애쓰는 기이한 버릇이다. 어떤 목걸이나 옷차림이나 립스틱이나 향수가 내 마음에 들면, 나는 어김없이 좋은 평을 해준다(그것들이 어디에서 왔는지, 그리고 나중에 똑같은 것을 어디에서 살 수 있는지 알고자 한다면 그냥 몰래 정보를 구하는 것으로 그쳐야 하는데도 말이다). 나는 내 주위의 여자들에 대해서 언제나 과도한 경탄을 느꼈다. 내가 그렇게 경탄하면 그녀들도 그 점을 알아차린다. 그러면서 나도 모르는 사이에 나 자신을 그녀들보다 열등한 상태로 떨어뜨리는 것이다. 나는 그러지 않는 법을 배워야 한다. 그런 버릇에서 완전히 벗어나지는 못하더라도 덜 하는 법을 배워야 한다. 루이즈는 나에게 고맙다고만 할 뿐, 이러고저러고 평을 하지 않는다. 부르주아의 세계에서는 서로 평을 하지 않는 법이다.

내가 기죽지 않을 이유는 많다. 나는 자신감을 얻고자 그런 이유를 하나하나 챙겨 본다. 내 손톱은 나무랄 데가 없고, 내 머리 모양은 완벽하며, 내 옷차림은 우아하다. 내 옷맵시가 좋다는 것을 아는 데는 이유가 있다. 나는 완전무결한 스타일의 여자들이 이미 착용한 옷들만을 사거나, 온전히 신뢰할 만한 가게에서만 옷을 산다. 오늘 저녁 내가 입은 새 드레스도 예외가 아니다. 검은색과 흰색, 실크 소재, 짐짓 꾸민 단순성과 짐짓 꾸민 절제미, 완벽한 재단, 이번 시즌에 첫선을 보인 칵테일 드레스. 나는 옷에 관한 한, 리스크를 안지 않는 쪽을 선호한다. 그리고 눈살을 찌푸리지 않고 낼 만한 가격이면 시원하게 옷값을 치른다.

나는 차분한 마음을 되찾기 위해 심호흡을 하고 두 손가락으로 손목의 오목한 부위를 살살 두드린다(이건 소프롤로지 기법[2]의 전문가가 내 심장 리듬을 느리게 하는 데 도움이 된다며 가르쳐 준 기술이다). 그러면서 머릿속으로 이런 문장을 암송하여 내 마음을 안정시킨다. **내 콤플렉스는 얼굴로 드러나지 않는다. 내가 보는 나는 다른 사람들이 보는 바와 다르다. 모든 것이 잘되고 있다. 나는 내 자리에 있다.**

하기야 나에겐 미모가 있다. 그 점에 관해서는 한 번도 의심이 가지 않았다. 객관적으로 보았을 때, 나는 루이즈보다 아름답다. 한눈에 척 보면 드러나는 그녀의 결함을 말하자면 이러하다. 나는 그녀보다 크고 그녀보

2 콜롬비아 출신으로 스페인에서 의학을 공부한 알폰소 카이세도가 1960년대에 창안하여 전파한 심리 치료 및 자기 계발 기법의 하나. 〈소프롤로지〉라는 말은 그리스어 세 단어, 즉 〈조화롭다〉는 뜻의 〈소스〉, 정신이나 마음을 뜻하는 〈프렌〉, 학문을 뜻하는 〈로지아〉를 합친 신조어로 〈마음을 조화롭게 만드는 방법을 연구하는 학문〉이라는 뜻이지만, 비판자들은 하나의 학문으로 인정하지 않고 유사 과학으로 간주한다.

다 날씬하며, 내 얼굴선이 더 곱다. 루이즈가 크고 깔끔한 아파트 안을 기품 있는 걸음걸이로 이리저리 돌아다니고, 움직일 때마다 그녀의 드레스가 나붓거릴 때면, 아닌 게 아니라 그녀가 아름답다고 생각할 수 있을 것이다. 하지만 그녀를 더 자세히 보기 위해 다가간다면 금세 알아차릴 것이다. 그녀의 얼굴이 별로 예쁘지 않다는 것(특히 코가 별로라는 것), 그리고 그녀의 몸무게가 몇 킬로그램쯤 과체중이라는 것(전에도 이미 그러했고 임신은 그런 상태에 전혀 도움이 되지 않았음)을 말이다. 언뜻 볼 때 그녀의 미모가 느껴지는 건 사실이지만, 그녀가 덜 기교적인 의상을 입는다든가 실내장식이 미심쩍은 변두리 아파트에 있다면, 그 미모가 버티지 못하리라. 루이즈는 진정으로 아름답다고 볼 수는 없다. 루이즈는 예뻐지기 위해 돈을 많이 들인다.

내 경우는 다르다. 내 부모는 다른 건 그 어느 것도 내게 물려주시지 않았지만, 그래도 유익한 유전 형질을 전달하는 예의는 지키셨던 모양이다. 나는 어릴 때부터 예쁘다는 칭찬을 많이 들었다. 청소년기에 내가 살던 서민 동네의 쇼핑센터에서, 화장도 안 한 채로 청바지에 낡은 운동화를 받쳐 신은 차림으로 지나갈 때면, 사람들이 내 쪽으로 눈길을 돌리곤 했다. 그때 이미 나는 니콜 키드먼과 비슷해 보였던 모양이다. 내 눈빛에 무언가 특별한 것이 있다는 말을 자주 들었다. 나의 냉정한 태도에서도 그런 배우 같은 느낌을 받지 않았는가 싶다.

내 남편 덕분에 그 미모는 더 세련된 수준에 올랐다. 나는 원래의 사회 계급에서 벗어나 스스로 갖기를 꿈꾸던 세련된 실루엣을 나의 것으로 만들었다. 나는 요가와 테니스로 조각 같은 몸을 유지한다. 멋있게 차려입는 법도 배웠다(옷맵시는 고가의 외투와 가방과 구두라는 트리오가 결정한다. 이 거룩한 삼위일체가 잘 어우러지면 나머지는 쉽게 해결된다). 나는 이제 핸드백을 카페 테라스 바닥에 놓아두면 안 되고 무릎 위나 옆자리 의자 위에 놓아두어야 한다는 것을 알고 있다. 나는 망가질 위험이 있는 옷은 직접 빨기보다 세탁소에 맡기고, 철마다 새 구두를 장만하며, 소박하면서도 기품 있는 화장법(화장을 하되 절대로 너무 진하다는 느낌을 주지 않아야 하며, 그저 카민이나 보르도색의 립스틱만 바르는 것도 받아들여야 한다)을 체화했다. 나는 돈을 내어 손톱 손질을 받는다. 그리고 모발의 원래 뿌리가 보이는 일이 생기지 않도록 매달 미용실에 간다. 몇백 유로짜리 얼굴 크림을 사기도 한다. 모발의 진짜 색깔을 감추는 것 말고 내가 내세울 만한 특별한 비결 같은 것은 없다. 내가 찬탄을 아끼지 않았던 여자들의 완벽한 머리 모양에는 기적이나 유전적 특성도 없고 계급적 특권도 없다. 있다면 일상적인 드라이의 기술적인 성과가 있을 뿐이다. 그 드라이에 필요한 것은 단 두 가지, 전문가용 헤어드라이어와 적합한 헤어브러시이다. 요컨대 그런 식으로 나는 팬티스타킹의 올이 풀리는 일을 절대로 겪지 않는 그런 여자들 중 하나가 되었고, 내 겉모습을 내 남편과 내가 매입한 부르주아 주택에 어울리게 하는 법을 배웠다.

〈비올레트를 위하여!〉 하면서 모두가 샴페인 잔을 들자, 내 남편이 니콜라와 루이즈를 보면서 한마디를 보탠다(무언가를 공모하기라도 하는 듯한 어조로). 「진짜 삶 속으로 들어오신 것을 환영합니다!」 이 말을 어떻게 해석해야 할지 모르겠다. 내 남편은 무슨 뜻으로 이런 말을 하는 걸까? 무엇이 달라졌기에 〈진짜 삶〉 속에 들어왔다고 말하는 것일까?

우리는 40대에 새내기 부모가 된 그들의 새로운 위상에 관해서 토론을 벌이고, 기저귀와 젖병에 관해 이야기를 나눈다. 내 남편은 술잔을 손에 든 채로 우리 아들이 아직 밤잠을 잘 이루지 못하던 시절의 이야기를 늘어놓는다. 몇 시간 내내 울어 대면서 우리의 잠을 깨우고 우리를 녹초로 만들던 때의 이야기다. 그는 니콜라에게 마음을 편히 가지라고 하면서 되뇐다. 아이들은 자라는 거라고, 수면 부족과 울고 칭얼거리는 일은 오래가지 않는다고. 바로 이런 것을 두고 내 남편은 니콜라와 루이즈가 〈진짜 삶〉의 경지에 다다랐다고 엄숙하게 말한 것일까? 〈진짜 삶〉이 무미건조한 삶, 강박적인 삶의 동의어인가? 그가 보기에 〈진짜 삶〉을 산다는 건 자기의 꿈을 버리고 자기의 자유를 포기한다는 뜻인가?

그러고 보니 내 남편은 우리 아들이 태어난 후로 겪은 몇 개월에 대해 고통스러운 추억을 간직하고 있는 모양이다. 나는 짠한 마음으로 그 시절을 다시 떠올린다. 조심조심 아기를 흔들어 재우던 내 남편, 아기의 아주 작은 몸에 놓인 그의 커다란 손, 드디어 아기가 잠들었을 때 우리가 느낀 안도감, 눈을 붙이기는 했으나 달랑 두세 시간만 자고 일어나 이튿날 아침 우리가 동병상련의 마음으로 함께 지었던 짜증 섞인 웃음. 내 남편과 함께한 그 추억은 나에게 무척 소중하다. 그 시절엔 우리 세 식구가 거의 자급자족을 하며 살았기에 더욱 그러하다. 다행히도 우리는 방문객을 맞아들일 수도 없었고 외출을 할 수도 없었다. 우리 아들이 조산아로 태어난 탓에 면역 체계가 약했다는 것이 그 이유였다. 그건 우리 부부에게 그야말로 하나의 축복이었다.

식탁으로 건너가기 전에 니콜라와 루이즈는 비올레트의 첫 사진들을 보여 준다. 앨범에 정성스럽게 붙여 놓은 사진들이다. 각 페이지의 하단에는 추억에 혼동이 생기지 않도록 정감 어린 문장과 날짜를 적어 놓았다. 루이즈와 마찬가지로, 나 역시 내 남편을 만났을 때 앨범에 사진을 붙여 정리하기 시작했다. 나는 만년필로 촬영 장소와 날짜를 기록했다. 그를 만나기 전에 찍은 여행 사진과 내 친구들 사진은 앨범에 들어 있지 않다. 내 남편을 만나면서 정리하고 보관할 가치가 있는 내 인생이 시작된 셈이다.

「난 정말 이해를 못 하겠어. 자기 아기에게 젖 먹이는 것을 거부할 수 있다는 게 이해되지 않아! 그런 선택에 의미가 있나?」

루이즈는 식탁으로 건너가기 직전에 그렇게 속마음을 드러냈다.

솔직하다는 것이 그녀의 가장 두드러진 특징이다. 불쑥불쑥 속내를 내보이는 그 태도에 나는 익숙해져 있지만, 그럴 때마다 너무 놀라서 말문이 막혀 버린다. 루이즈는 자기 생각을 시원시원하게 내뱉는다. 다른 사람이 말했다면 듣는 사람에게 상처를 줄 수도 있는 말이지만, 깊은 선의가 담겨 있어서 그녀의 말은 공격적으로 느껴지지 않는다. 게다가 미소를 지으며 말하기에 말의 공격성이 누그러진다. 사실 나는 내 자식들에게 젖 먹이는 것을 거부했다. 루이즈는 그 사실을 알고 있다. 하지만 그런 거부에 아무런 의미가 없다고 생각하기에, 그냥 그 의견을 말한다. 내가 그것을 나쁘게 받아들일 이유가 없다고 생각하는 것이다. 루이즈가 나에게 이렇게 말했던 날이 기억난다. 〈미쳤어, 내가 녹색을 얼마나 싫어하는데! 이 색깔을 보면 내 어머니가 생각난다고!〉 내가 녹색 드레스를 입고 있던 때의 일이었다. 나는 그 색깔에 문제가 있으리라는 생각을 전혀 하지 못했다.

루이즈는 변덕스럽고 시끄럽고 솔직하다. 반면에 니콜라는 고상하고 절도가 있고 세심하다(오늘 저녁에는 그들 두 사람 모두 본래의 성격을 있는 그대로 보여 준다). 니콜라는 상대방의 세계 속으로 한 발짝 더 나아가려고 애쓰는 사람들 속에 속한다. 그의 모든 질문은 상대방에게 관심이 많다는 사실을 보여 준다. 때로는 내가 없을 때 내 생각을 하기도 한다는 사실을 보여 준다. 그는 내 번역 작업이 출판사와 원만한 관계를 유지하며 이루어지고 있는지, 내 영어 수업이 잘되어 가는지 물어본다. 자기가 최근에 뉴욕에서 활동하는 소설가의 작품을 읽었다면서, 내가 그 소설을 읽었는지, 그 번역이 괜찮다고 생각하는지 물어보기도 했다.

니콜라가 조심성이 많다면 루이즈는 사귐성이 좋다. 루이즈가 덜룽스럽고 생급스럽다면 니콜라는 주의 깊고 자상하다. 루이즈는 햇살과 같고, 니콜라는 그 따가움을 완화한다. 그들은 함께 서로를 보완한다. 서로 잘 맞물린 두 개의 기계 부품과 비슷하고, 기름칠이 맞춤하게 되어 있는 톱니바퀴 장치와도 비슷하다. 이 장치에서는 서로 다른 것들이 서로를 보완하여 작동이 이루어지게 한다. 사람들이 때로 〈연금술〉이라 부르는 게 바로 이런 것이 아닐까?

요리와 빵과 포도주가 이내 식탁에 들어찬다. 아주 잘 차린 음식이다. 나는 손님 접대를 싫어하는 터라 이 만찬을 더욱 높이 평가하게 된다. 나는 무슨 음식을 차려야 할지 모르기 때문에, 마음을 정하는 데에 몇 주일이 걸린다. 그나마 다행인 건 내 남편이 포도주 고르는 일을 맡아 준다는 것이다. 나는 정말이지 그 일을 할 수가 없다. 포도주 전문점에 가서 가장 비싼 포도주를 사는 방법은 있지만, 그렇게 하더라도 웃음거리가 될 가능성이 없지 않다. 친구들끼리 바비큐 파티를 하면서 몇백 유로짜리 포도주를 내놓지는 않으니까 말이다. 이제껏 살아오면서 겪은 바에 비춰 보면, 안목이 낮다는 것은 언제나 위험의 소지를 안고 있었다. 얼마 안 가서 내가 깨달은 바에 따르면, 내 남편에게 돈이 많다고 해서 그것으로 고상함이나 예의범절을 살 수 있는 건 아니다.

식탁에 접시가 많다 보니, 손을 바쁘게 움직여야 한다(무릎에 손을 가만히 얹어 놓을 새가 없다). 나는 접시를 오른쪽에서 받아 왼쪽으로 옮겨 준다. 요리를 덜어 주는 일은 루이즈가 맡았고, 술을 따라 주는 것은 니콜라가 맡았다. 나는 루이즈가 생선 요리를 권할 때까지 기다렸다가, 그녀가 떠주는 것을 받는다. 내 술잔이 비면 니콜라가 알아서 채워 준다. 치즈는 한 번 덜어 먹는 것으로 충분하다. 식사가 끝나자, 나는 포크며 나이프며 스푼을 접시 위에 나란히 놓아둔다. 냅킨을 식탁에 놓을 때는 접지 않도록 신경을 썼다. 나는 그런 예의범절을 알고 있다. 나름대로 열심히 배워서, 실생활에 적용한 지 15년이 되었다. 이제는 범절을 의식하지 않고도 자연스럽게 지키는 것처럼 보일 정도가 되었다.

　내가 처음으로 내 남편 가족을 만났을 때, 무언가 내가 숙달하지 못한 범절이 있다는 느낌을 받았다. 하지만 그게 정확히 무엇인지 알 수가 없었다. 그러다가 당황스러운 장면을 목격했다. 손위 시누이는 열 살짜리 사내아이의 어머니였는데, 그녀가 내 남편을 나무라고 있었다. 그런데 그 훈계의 의도가 이해되지 않았다. 나는 나중에 가서야 깨달았다. 알고 보니 시누이는 먼저 웃음소리가 너무 시끄럽다고 주의를 주었고, 이어서 식탁에 양 팔꿈치를 올린 것이 잘못이라고 나무란 것이었다. 그때 나는 그녀가 이렇게 말하는 것을 들었다. 〈아무래도 너한테 예의범절을 가르치는 책을 사줘야겠어. 나딘 드 로트실드의 예법 교재가 필요해. 네가 계속 이러지 않으려면 배워야 해!〉 나는 그냥 하는 말이려니 생각했다. 그런데 알고 보니 그런 책이 정말 존재했다. 나는 몇 주일 뒤에 그 책을 샀다.[3] 그러자 하나의 평행

3 나딘 드 로트실드의 책 『유혹하는 행복, 성공하는 기법 ─ 21세기 예법』을 가리킨다. 1991년 초판이 나오고 2001년 개정 증보판이 나왔는데,

우주가 나에게 펼쳐졌다. 식탁에서 접시들이 언제나 시계 방향으로 돌아가는 세계가 나에게 열렸다.

나는 교과서와도 같은 그 책을 읽으면서 깨달았다. 내가 내 남편의 가족과 함께 있을 때 거북함을 느꼈던 데에는 그럴 만한 이유가 있었다. 그건 나 혼자 옥생각을 하거나 자신감이 부족했던 탓이 아니라, 실제로 내가 용서받기 어려운 실수를 범한 것이었다. 나는 초대받은 집에 다다르자 구두를 벗었고(내 부모가 언제나

전통적인 예의범절을 새로운 세대에게 알려 주는 책으로 프랑스 독자들의 인기를 얻었다. 이런 종류의 책을 쓰는 사람들은 대개 귀족 가문의 사람들이었지만, 저자 나딘은 그런 가문 출신이 아니었다. 1932년 프랑스 북부 생캉탱의 가난한 비혼모에게서 태어나 학교도 제대로 다니지 못하고 어린 나이에 생활 전선에 뛰어든 용감하고 씩씩한 아이였는데, 화가 장가브리엘 도메르그의 모델을 거쳐 연극배우와 영화배우로 활동하다 프랑스에서 가장 부유한 은행가인 에드몽 드 로트실드 남작과 결혼하면서 최상류층으로 도약했다. 2급 배우에서 세계 최고의 대부호 가문 로트실드(영어로는 로스차일드) 집안의 일원이 된 이 놀라운 성공 신화의 주인공이 상류층의 예의범절이 무엇인지 가르쳐 주겠다며 책을 썼기 때문에 독자들이 흥미를 느꼈던 모양이다. 이 책의 첫머리를 보면 나딘이 가난한 배우 시절에 어떻게 전통적인 예의범절을 배우게 되었는지 알려 주는 대목이 나온다. 어느 날 나딘은 분장실의 붙박이장에서 어떤 배우가 놓고 간 것으로 보이는 먼지투성이의 낡은 책 한 권을 발견했다. 루이즈 달크 후작 부인(1840~1910)이 쓴 『예법』이라는 책이었다. 나딘은 그 책을 가져가서 마치 소설을 읽듯이 탐독하며 귀족 사회의 예의범절을 배웠다. 10년쯤 지나 장차 시어머니가 될 로트실드 가문의 귀부인을 처음으로 만났을 때 나딘은 그렇게 혼자서 배운 것을 제대로 써먹었다고 한다.

그렇게 가르쳤기에, 나는 그게 잘하는 일이라 생각했다), 커피 타임에 초콜릿을 두 번 가져다 먹었다(그냥 식탐이 나서). 그리고 포크가 아니라 손을 사용해서 빵 조각으로 내 접시의 소스를 닦아 먹는 일도 벌였다(나중에 알게 되었지만, 가장 바람직한 것은 그런 일을 전혀 하지 않는 것인데도 말이다). 그런 깨달음을 얻고 나서, 나는 새 수첩에 정찬, 선물, 자세 등으로 주제를 나누어 예의범절을 기록해 두고, 각 범절을 외우기로 다짐했다. 그러니까 나딘 드 로트실드는 내가 한 번도 받아본 적이 없는 가르침을 준 셈이다.

식사하는 동안, 니콜라는 내 남편을 계속 별명으로 불렀다. 어린 시절부터 니콜라만 그를 그 별명으로 불러 왔다고 한다. 내가 내 남편과 관련짓기 어려운 그런 이름이 있다는 사실은 나를 불안하게 한다. 나를 더 당혹스럽게 만드는 것은 니콜라가 내 남편과 관련하여 내가 모르던 디테일을 알려 줄 때이다. 내가 아직 내 남편을 만나지 않았던 시절에 니콜라가 그를 알고 있었다는 사실을 생각하면 갑자기 머리가 어질어질하다. 내 남편이 나를 만나기 전에 존재했다는 사실도 비현실적인 것 같고 기분이 나쁘게 느껴지기까지 하는데, 나보다 남이

먼저 그를 알고 있었다는 사실엔 정말이지 현기증이
난다.

루이즈와 니콜라가 자기네 신혼여행 얘기를 들려주
기 시작한다. 내 온몸을 경직되게 만드는 이야기다. 되
도록 피하고 싶은 주제인데, 들어야만 하는 상황이다.
루이즈는 여행지의 풍광을 죽 설명해 간다. 나로서는
별로 흥미가 없고(다른 사람들의 바캉스 사진을 보는
재미는 이미 숱하게 보지 않았던가?), 내가 잊고 싶어
하는 괴로운 추억을 떠올리게 하는 이야기다.

우리 신혼여행 중에 내 남편은 덜컥 병에 걸리는 기
막힌 일을 해냈다. 〈어떻게 나한테 이럴 수가 있지?〉 나
는 그의 창백한 얼굴을 볼 때마다 속으로 그렇게 묻고
또 물었다. 그는 독감에 걸려 일주일 동안 침대에서 꼼
짝하지 않았다. 이왕이면 멋진 취향을 발휘하여 열대병
이나 풍토병에 걸리는 게 낫지 않았을까? 아주 인상적
인 증상을 보이는 그런 병에 걸렸다면, 그 일이 나중에
돌아가서 이야기할 만한 우스꽝스러운 촌극이나 드라
마 같은 것이 되었을 텐데 말이다. 그 주일 동안 나는
호텔 로비를 혼자 헤매며 다녔고, 바에서 칵테일을 마
시기도 하고, 어떤 유부남의 추파를 받기도 했다. 한번
은 내 남편에게 호텔의 하이킹 그룹과 어울려 가이드와

함께 섬을 탐사하러 가겠다고 말했다. 사실 나는 그런 외출에 한 번도 동참한 적이 없었다. 화산 주위를 여덟 시간 동안 산책하는 게 재미있을 수는 있겠지만, 내 남편이 나와 함께 보러 가지 않는다면 무슨 재미가 있겠는가? 더없이 잔잔하고 더없이 푸르른 그 바다를 따라 걷는 것은 아름다운 일이지만, 내 남편이 옆에서 걷지 않는다면 무슨 소용이 있는가? 너무나 멀고 너무나 더운 그 섬에 머무는 게 추억이 될 수 있지만, 나 혼자만 나온 사진을 찍을 바엔 그곳에 머물 이유가 없지 않은가?

일주일을 보낸 뒤의 월요일에 내 남편은 온전히 기력을 되찾았다. 우리는 그날부터 매일 산책을 나갔다. 나는 그 섬이 더할 나위 없이 아름답다고 생각했다. 그곳의 풍경들은 그때까지 내가 본 것 중에서 가장 아름다웠다. 하지만 오늘날까지도 신혼여행을 생각할 때면 그 마법적인 시간의 반을 망쳐 버린 내 남편에 대한 강렬한 원망을 느낀다. 아마도 목가적인 신혼여행을 했더라면 처음 몇 달의 결혼 생활에 대처하는 데 필요한 힘을 얻었을 것이다.

디저트를 먹기 직전에, 석 달 전에 보낸 내 남편의 생일에 관한 얘기가 다시 나왔다(사실 **얘기 자체로만 보면,** 유해할 게 없는 대화 주제다). 그 생일 파티가 성공을 거두었다는 점에 대해서는 우리 네 사람의 생각이 같다. 그런데 내 남편이 생일 파티 끝 무렵에 벌어진 일에 관한 얘기를 늘어놓는다. 니콜라와 루이즈가 갓난아기를 보러 갔다가 오자마자, 그날 갑자기 전기가 나가서 벌어졌던 일을 이야기하는 것이다. 실내가 일순 침묵과 어둠 속에 잠겼다가, 손님들의 노래가 다시 시작되고, 단전으로 인해 경보 알람이 울리던 상황을.

「다행히도 우리 휴대 전화 불빛 덕분에 알람 장치를 빨리 찾아냈지⋯⋯. 그리고 비밀번호도 알아냈어. 그 번호가 분명 간단한 형태일 거라고 짐작한 거야⋯⋯. 아닌 게 아니라 1234더라고!」

내 남편은 아주 훌륭한 이야기꾼이다. 그가 보여 주는 카리스마는 주로 거기에서 나온다고 볼 수 있다. 그가 이야기를 어찌나 잘하는지, 듣다 보면 술에 취한 손님들이 새된 알람 소리에 깜짝 놀라는 장면을 쉽게 상상할 수 있고, 내 남편이 알람 장치를 찾으러 가서 그 비밀번호를 알아내고 유머와 용기로 그 상황을 타개해 나가는 모습을 생생하게 그려 볼 수 있다. 니콜라와 루이즈는 즐거워하면서 듣고 있지만, 나는 그렇지 않다.

내 남편은 단 한 번도 내 이름을 말하지 않았다. 그의 이야기에서 나는 빠져 있고 지워져 있다. 그는 주어를 분명하게 밝히지 않고 다른 인칭 대명사를 두루두루 대신하는 〈on〉이라는 대명사를 사용해서 말한다. 그 대명사를 자꾸 들으니 내 마음이 편치 않다(나는 이제껏 살아오면서 어떤 글을 읽고 말할 때, 그 대명사를 사용하는 것이 사소한 문제가 아니라는 점을 여러 차례 지적해 왔다). 사실 우리가 알람 장치를 찾아낸 것은 **내** 휴대 전화 불빛 덕분이다. 우리가 대관한 연회실의 운영자는 틀림없이 기억하기 쉬운 비밀번호를 선택했으리라고 그에게 귀띔한 사람은 바로 **나**이다. 처음에 0000를 눌러 보고 이어서 1234를 눌러 본 사람은 바로 **나**이다. 그는 왜 그런 사실을 말하지 않는 것일까?

내 남편은 니콜라와 루이즈가 생일 선물을 준 것에 대해 감사하면서 그 이야기를 마친다. 오늘 저녁 그는 새 손목시계를 차고 있다. 하지만 그는 나에 대해서는 한마디도 하지 않았다. 내가 생일 파티를 준비하고 초대장을 보내고 연회실을 예약하고 보증금을 내고 손목시계를 선택하고 새벽 4시에 샴페인 잔 50개를 헹구었지만, 그런 나의 이름은 단 한 번도 부르지 않았다.

·

니콜라와 루이즈의 이야기를 들어 보면, 그들은 **우리** nous라는 말을 즐겨 쓴다. 그들의 문법은 포괄적이다. 두 사람 중 하나가 일화의 주인공인 경우에도, 다른 한 사람이 그 이야기에서 배제되는 경우는 없다. 주인공이 아닌 사람의 관점이 이야기에 통합되는 것이다(예를 들면, 〈이튿날 내가 그 얘기를 루이즈한테 했더니, 그녀가 무척 놀라더라고!〉라는 식이다). 나는 그들이 함께 하는 방식도 유심히 살펴본다. 한눈에 보아도, 할 일을 똑같이 배분하고 서로 성격을 조화롭게 맞춰 가고 결점을 서로 보완해 간다는 사실을 짐작할 수 있다. 그의 목소리는 마음을 든든하게 해주고, 그녀의 웃음소리는 마음을 따뜻하게 해준다. 니콜라가 식탁을 치우는 동안, 루이즈는 우리에게 포도주를 마지막으로 한 번 더 따라 준다. 그들 두 사람은 나무랄 데 없는 안무를, 흠잡을 데 없는 애정 어린 발레를 보여 준다. 루이즈가 주방에 있는 니콜라에게 가면, 니콜라는 그녀 쪽으로 몸을 기울이고 한 손을 그녀의 엉덩이에 댄 채로 그녀의 입에 입을 맞춘다. 생각건대 남들의 입맞춤을 흘금흘금 바라보는 것은 세상에서 가장 매력적인 구경거리 가운데 하나가 아닌가 싶다.

그들의 거실에는 소형 카메라를 숨겨 두기가 쉬울 것

이다. 그들 부부가 주방에 있고 내 남편이 다른 방에 가서 전화하는 동안 잠깐만 시간을 내면 일을 해치울 수 있을 법하다. 예를 들면 그들의 텔레비전 위쪽에 초소형 비디오 장치를 설치할 수 있을 것이다. 그러면 그들의 소파를 위에서 내려다보는 영상을 얻게 되리라.

손님들이 떠나간 뒤에 그들이 어떻게 처신하는지 관찰할 수 있다면 좋겠다. 그들이 마침내 자기들끼리만 남게 되어 수치심의 굴레에서 벗어났을 때, 어떻게 행동하는지 보고 싶다. 그들이 일상적으로 어떻게 사랑하며 사는지 보고 싶다. 심하게 우는 아기를 달래느라 피곤에 지쳤을 때도, 근심이 쌓이거나 둘 중 하나가 갑자기 병에 걸렸을 때도 그들은 여전히 사랑하는 모습을 보일지 궁금하다.

입을 맞출 때 그들은 진하게 할까, 아니면 입술 끝으로 가볍게 할까? 저녁을 먹고 잠자리에 들기 전까지 혀로 키스하지 않고 그냥 지내는 날들이 그들에게도 있을까? 그들은 끊임없이 서로를 만질까? 아니면 텔레비전을 볼 때 그들의 몸이 서로 거리를 두고 있을까? 매일 저녁 그들은 몇 시간 동안 무엇에 관해서 이야기를 나눌까? 그들은 매일 사랑의 말을 주고받을까, 아니면 한 주일에 한 번이나 한 달에 한 번 정도 주고받을까?

그들을 관찰해 보면 그들의 사랑과 우리의 사랑을 비교하는 게 가능할 것이다. 내 남편과 내가 키스를 많이 하는지 적게 하는지 판단할 수 있을 것이고, 우리가 일상적으로 나누는 대화의 관심 폭과 깊이를 가늠할 수 있으리라. 그런 정보를 양적으로 그리고 질적으로 갖추게 되면, 우리 부부의 삶이 정상인지 아니면 냉랭한 것인지 판정할 수 있으리라.

우리는 식사를 끝내고 창가로 가서, 창턱에 팔꿈치를 괸 채로 담배를 피우기도 하고 적포도주의 향을 즐기기도 했다. 보드게임을 하자는 말이 나오자 모두가 받아들인다. 그렇게 저녁 모임이 연장되었다. 게임의 어느 대목에서, 각각의 참가자를 하나의 과일과 연결 지어야 하는 상황이 벌어졌다. 한 사람이 마음속으로 그렇게 연상을 하면, 다른 사람들은 그 내용을 맞히는 것이다.
그런데 내 남편이 나와 가장 잘 어울린다고 생각한 과일은 귤이다. 나는 마음에 큰 상처를 받았지만, 애써 그런 티를 내지 않았다. 지금 나를 놀리는 건가, 아니면 떠보자는 건가? 나는 대답을 구하지 않는 듯한 발랄한 말투로 그렇게 물었다. 그의 대답이 나왔다. 나를 두고 왜 그 과일을 선택했는지 설명하지는 못하겠지만, 귤이

나하고 잘 어울린다는 것이다. 그러더니 내 남편은 말 끝에 자리에서 일어나 포도주를 자기 잔에 따른다. 그냥 우연히 자리에서 일어난 걸까? 아니면 나와 대면하기를 피하는 것일까?

나는 내 남편을 안다. 그의 안목이 예리하다는 것을 안다. 그에게 통찰력이 있고 그의 연상에 상당한 일리가 있다는 것을 안다. 그가 어떤 사람을 한두 마디 말로 쉽게 크로키할 수 있는 사람이라는 것도 안다. 그러니까 나는 다음과 같은 점을 분명한 사실로 받아들여야 한다. 나와 결혼해서 10년 넘게 살고 있는 남자는 내가 한낱 귤이라고 생각한다.

루이즈를 보면 어떤 과일이 연상될까? 내 남편이 선택한 과일은 파인애플이다. 그는 자기와 절친한 친구의 부인을 열대의 이국적인 열매, 맛이 새큼하고 향기가 좋은 과일과 연결 짓고 있다. 그는 그녀를 라틴 아메리카와 뒤섞고 있으며, 확신컨대 자기가 그 열대 식물의 즙 많은 열매살에 무감각하지 않다는 것을 암시하고 있다.

그러니까 내 남편은 자기와 절친한 벗이 파인애플과 결혼한 것에 비해, 자기는 귤과 결혼했다고 생각한다는 얘기다. 그가 함께 사는 여자는 겨울 열매, 흔해 빠지고 비싸지 않은 과일, 마트에서 얼마든지 살 수 있는 과일이다. 오렌지의 진미도 없고 자몽의 독특한 맛도 없는 작고 소박한 과일이다. 껍질을 까보면 여러 알갱이가 가지런히 배열되어 있고, 먹기 쉬운 과일이다. 알갱이가 미리 잘라 놓은 것처럼 되어 있어서 바로 먹을 수 있고, 마치 포장된 것처럼 껍질에 싸여 있어서 식용하기 편리한 과일이다.

내 남편이 나보다 포도주를 많이 마셨지만, 나는 돌아오는 길에 운전대를 잡고 싶지 않았다. 운전할 상태가 아니라며 그에게 미뤘다. 사실 나는 귤 사건 때문에 마음이 너무 심란했다. 그의 해명을 듣고 싶지만, 충격이 너무 커서 그 일을 대놓고 말할 수가 없다. 흑백이 교차하는 시내의 불빛도 내 마음을 달래 주지 못한다. 나는 오는 동안 한마디도 하지 않았다.

돌아와 보니 조에는 소파에 잠들어 있다. 텔레비전의 불안한 그림자가 그녀의 몸에서 어른거린다. 조에는 이웃 도시에 살고 있다. 내 남편은 그녀를 승용차로 데려다주라고 제안한다. 나는 거절한다.

〈조에, 택시 타고 가. 내가 택시 불러 줄게.〉 하고 나는 단호하게 응수했다.

내 남편은 궁지에서 벗어나는 꾀를 굳이 쓰려고 하지 않는다. 조에를 그녀의 집에 데려다주겠다면서 도망쳐 나갔다가 내가 잠든 뒤에 돌아오는 방법이 있지만, 그건 그가 보기에 너무 약은 방법이었던가 보다. 지금 내가 어디에 가는 건 좋지 않아, 아내 곁에 있어야 해, 하고 생각한 모양이다.

내 남편은 지갑에서 지폐를 꺼내 그녀에게 준다(이 장면은 적잖은 감동을 주었지만, 그것으로 오늘 저녁 모임의 내 분노가 수그러들기에는 충분치 않다). 그러더니 위층으로 자러 올라간다. 나는 그를 따라 침실로 가기 전에, 잠시 혼자 남아 내 수첩에 저녁 모임 동안 벌어진 일들을 기록한다. 우리 아들의 생후 몇 개월 동안에 대한 그의 부정적인 이야기, 자기 생일잔치 얘기를 하면서 그가 나를 언급하지 않은 일, 그리고 무엇보다 나를 귤에 비유한 일을 적고, 만년필로 밑줄을 긋는다. 마트형 과일의 쌉쌀한 맛으로 그의 배신을 기록하자는 뜻이다.

나는 내가 겪는 일에 의미를 부여하기 위해서 이렇게 규칙적으로 수첩에 기록한다. 이건 엄밀히 말해서 일기가 아니다. 나는 문서를 작성하는 게 아니다. 어떤 일을 그저 한두 줄로 정리할 뿐이다. 그렇게 하면 내 불안이

나 분노가 분명하게 모습을 드러낸다. 버릇치고는 묘하다. 아무에게도 이것에 대해 말하지 않았지만, 이렇게 글을 쓰는 게 나에게 도움을 준다. 내가 감춰 두고 있는 수첩이 더 있다. 서가의 책들 뒤에 마련된, 같은 자리에 납작하게 숨겨져 있는 그 녹색 수첩에는 잡지에서 읽은 아이디어와 조언을 베껴 두기도 하고, 인터넷을 뒤져 찾아낸 문서를 기록해 두기도 한다.

　나는 수첩을 두꺼운 백과사전들 뒤쪽의 제자리로 돌려 놓는다. 모욕감과 분노는 아직 가시지 않았지만, 그래도 내가 무엇을 할 것인지는 알고 있다. 글을 쓰는 것은 언제나 나에게 해결책을 준다.

나는 남편이 있는 침실로 가서 창문을 연다. 우리 두 사람 사이의 공간을 넓히고 싶은 마음이 그런 행동으로 나타난 듯하다. 나는 오늘 밤엔 우리가 덧창을 열어 놓고 자도 되는지 물어본다. 그는 안 된다고 대답한다. 거리의 불빛과 소음 때문에 잠을 잘 수 없다는 것이다. 무엇보다 그는 내가 뜬금없이 덧창의 문제를 제기하는 까닭을 이해하지 못한다. 우리 사이에서는 덧창을 닫고 자는 것이 여러 해 전부터 자명한 이치로 자리 잡혀 있는 것이다.

　나는 그에게 기회를 주었다. 귤과 관련해서 잘못한 것을 바로잡을 수 있는 기회, 자기가 노력할 수 있으며 타협할 줄 안다는 것을 입증할 기회를 말이다. 하지만 그는 그런 기회를 잡지 않았다. 그에게는 참 안된 일이다. 나는 그가 오늘 아침에 햇살이 비쳐 드는 속에서도 계속 잠자는 것을 보았다고 말하고 싶었지만 참았다. 나에게 용기가 있었다면 이런 말로 그를 꼼짝하지 못하게 만들었을 것이다. 〈여보, 난 그게 사실이 아니라는 걸 알아. 당신은 커튼이 열려 있는 상태에서도 아주 잘 잤어. 그런 터무니없는 거짓말은 이제 그만해, 우스꽝스럽잖아.〉

나는 침대 가장자리에 앉아, 차분해지려고 노력한다. 그때 갑자기 두 줄기 눈물이 얼굴을 따라 돌아 내려가 턱 아래쪽에서 서로 만난다. 눈에서 나와 뺨을 거쳐 흐르며 두 줄기 눈물이 하트 모양으로 투명한 길을 그리는 것이다.

눈물에는 두 종류가 있다. 나는 세월을 겪는 동안 그 두 가지를 구별할 수 있게 되었다. 먼저 욕구 불만이나 분노의 눈물이 있다. 격하고 절박한 눈물, 붉은색의 눈물이다. 이 눈물은 흐른다기보다 솟아난다. 이 눈물은 쉽게 알아볼 수 있다. 얼굴이 붓고 눈이 부풀어 오르는 자국을 남기기 때문이다. 이 눈물이 언제 내 눈에서 솟았는지 되돌아보면, 여름 방학 동안 아이들이 저희 조부모 댁에서 지내고 있을 때가 그러하고, 내가 저녁을 준비해 놓고 맞을 채비를 하고 있는데 남편이 전화를 걸어 급히 처리해야 할 서류 때문에 늦게 돌아오리라고 말할 때가 그러하다. 그럴 때 나는 전화를 끊고 홧김에 울어 버린다. 옷을 잘 차려입었는데 아무 쓸모가 없게 되는 것은 정말 싫은 일이다.

두 번째로는 오늘 밤에 흘린 것과 같은 슬픔의 눈물이다. 이 눈물 역시 흐른다기보다 넘쳐난다. 슬픔이 사흘쯤 지속되며 아렴풋해지고 나면, 문득 이 눈물이 얼굴을 따라서 하나둘 조용히 미끄러져 내리기 시작한다. 이건 차가운 눈물이고, 양이 적은 눈물이며, 상상컨대 아주 맑고 투명에 가까운 청색의 눈물이다. 이 눈물은 방패의 역할을 한다. 보호자가 되어 뺨에 젖은 붕대를 놓아 준다. 그러고 나면 나는 그저 손등으로 이 눈물을 거두면 되는 것이다.

투명한 두 줄기 눈물이 마르고 나니까 내 남편의 숨소리가 귀에 들어온다. 숨소리가 느려지고 있다. 이 사람은 저녁 모임에서 나한테 그런 짓을 하고 어떻게 잠을 잘 수 있지? 나는 이 사람이 우리 부부의 삶에 에너지와 열의를 쏟아부으리라 기대했는데, 잠을 잘 자는 이 사람은 수면 활동에 그런 것들을 쏟아부은 모양이다.

내 남편이 불쾌할 정도로 너무나 쉽게 잠들어 버리는

동안, 우리 결혼 생활의 장면들이 눈앞으로 스쳐 지나간다. 이 순간, 마음속 깊이 한 가지 확신이 밀려든다. 이제 끝난 것이다. 우리 부부의 삶에는 이제 사랑이 깃들어 있지 않다. 15년 동안 함께 살고 난 지금, 내가 흔해 빠진 귤에 비유되는 것을 받아들일 수 없다. 나는 그보다 더 가치가 있다고 믿는다. 내 남편은 곧 나를 떠날 것이다. 영화 속의 온갖 장면이 벌써 여기에 와 있다. 눈이 붉어질 만큼 눈물을 흘린 뒤에 탁자 한 모퉁이에서 이혼 서류에 서명하는 여자, 아주 작고 어두침침한 두 칸짜리 아파트로 이사 가는 여자, 마흔 살 넘은, 남자를 다시 만나기가 불가능한 처지, 스스로 원하지 않았던 아이들을 저녁마다 혼자 보살펴야 하는 신세.

　침대에서 빠져나가야 한다. 나는 주방에 가서 몸을 부들거리며 물 한 잔을 마신다. 그러고는 외알박이 다이아몬드 반지를 빼내어 현관의 도자기 단지 옆에 놓는다. 우리 열쇠들이 서로 얼싸안은 채 잠자고 있는 바로 그 단지의 옆자리다. 반지는 목재 가구 위에 놓여 있어서 눈에 잘 띌 것이다. 목표는 분명하다. 내 남편이 반응하게 만드는 것이다.

　마침내 침대에 누워 편안한 자세를 취하자, 내 온몸

이 근질거리기 시작한다. 밤마다 되풀이되는 일이다. 잠들 무렵에 몸이 근질거린다. 머리, 허벅다리, 팔꿈치, 목덜미, 배가 가려운 느낌이 든다. 피부과 의사, 동종 요법 의사 등 여러 의사의 진료를 받았다. 피부의 문제나 발한의 문제를 치료하려고 나름대로 노력을 기울였다. 침대에 빈대가 있는 건 아닐까 싶어 검사를 하기도 했다. 침실의 습도를 확인한 것은 물론이다. 어떤 향수나 화학 성분 때문에 알레르기가 일어나는 게 아닌가 하는 생각이 들어 세제를 1백 번은 바꾸었다.

몸이 근질거리자, 나는 가려움이 아니라 다른 것을 생각하려고 애쓴다. 그런데 한 가지 의문이 끈질기게 머릿속에서 맴돈다. 왜 나를 두고 귤을 연상했을까? 그 저녁 모임을 되새겨 보고, 무슨 얘기가 오고 갔는지 다시 들어 볼 수 있다면, 그리하여 어떻게 그런 상황에 도달했는지 이해할 수 있다면 좋겠다. 오늘은 화요일이고 갈등의 날이라는 것을 알지만, 귤 사건은 단순한 갈등이 아니라 매우 격렬한 선전 포고로 아직도 힘을 발휘하고 있다.

시간이 가고 있지만, 몇 시쯤 되었는지 도통 가늠할 수가 없다. 덧창이 닫혀 있고 커튼도 쳐놓은 터라 날이 곧 밝을 것인지 볼 수가 없는 것이다. 나는 지쳐 있지만 잠을 이루지 못한다. 이런 중에도 내 남편은 계속 이기적인 수면을 즐기고 있다. 바로 이런 순간에 나는 그를 미워한다. 달리 해결책이 없다. 나는 소리를 내지른다. 그러고는 마치 악몽을 꾸고 있는 척한다. 내 남편은 소스라치게 놀라며 깨어난다. 나는 짐짓 잠결에 내는 듯한 목소리로 미안하다고, 나쁜 꿈을 꾸었다고 더듬거리고는, 침대의 내 쪽으로 몸을 돌린다. 바라건대, 내 남편이 다시 잠들지 못하면 좋겠고, 그런 불면이 그에게 충분한 시간을 주어 자신의 배신에 관해 생각할 수 있게 해주면 좋겠다. 중요한 것은 그가 스스로 이렇게 묻는 것이다. 어떻게 내 아내를 보잘것없는 귤의 지위로 떨어뜨릴 수 있었지? 내 아내가 바나나의 지위로 떨어져도 괜찮단 말인가?

수요일

기분이 언짢다. 수요일은 오렌지색 날이고, 오렌지는 귤과 비슷하다. 아침부터 오렌지 색조를 띤 몇 가지 물건들이 나를 비웃는다. 감귤 데이 크림, 내 손목시계 밴드, 저녁 식사를 위해 잘게 썰어서 냉장고에 넣어 둔 당근 따위가.

나는 머릿속에 온갖 과일을 차례로 떠올리며 간밤을 보냈다. 그러다가 내가 내린 결론은, 복숭아나 오디나 체리가 나와 더 잘 어울린다는 것이었다. 나는 귤이 되는 게 싫었다. 그렇다고 배나 바나나, 포도가 되고 싶은 건 아니었다.

「당신 엊저녁에 돌아오면서 반지를 빼놓고 깜박 잊었더라고. 열쇠들 옆쪽에 놓여 있던데.」내 남편은 외알박이 다이아몬드 반지(이 반지에 외알박이라는 이름을 붙인 게 잘한 일이다 싶은 것이, 내가 결혼한 뒤로 이토

록 외롭다고 느낀 적이 없기 때문이다)를 내밀면서 거
드름을 피운다.

나로서는 그의 천진함을 견디기 어렵다. 그는 내 사
랑을 너무나 확신하기 때문에 내 반지를 현관 가구 위
에 잘 보이도록 놓아두어도 그것을 협박으로 여기지 않
는다. 도대체 이 사람은 어떤 세계에 살고 있는가?

설령 귤 사건이 벌어지지 않았다 해도, 우리는 니콜
라와 루이즈의 초대를 받아들이지 않았어야 했다. 그
만찬은 존재할 이유가 없었다. 내가 내 남편과 함께 있
을 때는 우리 친구들을 만날 필요가 없다. 내 부모를 만
나러 갈 욕구도 일지 않고, 자식들을 보고 싶은 마음도
일지 않는다. 나로서는 내 남편이면 충분하다. 반면에
그는 사람들에게 둘러싸여 있는 것을 좋아한다. 집단의
온기에 닿으면 활력을 얻는 사람이다. 그는 외출과 만
남을 좋아한다. 그러나 그의 사교성이 나에겐 고통스럽
다. 어떤 사람이 우리 삶에 새로 들어올 때마다 우리 삶
에 대한 그의 관심은 더욱 희석된다. 그런 희석은 관심
을 나누는 것으로 이어져 나를 불안하게 한다. 그가 다
른 사람을 상대로 발휘하는 에너지는 나에게 상처를 준
다. 그 에너지는 내가 그에게 충분하지 않다는 사실을

끊임없이 내게 이야기한다.

눈을 감고 상상해 보면, 내가 가장 행복한 상황은 우리 집이라는 공간에 한정된 삶과 비슷한 것 같다. 내가 이상적이라 생각하는 삶은 내 남편과 항상 대면하며 사는 삶이 아닌가 싶다. 우리 두 사람이 거실에 함께 있고, 향기가 진한 커피를 함께 마시며 몇 시간 동안 이야기를 함께 나누는 삶 말이다. 때로 나는 지상에 그와 단둘이 남아 있는 상황을 상상한다. 무시무시한 감염병이 돌거나 핵전쟁이 터져서 우리 두 사람만 살아남았다고 가상해 보기도 하고, 비행기 사고 뒤에 우리 두 사람이 어떤 섬에 착륙했다고 가상하기도 한다. 나 자신의 행복에 대해서 생각해 보면, 그것은 어느 경우에나 두 사람이 함께 있거나 함께 움직이는 행복이다. 어찌할 도리 없이 내 낙원은 부부이고 듀오이고 쌍이다.

학교에 수업하러 갈 채비를 하는데, 내 남편이 부르는 소리가 들린다. 자기 지갑이 어디에 있는지 모르겠다는 것이다. 아이들을 학교에 데려다주느라고 출근이 늦어질 판인데, 현관 가구 위에 있어야 할 지갑이 왜 보이지 않는지 이해를 못 하겠다고 불평한다. 자기 딴에는 어젯밤에 베이비시터에게 돈을 주고 나서 지갑을 현관 집기 위에 올려놓았다고 확신하고 있었다.

「어제 입었던 바지 주머니 뒤져 봤어?」

이런 장면을 1천 번은 겪은 듯하다. 내 남편은 자기가 놓아두었다고 생각하는 자리에 지갑이나 열쇠가 왜 없는지 궁금해하기 일쑤다. 한번은 휴대 전화를 찾아내지 못한 적도 있다. 물건을 항상 같은 자리에 놓아두라고 되풀이해서 말한 지 여러 해가 되었지만, 아무 소용이 없다. 내 남편이 침실에서 분주하게 움직이는 소리가 들리더니 이내 조용해진다. 보나 마나 그의 지갑은 바지 주머니 속에 들어 있었던 게 분명하다.

그의 깜박거림은 우리 아들이 태어나고 나서 몇 달이 지난 뒤 갑자기 시작되었다. 기억력이 갑작스럽게 감퇴한다는 사실에 불안을 느낀 나머지, 그는 의사의 진료를 받기까지 했다. 어떤 때는 정신에 문제가 생겼다고 느꼈다. 몇 주일 동안 아무 문제가 없다가도 어느 날 갑자기 손목시계가 욕실에서 사라졌다고 난리를 쳤는데, 나중에 보니 사라졌다던 그것이 서랍 속에 들어 있었다. 병원에서 컴퓨터 단층 촬영과 신경학적 검사를 실시했지만 아무것도 발견되지 않았다(뇌 손상이나 퇴행성 질환이 전혀 없었다). 그래서 우리는 그렇게 깜박깜박 잊는 것을 대수롭지 않은 일로 여기기로 했다. 그 뒤로, 우리는 그가 경솔한 행동을 보일 때마다 농담을 주고받는다. 아이고, 내 남편이 정신을 허공에 두고 있네! 내가 정신을 팔아도 너무 팔았군! 하는 식으로. 그는 무엇을 어디에 두었는지 잊어버리기 일쑤다. 열쇠, 노트북 컴퓨터, 휴대 전화, 충전기, 쇼핑 목록 등 이것저것 잊어버리지 않는 것이 없다. 그래도 다행인 것은 더위가 기승을 부리는 날 아이들을 차 안에 두고 오거나 함께 마트에 간 아이들을 쇼핑 카트에 두고 온 적은 없다는 점이다.

운전대를 잡기는 했는데, 시동을 걸 수가 없다. 내 향수의 꽃향기가 견딜 수 없을 만큼 차내에 가득 하다. 차창을 내려 보지만, 바깥도 사정이 다르지 않다. 부르주아 정원의 냄새가 진동한다(재스민과 장미를 상대로 무슨 싸움을 벌일 수 있으랴). 뒤보기 거울을 흘끗 보다가 아차 소리를 냈다. 스카프를 잘못 골랐다. 조금 전 서랍에 손을 넣었을 때, 초록색 스카프를 집었다고 생각하면서 오렌지색 무늬가 들어 있는 스카프를 꺼낸 것이다(내 남편이 나를 귤로 만든 뒤로, 두 번 다시 귤 색깔 옷을 입지 않으리라 굳게 다짐해 놓고 말이다). 그렇게 실수를 하고도 알아차리지 못한 것은 내가 어둠 속에서 옷을 입었기 때문인 듯하다.

학교에 가는 동안, 오렌지색 물건의 행렬이 길게 이어진다. 신호등의 빨간불에 맞춰 차를 세웠더니, 시칠리아 오렌지주스 광고 포스터가 보이고, 때맞춰 오렌지색 자동차가 옆 차선에 멈춰 선다. 풋, 하고 신경질적인 웃음이 터져 나온다. 나는 수요일이 싫다. 아이들이 학교에 가지 않고 노는 날이라서 싫은 건 아니다. 수요일은 무엇보다 메르쿠리우스의 날[4]이다. 메르쿠리우스는 로마 신화에 나오는 신의 이름을 딴 행성의 이름이다. 늘 바쁘게 움직이는 혼돈스러운 행성은 나의 별자리인 처녀자리에 관여한다. 나는 종종 태양계에서 이 수성이 그리는 궤도의 영향을 받는다. 수성이 지금처럼 역행 운동을 보이며 지나갈 때는 만사가 복잡해진다. 소통에 문제가 생기고, 이미 익숙해진 것에 이의를 제기하게 되며, 감수성이 지나치게 예민해진다. 나는 수요일을 싫어하고 수성을 싫어한다.

4 수요일을 뜻하는 프랑스어 메르크르디, 스페인어 미에르콜레스, 이탈리아어 메르콜레디, 카탈루냐어 디메크러스 등은 모두 〈메르쿠리우스의 날〉을 뜻하는 라틴어 dies Mercurii에서 나왔다. 메르쿠리우스는 로마 신화에 나오는 신들의 사자(使者)이자 상인과 도둑과 나그네의 수호신으로 그리스 신화의 헤르메스에 해당한다. 고대 로마인들은 태양 가까이에서 빠르게 움직이는 수성에 이 신의 이름을 붙였다.

오렌지색 스카프가 갈수록 견디기 어렵다. 처음엔 운전하면서 조금 거북한 기분이 들었다. 그러다 학교 마당을 지나갈 때가 되자 스카프 때문에 숨쉬기가 곤란해진다는 느낌이 들었고, 교실에 들어서니 숨이 턱 막힌다. 나는 스카프를 벗어 창문 너머로 던져 버렸다. 창문 아래로 학생들이 지나가면서 스카프를 밟아 댄다. 내 남편의 잘못, 그러니까 덧창을 열어 놓고 자고 싶어 하는 내 뜻을 받아 주지 않은 잘못의 결과를 목에 두르고 있는 상황을 더는 참을 수가 없었다. 모든 게 그 사람 탓이다. 그 사람 때문에 나는 일찍 일어나는 날 어둠 속에서 옷을 입어야 한다. 그리고 오늘 아침에는 그 사람 때문에 스카프를 잘못 골랐다.

나는 마음을 가라앉히기 위해 내 어머니가 나에게 늘 했던 말을 되뇐다. **결혼 생활이란 타협하며 사는 삶이야.** 덧창을 닫아 놓고 잔다고 탓하지만, **그래도 그건 별일이 아니야.** 사실 많은 부부가 그런 식으로 잔다. 결국 그건 습관의 문제일 뿐이다. 게다가 과학자들이 입을 모아 말하는 바에 따르면, 완전히 어두운 곳에서 수면을 취하면 원기가 더 잘 회복된다고 한다. 그렇다면 그건 별일이 아니다. 하지만 15년을 그렇게 살고도 그게 별일이 아니라고 말할 수 있을까? 15년은 윤년이 있다는 것을 감안하여 계산하면 5,478일이다. 정말 5,478일의 밤이 무시해도 좋을 만큼의 시간인가? 푹 자지 못하고 아침을 맞이한 게 5,478번인데, 그게 대수롭지 않단 말인가? 햇살을 받으며 자연스럽게 잠에서 깨어나면 좋으련만, 5,478일이나 그러지 못한 채로 아침을 맞았다. 그렇다면 내가 화를 내는 것이 당연한데, 그 권리를 포기하란 말인가?

덧창을 닫아 버리기 때문에 나는 잠을 잘 자지 못한다. 그런데 수면이 부족하면 건강이 나빠지고 암에 걸릴 위험성이 높아진다. 또한 그로 인해 일할 때 능력이 제대로 발휘되지 않고, 도로에서 더 위험하게 운전하는 상황이 벌어진다. 그와 함께 살아온 15년은 내가 더 성마른 성격으로 변하는 세월이었고, 내 자식과 학생 들에게 보여 주던 인내심이 줄어드는 세월, 새로운 정보를 기억하기가 점점 더 어려워지는 세월이었다. 불량 수면과 만성 피로의 15년, 그로 인해 내 반응 속도가 느려졌다. 만약 내가 어떤 사고를 목격하게 되거나 집에 불이 나게 된다면, 내 반응이 느려서 그 사고의 결과가 끔찍해질 수도 있을 것이다. 게다가 잠을 잘 못 자면 살이 찐다. 내가 날씬하다며 가장 먼저 나를 칭찬한 사람이 바로 내 남편인데 말이다. 어둠 속에서 이루어진 4만 시간의 그 파괴적인 수면, 누가 그것을 나에게 되돌려줄 수 있겠는가? 무엇이 그 시간을 보상해 줄 것인가?

결혼 생활이란 타협하며 사는 삶이야. 어머니는 그렇게 말했지만, 왜 맞춰 사는 것을 받아들인 쪽이 나였을까? 이유는 단 하나, 그가 아닌 내가 양보했기 때문이다. 그럼에도 덧창을 닫는 일은 마치 자명한 이치처럼 우리 두 사람 사이에 굳건히 자리를 잡았다. 이의가 제기된 적이 거의 없다. 사실 내 남편은 불빛이 방해가 된다면 수면 안대로 눈을 가릴 수도 있다. 그런데 나는 우리 침실에 거리의 불빛이 들어오는 것을 원해도 그럴 수 있는 길이 없다. 거리의 불빛을 인위적으로 재현할 수는 없지 않은가. 게다가 어제 내가 덧창을 조금 열었을 때, 아침 햇살이 비껴들어 왔지만 그는 잠에서 깨어나지 않았다. 그가 단언하기를, 자기는 잠을 옅게 자는 사람이라고 하지 않았던가. 어느 날인가는 완전한 어둠 속에서가 아니면 잠을 잘 수 없다고 선언하기까지 했다. 그런데 결국 우리는 다른 방식으로 잠드는 것을 시도해 보지 못했다. 그러니까 그는 완전한 어둠 속에서 잠드는 것과 다른 방식으로 잠드는 것의 차이도 알지 못하는 것이다.

내가 보기에 이것은 분명히 공정하지 않다. 그리고 이렇게 말하기는 좀 그렇지만, 그가 거짓말을 하는 게 분명하다. 내 남편은 자기가 덧창을 닫아야만 잠을 잘 수 있다면서 언제나 내가 그렇게 믿어 주기를 바랐지만, 정작 그는 그 문제와 관련해서 아무것도 모르는 게 아닐까? 아니면 더 고약하게도 덧창을 닫아야만 잠을 잘 수 있다는 게 사실이 아니라는 것조차 모르는 건 아닐까? 어쩌면 그 사람 나름대로 어떤 방책을 쓰고 있는 것일 수도 있다. 나를 더 확고하게 지배하기 위한 방책은 아닐까?

오전 수업을 더 진행하다가, 나는 더 절제하지 못하고 수업 중에 거수로 학생들의 수면 방식을 조사하기에 이른다. 조사 결과를 보니, 완전한 어둠 속에서 잠자는 사람은 압도적인 다수를 이루지 못한다. 그러니까 내 남편은 수적인 우위를 내세우며 그 뒤로 숨을 수가 없는 것이다. 그가 어떻게 했기에 나는 덧창을 닫고 자는 게 당연하다는 그의 말을 믿게 되었을까?

내 남편이 전화를 걸더니, 자기가 서류 하나를 집에 두고 왔는데 오후에 그것이 필요하다고 한다. 중요한 계약서를 서류 가방에 넣었다고 확신했는데, 가방을 열어 보니 없더라는 것이다. 요는 그 계약서가 들어 있는 덮개 달린 서류철을 가져다 달라는 얘기다. 나는 그의 사무실 근처로 가져다주겠다고 말하고, 가는 김에 점심을 함께 먹자고 제안한다.

집에 돌아와서 긴 시간을 써가며 옷차림에 정성을 기울인다. 좋은 기회가 될 수도 있으리라 생각하니 옷장 앞에서 자꾸 망설이게 된다. 나에겐 옷이 엄청나게 많다. 옷을 많이 사는 건 아니지만, 한 번 산 옷은 모두 보관한다. 골라서 남에게 주거나 버릴 수가 없다. 옷감 하나하나가 사라진 시절의 기념물이고, 의복 하나하나가

지나간 나의 추억이며, 옷장의 단(段) 하나하나가 시간을 거슬러 올라가는 기계 장치다. 내가 스무 살에 산 저 아주 짧은 꽃무늬 드레스에는 아드리앵의 손길이 담겨 있다. 대학 기숙사 단지의 그의 방에서 온종일 섹스를 하던 시절, 아드리앵은 한 번의 손짓으로 그 드레스를 벗기고, 나는 볼이 발개지고 머리에 리본을 맨 모습으로 알몸을 드러냈다. 저 청바지는 내가 이리저리 분주하게 뛰어다니던 시절을 떠오르게 한다. 석사 학위 논문에 관한 얘기를 나누려고 지도 교수와 만나기로 해놓고, 약속 시간에 늦어서 안절부절못하며 47번 버스를 타려고 운동화 차림으로 내닫던 시절 말이다. 저 가방은 내 남편이 될 남자와 사귀기 시작하던 때에 산 것이다. 내가 처음으로 장만한 고급 핸드백인데, 미래를 위해 초급 교사 월급 두 달 치를 바친 일종의 투자였다. 우리가 한 작가주의 영화를 보러 갔던 영화관에서 나올 때나, 어느 일요일 오찬에 참석하러 그의 부모님 댁에 갔던 때에, 그 가방은 나에게 새로운 자신감을 안겨 주었다. 체리 모양의 무늬가 들어간 저 임부복에도 추억이 담겨 있다. 산달이 거의 다 되어 배가 불룩한 채로 느릿느릿 오고 가던 내 걸음걸이가 눈에 선하다. 햇살을 받으며 고개를 조금 치켜들고 마음껏 여유를 부리며

한 손에 초콜릿에클레르(첫 임신 중에는 에클레르를 얼마나 많이 먹었던지 나중에는 그것을 다시 먹지 않게 되었다)를 들고 있던 내 모습이.

그것들은 모두 나 자신의 옛 버전들이지만, 그래도 고집스럽게 계속되는 일이 하나 있다. 거리를 걸을 때 이어폰을 끼고 언제나 베로니크 상송의 노래를 듣는다는 게 바로 그것이다. 그래서 언제나, 내 세계에는 베로니크 상송의 사랑 노래들이 서려 든다.

나는 블라우스를 갈아입고, 청바지 대신 치마를 입었다가, 결국엔 드레스를 선택한다. 그런 다음 향수를 다시 뿌린다. 이 향수가 원래 가진 위험한 매력을 발휘했으면 좋겠다. 더 뿌려 보지만, 꽃향기와 청결한 향기밖에는 나지 않는다. 나는 뿌리고 또 뿌리기를 되풀이한다. 하지만 이 값비싼 향수병에서는 어떤 독한 기운도, 뜨거운 기운도 발산되지 않는다. 숨쉬기가 어렵다. 끈끈한 장미 향, 머리를 어질어질하게 하는 꽃향기가 온몸에서 풍겨 난다. 욕실로 돌아가서 다시 씻어야 하는 상황이다. 나는 향수병을 있는 힘껏 바닥에 내던진다.

유리 조각을 줍다가 발을 베었다. 흰 카펫에 피가 조금 묻었다. 나는 굳이 그 자국을 지우려 하지 않는다. 그 핏자국이 마음에 든다. 얼룩 하나 없는 실내에 마침내 생명의 기운이 조금 도는 느낌이다. 떠나기 전에, 벗어 놓은 실크 블라우스에 잉크로 얼룩을 만든다. 만약 내 남편이 왜 아침에 입은 옷을 갈아입었느냐고 물으면 그럴듯하게 대답하기 위해서다. 나는 알리바이를 완벽하게 만들기 위해 얼룩 묻은 블라우스를 눈에 잘 띄는 침대 위에 놓아둔다. 이 블라우스의 얼룩을 지울 수 있을지는 확실치 않다. 내일 세탁소에 맡긴다 해도 장담하기는 어렵다. 얼룩을 지울 수 없다면 유감스러운 일이다. 내가 무척 좋아했고 내게 잘 어울리던 옷이었는데.

마스카라를 칠하고 있는데, 내 남편에게서 메시지가 왔다. 보지 않아도 그걸 아는 것은 내 남편에게 맞춰 벨소리를 다르게 설정해 놓은 덕택이다. 당연한 얘기지만, 나는 소박한 소리를 선택했다. 남편이 문자 메시지를 보내거나 전화를 걸어 올 때 에디트 피아프의 「사랑의 찬가」가 울린다면, 사람들이 나를 어떻게 생각하겠는가? 나는 어리석지 않다. 내가 선택한 것은 거의 모든 휴대전화기가 갖추고 있는 벨 소리, 즉 아주 간단한 두 개의 음(레와 시)이다. 아무도 그 소리에 주의를 기울이지 않지만, 나는 그 소리가 내 연락처 목록 중 유일하게 내 남편과 연결되어 있음을 금방 알아차린다. 그렇게 간교한 꾀를 쓰지 않았다면, 실망하는 경우가 참 많았으리라. 그 사람이리라 기대하고 확인했는데 그저 여자 친구나 지인이면 실망감이 들지 않겠는가.

메시지의 첫머리가 화면에 떠 있다. 〈최근 소식 보아서 잘 알겠지만…….〉내 남편은 한 정치인의 행태에 관해 논평하려고 나에게 문자 메시지를 보낸 것이다. 그러고 보니 조금 전에 라디오에서 그 정치인에 관한 얘기를 들은 것 같기도 하다. 어이없는 노릇이다. 어쩌다 한 번 보낸 문자 메시지가 겨우 이런 얘기라니. 내 남편은 조금 전에 그랬던 것처럼, 나에게 얼른 전화 거는 쪽을 더 좋아한다. 전화를 걸어서 집에 돌아오는 길에 빵을 사 오겠다고 알려 주기도 하고, 아들을 클라리넷 강습소에 데려다주는 일을 내가 대신해 줄 수 있는지 물어보기도 한다. 그렇듯 나한테 전화를 자주 걸어오는데, 문자 메시지를 보내는 건 드문 일이다. 게다가 한시간 뒤에 만나기로 한 지금 같은 때에 정치인에 관한 얘기를 늘어놓으려고 메시지를 보냈다. 이건 아무 의미가 없는 일이다.

차라리 우리가 함께 점심을 먹기로 한 틈새 시간을 30분쯤 늦추자고 메시지를 보내는 쪽이 내가 이해하기

편했을 것이다. 나를 사랑한다고, 어서 나를 만나고 싶다고 말하기 위해서 나에게 글을 보내는 쪽이 한결 나았을 것이다. 그 정도까지는 하지 않더라도 왜 내가 귤이라고 생각하는지 해명하는 글을 보내는 게 좋았을 것이다. 하지만 내 남편이 그 정치인에 관해서 말하는 것은 전혀 내 관심을 끌지 못한다.

우리가 연애를 시작한 지 몇 달이 지났을 무렵, 그가 아시아로 여행을 떠난 적이 있다. 당시 프랑스는 한창 선거철이었다. 어느 날 저녁에 벌어진 일이 기억난다. 그가 투숙하던 호텔의 전화기를 이용해 나와 통화를 하는 데 성공한 날의 이야기다. 우리는 길게 통화를 하기 어려운 상황이었다. 그런데도 그는 다가오는 대통령 선거의 결과를 예측하며 이야기를 늘어놓았다. 막바지로 접어든 선거 운동이며 후보자 간의 토론 내용, 자기가 지지하는 후보에 관해서 열을 올리며 떠들어 댔다. 나는 며칠 전부터 그에게서 소식을 듣지 못한 터였다. 보고 싶은 마음이 간절했지만, 전화를 연결하기가 쉽지 않았다. 이런 상황에서 투표일인 일요일에 좌파가 승리하든 말든 나와 무슨 상관이 있었겠는가? 실제로 나는 1차 투표일에도 표를 던지러 가지 않았다.

나는 짐짓 내 문제에 정신을 쏟고 있는 척하면서 임기응변으로 답신을 꾸며 낸다. 메시지를 어떻게 결론지을지 망설여진다. 마음 같아서는 이렇게 쓰고 싶다. 〈좀 있다 봐. 어서 보고 싶어, 내 사랑 당신.〉 하지만 나는 〈좀 있다 봐〉라고만 쓰는 것에 그친다. 간결하고 초연한 메시지다. 내가 바라는 건 바로 그가 숨겨진 내 마음을 알아차리는 것이다.

약속 장소에 다다라 보니, 내 남편이 보이지 않는다. 내가 일찍 온 것이다. 아직 오후 1시가 되지 않았다. 그런데 처음으로 내 머릿속에 떠오른 생각은 그가 오지 않으리라는 것이다. 내가 엄마로서 애정이 부족하고 아내로서 너무 까탈스럽다는 점을 깨닫고 이제 정말로 내 곁을 떠났다고, 자기 짐을 커다란 여행 가방 두 개에 담고 승용차에 실은 채로 가버렸다고, 도심에 아파트 한 채를 빌려 놓고서는 나한테 그 주소 가르쳐 주는 것을 거부할 것이라고.

나는 아직 약속 시간이 되지 않았다는 말을 되뇌면서 스스로 안심하려 애쓴다. 그래도 내 남편이 시간을 정확하게 지키는 사람임을 알고 있기에, 불안감이 덜해지기는 한다. 이제 곧 진실을 알게 되리라.

우리 집을 사겠다고 계약서에 서명했던 10여 년 전의 어느 날이 기억난다. 월요일이었던 그날 오후 2시 30분에 우리는 점심시간을 이용하여 공증인 사무실에서 만나기로 했다. 나는 15분 일찍 사무실 근처에 다다랐다. 입구 앞에서 내 남편을 기다리기로 했다. 감정이 예민해진 채로 손목시계와 휴대 전화를 자꾸 들여다보았다. 그에게 전화를 걸어 보기도 했다. 2시 25분에 처음으로 걸고, 2시 30분에 다시 걸었다. 그는 전화를 받지 않았다. 그는 지각이라는 것을 모르는 사람이다. 그렇다면 그는 오겠다는 약속을 어긴 게 분명했다. 그는 후회하고 있는 것이었고, 나와 함께 살 준비가 되어 있지 않으며, 이런 삶을 바라고 있지 않다는 생각이 들었다. 나는 2시 35분에 마음을 굳히고 사무실의 초인종을 울렸다. 눈물을 머금고 몸을 비틀거리며 공증인에게 모든 것을 취소해야 한다고 설명할 참이었다. 공증인은 미소를 지으며 나를 반갑게 맞아 주더니 자신의 사무 공간으로 나를 안내했다. 거기에는 내 남편이 와 있었다. 그는 나를 기다리면서 우리가 서명하기로 되어 있던 서류에 벌써 서명을 시작한 참이었다.

나는 그날 일을 자주 되새긴다. 서류 더미를 내려다보며 만년필을 손에 들고 있던 내 남편의 모습이 눈에 선하다. 그를 기다리는 동안 내 마음이 편안해지도록 그 장면을 또렷하게 회상하면서 이렇게 되뇌기도 한다. 〈그 사람은 처음부터 거기에 있었어.〉

누군가를 열렬히 사랑하면 그 사람을 초조하게 기다리기 마련인가? 불안한 마음으로 기다린다는 것은 그에게 의존한다는 것이고 그를 열렬히 사랑한다는 뜻일까? 다른 여자와 결혼했기 때문에 하루 중 일정한 시간이 지나고 나면 절대로 전화를 받지 않는 남자, 성탄 전야나 여름 휴가 중에는 연락할 필요가 없는 유부남, 뜨거운 사랑은 그런 사람과 하는 것일까? 사람들이 흔히 생각하는 것처럼, 열렬한 사랑은 전화기 앞의 수동적인 기다림에서 생겨나고, 그가 침대 위에서 어떤지 아는 사람에 대한 질투나 다음에 언제 만날 수 있을지 모르는 처지에서 비롯되는 것일까?

혼외정사를 하는 연인들이건, 멀리 떨어진 채로 서로 사랑하는 사람들이건, 이제는 사랑받지 못하게 된 사람들이건, 나는 그들에게 이렇게 말하고 싶다. 사랑은 불안의 문제도 아니었고 기다림의 문제도 아니었다고, 규칙성과 상호성은 사랑의 강도를 전혀 변화시키지 않는다고. 그들에게 이런 말도 하고 싶다. 열렬한 사랑은 한 가정의 안정성 속에서 성장할 수도 있고, 귀가 시간의 정확성과 애착의 확실성과 일상의 반복성 속에서 자라날 수도 있다고. 또 나는 이런 말도 들려주고 싶다. 심장은 시간을 정해 놓고 사는 규칙적인 삶 속에서 빠르게 뛸 수도 있다고 말이다.

오후 1시 정각. 내 남편의 실루엣이 멀리서 다가오는 게 보인다. 나는 안경을 쓰지 않았지만(그는 안경 쓰지 않은 나를 더 좋아한다), 이렇게 떨어져 있음에도(그는 분명 20미터, 혹은 25미터 떨어진 곳에 있다) 그 사람이 다가오고 있음을 확신한다. 다른 많은 실루엣들이 오가는 속에서 사랑하는 사람의 실루엣을 한눈에, 안경도 쓰지 않은 근시안으로 구별해 낸다는 건 사랑의 확실한 증거가 아닐까? 그렇게 최고도로 시력을 높이는 건 누구나 경험하는, 연애 감정의 2차 효과가 아닐까? 그렇다면 사랑은 얼마쯤 떨어진 곳에서 시작되는 것일까? 10미터 거리에서 사랑하는 사람을 알아볼 때? 아니면 50미터나 100미터 떨어진 곳에서 알아볼 때?

내 남편은 이탈리아 요리를 파는 레스토랑에서 점심을 먹자고 한다. 자기 사무실에서 도보로 15분쯤 걸어야 다다르는 곳이다. 왜 그렇게 멀리 떨어진 곳으로 가야 하지? 우리 두 사람이 함께 있다가 직장 동료에게 들킬까 봐 걱정하는 것일까? 누가 내 면전에서 그의 아내에 관한 소식을 물어서 그의 불륜 행위가 백주에 폭로될까 봐 두려워하는 걸까? 아니면 나랑 단둘이 만나 점심 먹는 것을 창피해하는 걸까? 하기야 그건 별로 남자다운 일이 아니다. 덴마크에서 온 고객과 중요한 계약을 놓고 얘기를 나누면서 업무를 겸한 점심을 먹는 것과 비교해 보라. 그런 정도는 되어야 내 남편이 갖고 싶은 자신의 이미지에 더 합당할 것이다. 우리는 테라스에 자리를 잡는다. 이건 안심할 만한 일이다. 만약 우리가 함께 있는 모습을 남에게 보이고 싶지 않았다면, 그는 홀에 들어가서 식사하는 쪽을 선택했을 것이다.

자리에 앉기가 무섭게 내 남편은 서류를 달라고 해서 받더니 서류 가방에 밀어 넣는다.

「이것 때문에 당신이 발품을 들였네.」

그렇게 그가 덧붙였지만, 나는 아무 대답도 하지 않는다. 사실 나는 그 말에 동의하지 않는다. 무슨 이유로든 나는 함께 점심을 먹게 되어서 행복하다. 다만 내 남편이 중요한 서류를 빼놓고 출근하는 사태가 벌어져야만 이런 시간을 가질 수 있다는 게 정말 유감스럽다.

여자 종업원이 메뉴판을 가져다준다. 그녀의 젊음과 미모 때문에 내 마음이 불편해진다. 나는 조금도 내색을 하지 않고 합리적으로 마음을 다스린다. 이 젊은 여자는 무척 예뻐. 하지만 내 남편은 이 종업원 때문에 내 곁을 떠날 리가 없어, 영어에는 프랑스어로 옮길 수 없는 이런 말이 있지. 와이프 머티어리얼wife material.[5] 내 남편을 처음으로 만났을 때, 나는 그가 훌륭한 허즈번드 머티어리얼husband material, 다시 말해서 훌륭한 남편감이라는 점을 단박에 알아차렸어. 그는 가정 환경, 교육 수준, 직업, 세련미 등 필요한 것을 다 갖추고 있었지. 나에게는 좋은 남편감이었고, 미래의 우리 아이들에겐 훌륭한 아버짓감이었어. 그런데 솔직히 말해서, 이 여자가 육덕이 좋기는 해도 와이프 머티어리얼다운 점은 전혀 없잖아. 이 여자가 아주 좋은 정부 노릇을 하리라는 것은 의심하지 않아. 내 남편이 몇 번 호텔에서 이 여자를 만나, 매끄러운 살결에서 만족을 느낄 수도 있고, 젖가슴 사이에서 쾌감을 느낄 수도 있겠지. 하지만 그가 자기 부모에게 이 여자를 소개하는 일은 절대 없을 거야. 동료들과 함께 하는 만찬에 이 여자를 데려가는 일도 절대 없을 거고, 이 여자가 아이를 갖게 하는 일은 절대로 벌이지 않을 거야. 요컨대, 이 종업원

---

5 아내가 될 재목이라는 뜻으로, 우리말로는 〈자격을 갖춘 사람〉을 뜻하는 〈감〉을 붙여 신붓감, 색싯감 등으로 옮길 수 있다.

은 심각한 위협이 되지 않아.

종업원이 우리의 주문을 받으러 다시 온다. 나는 아직 시간을 내어 메뉴판에 눈길을 주지 못했다. 반면에 내 남편은 자기가 원하는 바를 정확히 알고 있다. 라사냐. 이 사람은 왜 여느 때처럼 고기를 고르지 않는 걸까? 15년을 같이 사는 동안, 이 사람이 라사냐를 고른 것은 처음 있는 일이다. 게다가 디저트와 포도주에 관해서 묻기까지 한다. 우리가 자리에 앉은 지 얼마 되지도 않았는데, 언제 시간을 내서 이 모든 것을 생각했지? 우리 점심 식사를 고려해서 오기 전에 메뉴판을 보았나 (내가 그와 레스토랑에서 만나기로 했을 때 종종 하는 일이다)? 나는 급한 마음에 똑같은 것을 주문한다.

화제가 무엇이든 그와 애기를 나누는 것은 어렵지 않은 편이다. 우리는 언제나 시원스럽게 말을 주고받는다. 우리가 처음 만나던 시절부터 어찌나 말품앗이가 순조로웠는지, 마치 그의 입에서 나온 단어들이 내 입 쪽으로 흐르는 듯한 기분이 들었던 게 기억난다. 때로는 섹스하는 것도 잊어버릴 만큼 서로 할 이야기가 많았다. 우리가 다른 커플들에 비해서 입맞춤을 많이 하지 않는 이유가 어쩌면 거기에 있는지도 모른다. 키스를 많이 하는 연인들은 종종 대화가 없음을 감추기 위해 키스를 한다. 한 사람의 입이 상대방의 입에 붙어 있으면, 인생의 의미에 관한 깊이 있는 토론을 벌이기가 어렵다. 내 남편과 함께 살면서는 그런 공백을 메우기 위해 키스를 할 필요가 전혀 없었다. 니콜라와 루이즈가 우리와 함께 저녁을 먹은 뒤에 주방에서 키스하던 때에 내가 스스로를 달래기 위해 되풀이한 말이 바로 그것이다. 두 사람은 마침내 단둘이 얘기를 나눌 짬을 얻었음에도 얘기를 나누는 대신 키스하는 쪽을 선택했다고 생각한 것이다. 참으로 기이한 생각이다.

우리 부부의 토론은 밀도가 높다. 세월이 흐르면서 더 풍부해진 듯하다(어휘, 주장의 근거, 뉘앙스, 비유 등의 측면에서). 이건 나에게 매우 중요하다. 아무 대화가 없는 상황을 나는 언제나 두려워했다. 청소년기에는 장폴 사르트르와 시몬 드 보부아르 커플이 나의 모델이었다(다만 독점권을 인정하지 않는 것은 예외로 하고 — 자유로운 커플은 사양하겠다). 나는 그들이 카페에서 줄담배를 피워 가며 몇 시간 동안 말을 주고받는 모습을 머릿속에 그렸다. 그 시절에는 언어로 이루어지는 지적인 핑퐁이 접착제 역할을 하는 결혼, 말이 첫 번째 역할을 하는 결합을 꿈꾸었다. 내 남편을 만난 뒤에도 나는 그의 말동무가 되어 주려고 노력했고, 끊임없이 새로운 화제를 찾아내려고 애썼다. 그가 나를 재미없는 사람으로 여길까 봐 걱정을 달고 살았다.

내 남편이 여느 때처럼 이러저러한 말을 늘어놓는다. 나는 한쪽 귀로만 그의 이야기를 듣고 있지만, 그가 나에게 말하고 있음을 보고 있으면 그것만으로 충분하다. 숱한 단어, 논평, 탄성이 허공으로 날아가는 것에 괘념하지 않는다. 나는 우리 사이에 침묵이 끼어드는 것을 어떻게든 막기 위해 나의 다음 응답을 준비한다. 대화를 이어 나갈 새 아이디어가 없던 참인데, 때맞추어 요리가 나온다.

종업원이 내 남편 앞에 접시를 내려놓는데, 그의 어조가 다정해지는 게 느껴진다. 저렇게 친근하게 구는 것을 어떻게 설명할 수 있지? 이 사람들 벌써 같이 잔건가? 바로 그런 이유로 그가 하필 이 레스토랑으로 나를 데려오는 고집을 피운 것일까? 아내를 자기 정부한테 소개하는 것이 내 남편을 흥분시키는 걸까? 그렇다면 이건 정말 사악한 연출이로군.

나는 여전히 아무 내색을 하지 않는다. 우선은 질투심을 드러내고 싶지 않기 때문이다(자기가 상처받기 쉬움을 보여 주는 것은 언제나 하나의 실수이다). 하지만 다른 이유가 또 있다. 실용적인 관점에서 더 중요한 문제가 있는 것이다. 드디어 내가 그와 함께 그 주제를 놓고 얘기를 나눌 준비가 되어 있다는 느낌이 든다. 귤 얘기가 바로 그 주제이다. 어떤 문제를 가지고 싸울지 결정해야 한다. 나는 대화하기 좋은 순간을 기다리다가 말문을 연다.

「어제저녁 모임에서 당신이 했던 말을 다시 생각해 봤어. 귤에 관한 얘기 말이야. 내가 보기엔 당신이 심했 어! 내 생각에 나는 오디나 체리에 더 가까워 보여.」

「아직도 그 얘기에 매달려 있네!」 그는 웃으면서 답 한다.

극적인 상황을 별것 아닌 것으로 만들면서 대화를 종 결짓는 웃음이다. 내 남편은 잠시 사이를 두었다가 포 도주를 한 모금 더 마신다(상황이 편치 않을 때 화제를 바꾸기 위한 새로운 방식인가?). 내가 이 싸움에서 진 것이다.

우리가 식사를 막 끝내자 한 남자가 우리 테이블로 다가온다. 내 남편의 동료다. 나도 본 적이 있는 사람이 다. 그는 나한테 인사를 하고 아이들의 안부를 묻는다. 그런 질문은 월요일 아침에 커피포트 앞에서 내 남편에게 할 수도 있지 않나? 우리 가정생활이나 바캉스 계획에 관해서 묻는 건 좋은데, 왜 우리 두 사람 중에서 매번 나한테 그런 걸 묻는 거지?

매일 직장에서 내 남편과 가까이 지내는 이 남자 때문에 기분이 착잡해진다. 이 남자는 내 남편을 책임자이자 보호자이자 협력자로 알고 있다. 그건 내가 결코 도달하지 못할 내 남편 인격의 한 측면이다. 내 남편은 좋은 평가를 받는 사람일까? 사람들이 그를 칭찬할까 아니면 두려워할까? 직업적인 맥락에서 그가 사람들과 어떻게 상호 작용 하는지, 아내와 자식이 없는 집 밖에서 그가 어떤 에너지를 발산하는지 궁금하다. 자기를 바라보는 내가 없는 곳에서 그가 어떤 모습으로 지내는지 궁금하다.

내 남편이 그에게 권한다. 우리와 함께 디저트를 먹자는 것이다(단둘이 나누는 우리의 점심을 그가 망치지 않게 해달라고 기도했더니, 그가 내 기도를 들기라도 한 듯 그가 정중하게 권유를 사양한다). 그는 멀어져 가기 전에 내 남편을 한 번 더 부른다. 남편의 이름 대신 〈아를르캥〉이라는 별명으로 부르는 게 신기하다. 그는 어리둥절해하는 내 눈빛을 보고 내가 그 별명의 비밀을 알고 있지 않다는 것을 알아차리고는 사정을 설명한다. 직원 휴게실에 알록달록한 사탕들을 가져다 놓았는데, 내 남편이 그것들을 다 먹었고, 그 사실을 알아차린 같은 팀의 직원들이 그를 울긋불긋한 옷을 입은 광대라는 뜻의 〈아를르캥〉이라 부르기 시작했다는 것이다. 회사가 직원들에게 사탕이며 과자, 과일, 음료 등을 제공하고 있는데, 내 남편이 그 사탕들을 그렇게 좋아한 모양이다. 일견 심각할 게 없어 보이는 이 일화가 내마음을 어수선하게 만든다. 내가 알기로 내 남편에게는 그런 식탐이 없다. 그는 단 음식보다 짠 음식을 더 좋아한다.

음식값을 계산할 때가 되자, 내 남편이 선뜻 나서서 값을 치른다. 나는 그 사실을 민감하게 받아들이지 않을 수 없다. 어쩌면 그냥 사소한 일일지도 모르지만, 그렇게 작은 일에 주의를 기울이다 보니 우리의 점심 식사가 돌연 여자에게 환심을 사려는 남자와의 만남으로 양상이 달라져 버린다. 그러고 보니 그가 내미는 팁에도 변화가 생겼다. 이건 정말로 과도한 팁이다. 종업원을 대할 때 보여준 너무 친근한 말투, 라사냐, 고액의 팁. 이 남자가 다른 여자와 사랑에 빠진 것일까? 그 다른 여자가 이 종업원일 리는 없다. 이 종업원은 와이프 머티어리얼의 요소를 전혀 가지고 있지 않으니까. 그렇다면 내가 두려워해야 할 그 경쟁자는 누구일까? 새로 싹트기 시작하는 그 사랑에 도취해서 돈을 펑펑 쓰고 습관을 바꾸는 것일까? 물론 그의 행동에 변화가 생긴 데는 다른 이유가 있을 수도 있다. 어쩌면 그는 나와 함께 점심을 먹게 되어 행복했는지도 모른다(이건 최상의 시나리오). 아니면 자기 서류를 되찾고 안도했거나(있을 법한 얘기다), 한낮의 아주 포근한 날씨에 만족했을 수도 있다(사실 날씨가 참 좋다). 하지만 무언가 달라진 것이 있는 건 분명하다.

통상 나는 내 남편이 무슨 요리를 주문할지 예상할 수 있고(라사냐는 완전히 예상 밖이다), 레스토랑 테이블에 얼마의 팁을 남겨 놓을지 미리 짐작할 수 있으며, 레스토랑을 나서며 종업원에게 어떤 식으로 감사를 표할지 예측할 수 있다. 나는 그의 문법을 달달 외우듯이 알고 있다. 나는 그의 어조와 억양과 통사법을 안다. 나는 그의 입에서 나올 단어들을 예상할 수 있다(그가 재채기하리라는 것을 미리 알아차린 적도 있다). 나는 그가 단것을 별로 먹지 않는다는 사실을 알고 있다. 그런데 어떻게 그가 갑작스럽게 내가 모르는 사람으로 변할 수 있지?

돌아오는 길에 나는 슬픔에 젖어 운다. 귤 때문에 울고, 라사냐 때문에 운다. 내 남편이 나에게 가한 그 모든 상처를 생각하며 운다. 내가 울면, 옆을 지나던 행인들이 나를 돌아다본다. 하기야 나처럼 아름다운 여자가 우는 게 그리 흔한 일은 아니니까. 나는 운다. 더 고약한 것은 나의 확신이다. 눈물이 나에게 잘 어울린다는 확신. 내가 눈물을 흘리면 나는 극작가 라신의 희곡에 나오는 여자 주인공처럼 보이는 게 분명하다.

나는 종종 페드르를 생각한다. 그녀는 내가 좋아하는 문학 속의 연인이다(문학 속의 연인들은 많고, 그 경쟁이 치열하다). 나는 그녀가 나오는 라신의 희곡 『페드르와 이폴리트』를[6] 읽고 또 읽는다. 이야기는 단일한 서술 축을 중심으로 돌아간다. 아테네 왕비 페드르가 이폴리트를 사랑한다는 게 그 중심축이다. 페드르는 이폴리트를 열렬히 사랑하지만, 이폴리트는 그녀의 의붓아들일 뿐만 아니라 다른 여자 아리시를 사랑한다. 페드르의 사랑을 거부하는 그의 마음은 이중의 장벽에 막혀 도달할 수가 없다. 그러니까 페드르가 처한 상황은 단순하고, 그녀의 고통은 이해하기가 쉽다. 그건 동서고금을 통하여 널리 알려진, 이루어질 수 없는 사랑의

6 그리스어식 발음으로는 파이드라와 히폴리토스.

고통이다.

이런 사랑은 슬프다. 하지만 나는 이런 것을 비극적이라고 생각해 본 적이 없다. 페드르는 자기 슬픔의 이유를 알고 있다. 페드르는 해서는 안 되는 근친상간적방식으로 사랑한다. 사랑을 돌려받을 수 없는 사랑이다. 이폴리트는 그녀의 의붓아들일 뿐만 다른 여자를사랑한다. 따라서 페드르는 체념하거나 죽거나 다 잊어버리고 그들과 더불어 살아야 한다. 그래도 이건 페드르가 아주 잘 이해하고 있는 상황이고, 남에게 전달할수 있는 분명한 곤경이며, 자기 유모 오이노네에게 고백할 수 있는 문제이다. 페드르는 사랑받지 못하지만고통에 겨워 마음껏 울 수 있다.

만약 내가 페드르에게 말할 수 있다면, 나는 이런 말을 하고 싶다. 이미 소유하고 있는 남자를 사랑하는 게훨씬 더 고통스럽다고. 나는 슬플 이유가 전혀 없다. 지나가는 사람에게 내가 왜 우는지를 설명해야 한다면,무어라고 말할 수 있을까? 내 남편이 나를 귤이라고 생각하기 때문에 내 마음이 황폐하다고? 내 남편이 라사냐를 시켰기 때문에 내 가슴이 무너진다고? 내 남편이거액의 팁을 주고 왔기 때문에 내가 눈물짓는다고? 따지고 보면 내 눈물에는 존재할 이유가 전혀 없다. 페드르의 눈물은 크리스털처럼 투명한데, 내 눈물은 흉측하다.

우리는 서로 다르지만, 적어도 한 가지 점에서는 내가 페드르를 따라잡을 수 있다. 우리 두 사람에게는 사랑이 맞지 않는다는 점에서 그러하다. 우리 두 사람은 사랑하지 않는 편이 나았을 것이다. 우리는 너무 강렬하고 적절하지 않은 사랑의 결과를 감내한다. 우리는 사랑에 빠진 여자이지만 어떠한 만족감도 얻지 못한다. 우리는 열정적으로 사랑하지만 자기만족을 모른다. 나 역시 페드르와 비슷한 상황에 놓일 때 나 자신에 대해서 어떤 관용도 베풀지 않는다.

나는 사랑해. 그렇다고 사랑하는 나를 잘못 생각하지는 마.

스스로 천진하다 여기며 자신을 인정하는 그런 사람은 아니니까.[7]

---

7 라신의 『페드르와 이폴리트』, 2막 5장, 페드르가 사랑을 고백하며 하는 말.

나에겐 가까운 여자 친구가 뤼시 한 사람밖에 없다.
우리 딸과 뤼시의 딸이 같은 학교에 들어간 뒤로 단짝
이 되었고, 그래서 나와 뤼시가 가까워졌다. 나는 언제
나 내 남편으로 충분했기 때문에 여자 친구를 필요로
하지 않았지만, 일이 그렇게 되었다. 처음엔 나도 그 생
각에 반대하는 편이었다. 나는 어떻게 처신해야 여자와
우정을 쌓아 갈 수 있는지 전혀 몰랐었고, 마흔 살이 되
어서도 위험을 무릅쓰고 그런 일을 벌일 생각이 없었
다. 그런데 내 남편이 뤼시의 남편과 사이좋게 지내면
서 네 사람이 서로 어울리기 시작했다. 1년 전부터는
뤼시와 토요일마다 만나서 테니스를 함께 치기까지
한다.
　뤼시와 친구가 된 것은 맞지만, 그렇다고 그녀가 속
이야기를 나눌 수 있는 사람이 된 것은 아니다(나는 페

드르이지만, 뤼시는 페드르의 유모와 닮은 구석이 전혀 없다). 그녀가 내 남편을 알고 있다는 사실은 그를 화제로 삼아 이야기 나누는 것을 불가능하게 만든다. 그와 가까이 지내는 사람들이 모두 그렇듯이, 뤼시는 종종 나에게 같은 말을 되풀이한다. 내가 희귀한 진주를 찾아냈고 매력적인 왕자랑 결혼했노라고.

뤼시가 자기 남편 피에르 때문에 겪는 어려움에 대해서 말할 때면, 나는 잘 모를 거라는 식의 말을 계속 곁들여 가며 속내를 털어놓는데, 듣다 보면 그 이야기에 묘한 의미가 담겨 있어서 마음이 불편해진다. 예를 들면, 〈하지만 넌 이해할 수 없을 거야. 네 남편하고는 아직 이런 문제를 겪지 않았을 테니까〉, 아니면 〈네 남편이라면 절대로 그런 일을 벌이지 않을 거야〉 하는 식의 얘기를 한다. 마치 내 남편을 잘 안다는 식이다. 내 남편은 자기 남편과 다르다는 것, 더 나아가 내 남편은 다른 모든 남편과 다르다고 생각하는 모양이다. 그녀가 너무나 자신만만하게 말하기 때문에, 반박할 엄두도 나지 않았고 왜 그렇게 생각하는지 물어볼 수도 없었다.

내 남편을 만난 뒤로, 내 부모와 자매와 동료 들은 끊임없이 내가 행복하다고 한 마디씩 했다. 그들 모두가 확신을 갖고 단언하기를, 그런 점에서 내가 운이 좋다고 한다. 마치 내가 로또를 통해 남편을 얻기라도 한 것처럼 운이 좋다는 것이다. 그들은 마치 내가 그와 결혼함으로써 통계와 확률을 신통치 않은 것으로 만들기라도 한 것처럼 나를 대한다. 달리 말하면, 그가 나보다더 나은 상대를 만날 수도 있었으리라는 것을 넌지시 일깨워 주는 것이다.

그건 사실이다. 내 남편은 내가 하는 일보다 더 멋들어진 일을 하고, 학력이 화려하며, 부르주아 가정에서 자랐다. 나보다 테니스를 잘 치고, 잘생기기까지 했다. 나로 말하자면, 서민 가정 출신이고, 가난한 동네에서 자랐으며, 고교에서 영어 선생 노릇을 하고 있다. 한 외국어를 말하고 번역하긴 하지만, 그 외국어는 거의 모든 사람이 알아듣는 언어이다(러시아어나 이란어와 달리 영어는 아무도 매료시키지 못한다). 사교 모임에 내세울 수 있을 만큼 번듯한 것이 없다. 그나마 내가 아주 아름다워서 다행이다.

내 남편은 분명 더 나은 결혼을 할 수 있었을 것이다(내 미모가 영원히 유지되지는 않으리라). 하지만 누가봐도 그런 불균형이 명백해 보인다는 사실에 마음이 거북하다. 무엇보다 사람들이 그런 얘기를 자유롭게 할 수 있다는 사실이 마음에 걸린다. 그런 점을 나에게 일깨우고 〈그러고 보면 넌 운이 좋아〉라는 말을 스스럼없이 하는 게 사회적으로 용인된단 말인가. 내가 아는 한, 아무도 내 남편에게 나와 결혼해서 운이 좋다고 말한 적이 없다.

내 남편과 나 사이에 그런 불평등이 자리하고 있기에 나는 뤼시에게 속내를 털어놓지 못한다. 내 얘기를 들으면 뤼시는 아마 이렇게 대답하리라. 내가 아무것도 아닌 일로 걱정한다고, 내 남편은 절조를 지키는 사람이며 나를 사랑한다고, 그는 훌륭한 남편이자 아버지라고. 그러고는 나한테는 있을 게 다 있다(이는 내 지인들이 내 삶을 특징짓기 위해 불쑥불쑥 내뱉는 말이다)고 다시 일깨워 주리라. 요컨대 뤼시는 어디에 문제가 있는지 모르겠다고 나에게 말하리라.

내가 내 남편과 어떻게 지내는지에 관하여 딱 한 번 남과 얘기를 나눈 적이 있긴 하다. 4년 전, 산속 리조트로 바캉스를 갔을 때의 일이다. 나는 한 이탈리아 여자와 사귀었다. 남편, 아들과 함께 우리와 같은 호텔에 묵던 여자였다. 그 리조트에는 처음 와서 머물고 있다고 했다. 내가 보기에 그 여자를 다시 만날 일은 없어 보였다. 그날 아침에 우리는 약속한 대로 호텔 수영장에서 만났다. 풀 가장자리에 앉아서 다리를 무릎까지 물속에 담근 채로 앞을 바라보고 있었다. 마치 수영하는 우리 아이들을 살피고 있는 듯한 모습이었지만, 풀은 아직 비어 있었고 그 앞에 있는 사람은 우리 둘뿐이었다. 우리 맞은편의 대형 유리창 너머로는 아침부터 스키를 즐기는 사람들이 보였다. 그들은 눈 덮인 산에서 예쁜 곡선을 그리며 슬로프를 내려오고 있었다. 나는 단 한 번도 그녀와 눈을 마주치지 않고 속내를 털어놓았다. 그 여자는 한마디도 하지 않고 내가 얘기를 끝내도록 기다려 주었다. 그저 물속의 두 발을 흔들면서 자기 앞을 가만히 바라볼 뿐이었다. 위로의 말을 하지도 않았고 가짜로 연민을 보여 주지도 않았다. 나는 내가 어떻게 해야 하는지 말해 주기를 바라고 있었다. 몇 분이 지나 그녀가 해준 말은 이러했다. 내가 아직도 생생하게 기억하고 있는 말이다. 〈내가 보기에 너는 완전히 잘못 생각하고 있어. 네가 남편을 사랑하는 것보다 네 남편이 너를 더 많이 사랑한다고 생각해 본 적 없어? 너는 그를 열렬히 사랑한다고 말하고 있어. 하지만 진짜 사랑을 품은 사람은 네 남편이라고 생각하지 않아? 너희 두 사람 중에서 초기의 열정적인 사랑을 넘어서는 사랑을 보여 준 쪽은 네 남편이야. 너는 아직도 그 강박 관념의 단계에 살고 있어. 그런 단계는 보통 관계를 맺고 나서 처음 몇 달 동안만 유지되는 거야. 너는 아직 그를 신뢰하지 않아. 마치 둘이서 함께 이룬 것이 전혀 없다는 듯이 말이야. 결혼 생활이 네가 원하는 대로 돌아가지 않을지는 모르지만, 너 자신이 말한 대로, 네 남편은 너를 지지하고, 너를 알아주고, 너를 존경하고, 너를 사랑해. 내가 보기에 너는 완전히 잘못 생각하고 있어. 사랑할 줄 아는 사람은 네 남편이야, 네가 아니고. 너는 진정으로 그를 사랑하는 게 아냐.〉

그녀의 말이 텅 빈 풀장 위로 떠돌고 있었다. 나는 아무 대꾸도 하지 않았다. 그냥 일어서서 물속에 잠겨 들었다. 저 여자는 어떻게 그리도 단정적으로 말할 수 있지? 내 문제는 바로 내가 내 남편을 너무나 사랑한다는 것인데, 내가 그를 사랑하지 않는다고? 그때 나는 다짐했다. 다시는 누구에게 속내를 털어놓지 않겠다고.

하지만 그녀의 그 말들은 어떤 울림을 던지고 있었다. 아마도 그 울림 때문에 내 마음에 상처가 생긴 듯하다. 그 말들은 이상하게도 내가 즐겨 인용하는 마르그리트 뒤라스의 문장 가운데 두 번째 부분을 생각나게 하고 있었다. 〈사랑한 적이 없으면서 사랑한다 믿었으

며〉. 그녀 역시 『연인』을 읽었을까? 나는 그것을 물어
볼 엄두가 나지 않았다.

우리는 바캉스가 끝날 때까지 그 얘기를 두 번 다시
하지 않았다. 그런데 리조트에서 마지막 저녁 모임을
하던 때에, 나는 그녀를 얼핏 보았다. 그녀가 내 남편의
귀에 대고 무언가를 속삭이고 있다는 생각이 들었다.

승용차의 문이 닫히고, 우편함이 열리고, 현관 자물쇠에서 열쇠가 돌아간다. 저녁 7시 30분. 내 심장 박동이 빨라지고, 나에게 활기가 되살아난다. 삶이 다시 시작되는 것이다.

그가 들어오기 직전에 나는 그를 살피러 2층 창가로 갔다. 꽃이 만발한 진입로를 거쳐 오는 그를 보고 그가 행복한 기분으로 귀가하는지 어떤지를 알아보기 위해서였다. 관찰 결과, 그의 걸음걸이는 별로 빠르지 않았고, 문을 열기 전에 머리를 다시 매만지지도 않았지만, 입가에 가벼운 미소를 띠고 있었다. 여느 때와 다름없이 내 남편이 보내는 신호들은 서로 반대되는 것들이었다.

나는 그를 맞기 위해 다가간다. 닭고기가 익어 가는 냄새가 감돈다. 그가 도착하기 전에 내 머릿속에서 여러 번 그리고 다시 그렸던 장면이 그 냄새 덕분에 완벽해지고 있다. 내 남편은 아이들의 이마에 입을 맞춘다. 그리고 나에게는 뺨에 입을 맞춘다. 거짓으로 부끄러워하는 태도를 취하는 것이다. 나는 이런 태도에 화가 난다. 아이들은 어리석지 않다. 자기네 부모가 서로 입을 맞대고 키스한다는 것을 잘 알고 있다. 왜 아이들 앞에서 키스하는 것을 피한단 말인가? 내 남편이 그렇게 실상을 감추는 것이 나를 불안하게 한다. 아이들은 우리 부부를 어떻게 생각할까? 아이들이 보기에 자기네 아버지가 나를 사랑하는 것처럼 보일까? 아이들이 아직 어리기는 하지만, 그래도 우리 사랑의 증인, 그것도 남다른 특권을 누리는 증인이 아닌가. 게다가 사람들이 흔히 말하듯 아이들은 그런 종류의 일들을 느낌으로 알아차린다. 아이들은 정말이지 감정의 스펀지인 것이다 (감정을 공유하게 하는 거울 뉴런과 관계가 있는 듯하다). 아이들에게 그 문제에 관해서 물어보고 싶지만, 어떤 식으로 말을 꺼내야 할지 모르겠다. 아마도 아이들이 청소년기에 들어서면 우리가 이 문제를 놓고 더 쉽게 얘기를 나눌 수 있게 될 것이다. 그때가 되면 우리는 식사를 하면서 사랑에 대해서, 그리고 인생의 의미에 관해서 얘기를 나눌 수 있으려나?

사실 공동생활의 모든 의례 중에서 나를 가장 난처하게 하는 것은 바로 가족 식사 중에 가져야 하는 매우 연극적인 몸가짐이다. 오늘 점심시간을 놓고 보면, 우리는 서로 사랑하는 두 사람이 레스토랑 테라스의 식탁에 앉아 식사를 하는 것으로 보였을 것이다. 지나가는 사람들은 우리를 아직 몸짓으로 엄두를 내지는 못하지만 서로를 뜨겁게 갈망하는 두 동료로 보았을 수도 있고, 오래된 두 연인으로 보았을 수도 있다(어쨌거나 외부에서 확신을 갖고 단정하기는 불가능하다). 그런데 오늘 저녁에 우리가 연기하는 작품은 전혀 모호하지 않다. 우리는 가족다운 모습을 온전히 보이면서 자녀들과 함께 저녁을 먹는 부모이다. 나는 어머니 역할을 하고 그는 아버지 역할을 한다. 하지만 나는 내 남편이 그립다.

우리는 저마다 자기 악보를 외고 있다. 내 남편은 대화를 이끌어 연주단의 악장처럼 저녁 식사에 활기를 불어넣는다. 우리 아이들이 말하게 하는 것을 자신의 소명으로 삼고 있는 사람 같다. 다른 건 몰라도, 대화에 공백이 생기는 것을 싫어하는 내가 그런 사태를 두려워할 필요는 없다. 그는 아이들에게 질문을 던지고, 물었

던 것을 또 묻고, 정확한 대답을 요구하고, 자기 의견을
명확하게 표명하게 하고, 생각을 또박또박 조리 있게
진술하도록 신경을 쓴다. 그는 학교 돌아가는 얘기를
묻기도 하고, 아이들이 무슨 활동을 하고 무엇을 배우
는지, 음악 수업은 어떻게 이루어지는지, 우리 고장 음
악원의 연말 콘서트는 어떻게 준비되고 있는지 묻기도
한다. 내 쪽에서 하는 일은 아이들의 얘기를 귀 기울여
들으면서 되도록 많은 호의를 가지고 미소를 지어 주는
것이다. 저녁을 먹으면서 아이들과 주고받는 그런 얘기
가 흥미로우면 좋으련만, 솔직히 말해서 나에겐 별로
재미가 없다. 그래서 내 남편에게 하루를 어떻게 보냈
는지 물어보지만, 그의 대답은 어정쩡하다. 그렇다고
그를 탓할 수는 없다. 그로서는 자기가 회사에서 다루
고 있는 복잡한 서류의 세부 사항을 나에게 알려 줄 수
없고, 자기 부모의 건강 상태에 관한 불안한 마음을 나
와 공유할 수도 없다. 자기에게 어떤 욕망이 있다 해도
그것에 관해 진지하게 말할 수는 없다. 아이들 앞에서
는 더더욱 그러하다. 아이들이 그런 얘기를 이해할 만
큼 자란 건 사실이지만, 그런 문제와 엮이기엔 아직 너
무 어리다. 우리는 저녁을 먹으면서 얘기를 나누지만,
중요한 얘기는 하지 않는다. 그래서 나는 실망스럽고

매우 권태롭다.

그나마 다행인 것은 우리 아이들이 언제나 저희 또래의 급우들보다 일찍 잠자리에 들었다는 사실이다. 나는 밤에 잠을 잘 자는 것이 왜 중요한지를 아이들에게 수백 번 일러 주었다. 수면 중에 우리 몸에서 어떤 중요한 일들이 이루어지는지 아이들에게 아주 자세하게 설명했다. 뻣뻣해졌던 근육이 원래의 상태로 풀어져 쉬게 된다거나, 뇌가 하루의 추억을 통합하고 선별한다거나, 상상력이 왕성하게 발휘되어 다채로운 빛깔이 들어간 꿈을 꾸게 된다거나, 아이들의 성장 호르몬이 온몸으로 퍼져 나가 키가 더 커지게 한다는 식의 얘기를 하는 게 즐거웠다. 요컨대, 우리 아이들은 언제나 일찍 침대에 자러 갔다.

사실을 말하자면, 우리 아이들의 수면에 신경을 쓰는 것은 매우 이기적인 임무로서, 나 자신의 욕구에 맞춘 것이다. 매일 저녁 내 남편과 단둘이 마주 보며 몇 시간을 보내는 것이 그 욕구의 핵심이다. 그런데 아이들이 성장하면 할수록, 그들이 잠자러 가는 시간은 점점 밤 늦은 쪽으로 뒷걸음치고, 그에 따라 내 남편과 단둘이 보내는 시간은 어쩔 수 없이 줄어들었다. 나는 불행하고 무력한 심정으로 가족 속에서 우리 부부의 삶이 변해 가는 모습을 지켜보았다.

이제 우리 아이들은 침대에 누워 혼자서 책을 읽을 수 있을 정도로 성장했지만, 내 남편은 여전히 아이들에게 가서 몇 페이지를 함께 읽는다. 아이들이 어렸을 때, 그는 매일 저녁 『프랑스 왕들의 역사』에서 에피소드 하나를 골라 아이들에게 들려주었다. 그는 프랑크 왕국의 첫 왕조인 메로베우스 왕조로 시작해서, 프랑크 왕국의 두 번째 왕조인 카롤루스 왕조로 옮아갔다가, 프랑스 왕조인 카페 왕조와 발루아 왕조로 넘어갔다. 끝으로 부르봉 왕조에 다다르면 다시 처음으로 돌아갔다. 그는 붉은색의 커다란 책을 교재로 삼았는데, 책장을 어찌나 많이 넘겼는지 종이가 닳아 있을 정도였다. 하지만 그 책은 하나의 핑계일 뿐이었다. 그는 책의 한 장(章)을 이야기 한바탕의 밑천으로 삼고, 매번 새로운 기담을 보태거나 질문을 던지는 방식으로 이야기를 완성해 갔다. 루이 13세의 말더듬증이라든가, 루이 14세 때의 궁정 생활을 방대한 서신으로 증언한 입담 좋은 여걸,[8] 니콜라 푸케가 전격적으로 재정 감독관으로 승

8 루이 14세의 남동생 오를레앙 공작 필리프 1세의 두 번째 아내인 엘리자베트 샤를로트 뒤 팔라티나(독일어로는 엘리자베트 샤를로테 폰 데어

진한 사연 등의 얘기를 재미있게 늘어놓기도 하고, 루이 9세의 막내아들이 누구였는지 묻거나 디안 드 푸아티에가 어떤 왕의 애첩이었는지, 뤽상부르궁을 건설하게 한 왕비는 누구였는지 물으면서 이야기를 이어 나가기도 했다. 그러면서 날짜와 인물과 전투 등을 적절히 섞어 가며 말해 주면, 우리 아이들은 매번 경탄하며 들었다. 내 남편은 아이들에게 똑같은 이야기를 두 번 들려준 적이 없다.

나로 말하자면, 바람을 많이 피운 걸로 잘 알려진 앙리 4세에 관해서 얘기할 때는 듣기가 좋지 않았다. 그런 얘기보다는 루이 15세의 모험에 관한 얘기가 좋았다. 루이 15세는 시시한 왕인 게 사실이지만, 그래도 자기가 좋아하던 총희를 그녀가 죽을 때까지 사랑한 왕이었다. 내가 가장 좋아했던 이야기는 프랑스가 아니라 라인강 건너편의 정치가 비스마르크에 관한 얘기였다. 비스마르크는 아내를 한결같은 마음으로 열렬히 사랑

팔츠). 팔츠 선제후 카를 1세 루트비히의 딸인데, 오를레앙 공작 필리프 1세와 결혼하여 오를레앙 공작 부인이 되었고, 오랫동안 베르사유궁에서 살았다. 독일 출신의 공주였던 엘리자베트 샤를로트는 〈잉크의 바다〉라는 별명이 붙을 정도로 아주 많은 서신을 작성한 것으로 유명하다. 감미로운 문체로 6만 통의 편지를 썼다는데, 현재 그중 10분의 1 정도가 남아 있다. 이 서신들은 프랑스의 궁정 생활에 관한 소중한 정보원이다.

했다. 그 변함없는 신실함과 열정은 역사에서 비슷한 예를 찾기가 쉽지 않다. 전시에 원정을 떠나면 사랑하는 여인에게서 멀어질 수밖에 없는데, 그런 상황에서도 그는 도리에 어긋나는 행위를 전혀 하지 않았다.

우리가 아직 아이를 낳지 않았던 신혼부부 시절에, 내 남편은 사랑의 행위를 하고 난 뒤면 폴 엘뤼아르의 시들을 나에게 읽어 주었고, 일요일 아침에는 침대에서 커피를 마시며 마르셀 프루스트의 『잃어버린 시간을 찾아서』 중 몇 대목을 골라 읽어 주었다. 그런데 이제는 목청을 돋워 우리 아이들에게만 책을 읽어 준다. 20세기의 시와 마르셀 프루스트는 우리 침실을 떠나 거실 서가에 다소곳이 자리를 잡고 있다.

나 역시 우리 아이들이 어릴 때 이야기를 많이 읽어 주었다. 하지만 나는 내 남편에 비하면 덜 자연스럽게 읽어 주었다. 어조를 제대로 고르지도 못했고, 그 사람만큼 인물의 목소리를 흉내 낼 줄도 몰랐다. 게다가 그 일을 하는 것 자체가 그리 편하지는 않았다. 나로서는 세 살이나 다섯 살밖에 안 된 아이들이 내가 들려주는 모험담을 어느 정도까지 이해하는지 가늠할 수가 없었다. 내가 너무 빨리 읽는 건지 아니면 너무 느리게 읽는 건지도 알 수가 없었다. 밤에 아이들 방에서 그러고 있을 때면, 시간이 길게 느껴지고 책도 끝없이 긴 것 같았다.

내 딸은 이제 일곱 살이다. 여덟 살이 거의 다 되어 간다. 나는 딸아이에게 이야기를 읽어 줄 때, 왕자가 나오지 않는 이야기와 사랑이 문제 되지 않는 이야기를 고르려고 애쓴다. 나는 독립심이 강한 여자 주인공이 나오는 책들, 여자 주인공이 괴물과 맞서 싸우고, 전함을 타고 항해하고, 공룡의 뼈를 발굴하는 이야기가 담긴 책들을 딸아이에게 사준다. 왜 그런 종류의 이야기를 선택하게 될까? 그건 딸아이를 마주할 때 느끼는 고통스러운 책임감에서 비롯된다. 나는 딸아이가 나처럼 잘못을 범하지 않기를 간절히 바란다.

나는 우리 아이들을 사랑한다. 그건 분명한 사실이다. 나는 우리 아이들을 사랑한다. 하지만 내가 아이 없이 살기를 바랐다는 것 역시 아주 분명한 사실이다. 나는 아이들을 사랑하지만, 내 남편과 단둘이 사는 쪽을 더 좋아했을 것이다. 오늘 나는 자신 있게 이렇게 말할 수 있을 듯하다. 우리 아이 중 하나가 세상을 떠나는 것은 견딜 수 있어도 내 남편이 세상을 떠나는 것은 견딜 수 없으리라고.

그런데 아이 하나를 낳고 나자 그 덕분에 내 남편과 더 가까워졌다. 우리가 셋이서 자급자족 체제로 살던 초기 시절이 특히 그러했다. 우리에게 아이가 생겼다는 것은 종신의 약속이었고(나는 영원히 그와 함께 낳은 자식의 어머니이리라), 소중한 묵계였다(아들의 귓병 때문에 우리가 새벽까지 깨어 있어야 했던 시절, 우리 두 사람 모두 고단한 밤을 보냈다). 그 사내 아기는 우리가 공통으로 가진 것 이상의 존재였고, 끝없이 이어지는 대화의 주제였으며, 나에 대한 그의 사랑을 입증하고 구체화하는 존재였다. 하지만 그렇다 해서 내가 아들을 필요 이상으로 사랑했다는 말은 아니다.

내 남편이 다시 일을 시작하고 나 혼자 갓난아이를 돌보며 집에 있게 되자, 나 자신이 어미의 역할에 갇힌 포로 신세가 된 기분이 들었다. 나는 그런 역할을 맡고 싶어 한 적도 없었고, 그 역할에 맞는 소질도 없었다. 내 어깨에 기대어 잠들어 있는 젖먹이를 보면 불쌍하다는 생각이 들긴 했지만, 그런 마음이 타고난 천성처럼 느껴지지는 않았다. 나중에 아이들이 학교에 다니기 시작하자 그와 비슷한 상황이 또 벌어졌다. 아이들을 데리고 학교에서 돌아오는 길에 무슨 말을 해야 하는데, 그게 자연스럽게 이루어지지 않았다. 다른 집 부모들은 자기네 아이들이 하루를 어떻게 보냈는지 이야기할 때면 너무 좋아서 어쩔 줄 모르는 표정을 짓는데, 나는 그런 표정을 짓는 데 성공해 본 적이 없다. 아이들의 놀이나 근심거리나 우정에 관심을 가져 보려 하지만 그것역시 제대로 해본 적이 없다. 아이들의 느린 걸음걸이에 나를 맞추는 것에도 성공해 본 적이 없다. 아이들이 이제는 적절한 속도로 움직이지만, 그들의 느린 걸음은 오랫동안 나의 짜증을 돋웠다. 딸을 유아차에 태우고 아들을 우리 옆에서 걸릴 때, 그래서 아들에게 끊임없이 〈유아차 놓지 마. 네 손으로 꽉 잡고 있어〉라고 되뇌면서 어린이집과 우리 집 사이(실제 거리: 724미터)를 걸어갈 때면, 인지 거리로는 마치 파리에서 서울 사이의 거리(직선거리: 9,710킬로미터)를 다니는 것만 같았다.

나는 우리 아이들을 사랑하지만, 그들의 존재에 부담을 느낀다. 저녁에 식탁에 앉아 말을 주고받아도 깊은 얘기는 조금도 할 수가 없다. 내 남편과 섹스를 하기 위해서는 애들이 잠자리에 들기를 기다려야 한다. 지난 10년간 그와 단둘이 보낸 주말은 손가락으로 셀 수 있을 만큼 그 수가 적다. 이동하면서 내 시간을 허비하는 경우가 많다. 애들과 함께 다니면 시속 4.7킬로미터 이하로 걸어간다. 나 혼자 걸으면 시속 6.8킬로미터로 갈 수 있는데 말이다. 애들 때문에 내 몸에 변화가 생겼던 일을 굳이 말할 필요는 없겠지만, 임신 기간에 내 몸이 얼마나 일그러졌는지 나는 누구보다 잘 안다(다행히도 그건 내 실루엣의 일시적인 일그러짐이었다. 그 시기에 찐 살을 다 뺐으니까 말이다). 이건 당연한 얘기지만 나는 아이들에게 젖먹이기를 선택하지 않았다. 젖가슴의 탱탱함을 유지하고 싶은 마음이 너무 강해서 내 여성성의 아주 중요한 부분을 아이들에게 넘겨줄 수 없었다.

나는 아이 옆에 있어 주기를 무척 좋아하는 어머니가 아니다. 무척 헌신적이거나 주의 깊은 어머니도 아니다. 아이들을 데리러 학교에 가보면, 언제나 학부모들이 한쪽 구석에 무리를 짓고 서서 얘기를 나누고 있다. 나는 그들에게 손짓으로 알은체를 하고 급한 볼일이 있는 것처럼 행동한다. 그래야 그들에게 다가가서 인사하지 않을 수 있다. 사실 내가 그들에게 다가가는 것을 꺼리는 데는 이유가 있다. 그새를 틈타서 그들이 학교 축제 때 진열대를 열라고 요구해 올까 두렵다. 또는 대화 도중에 내 약점이 드러날까 두렵기도 하다. 그들은 매번 우리 아이들의 이름을 불러 가며 아이들의 안부를 물어 온다. 그에 화답하기 위해서는 나도 상대방 자녀의 안부를 물어봐야 하는데, 그러면 내가 상대방 자녀의 이름을 모른다는 사실을 들킬 수밖에 없다.

어디선가 이런 글을 읽은 적이 있다. 세상에는 세 종류의 여자가 있으니, 첫째는 애인이요, 둘째는 정부요, 셋째는 어머니다. 내가 보기엔 아주 맞는 말이다. 나는 누군가를 사랑하게 되리라 생각하면서 어린 시절과 청소년기를 보냈다. 로맨스 소설을 읽으며 미래의 삶을 꿈꾸었다. 영화를 볼 때도 고난을 이겨 내는 행복한 사랑 이야기, 그것도 열정적인 사랑 이야기를 담은 영화만 괜찮은 작품이라고 생각했다. 젊은 여자로 성장한 뒤에도 계속 멋진 사랑을 추구했다. 어떤 남자의 정부가 되는 것에는 여전히 관심이 없었다. 약속하지 않고 책임감 없이 사랑하는 것은 전혀 멋져 보이지 않았다. 그런데 아이들이 생긴 뒤에도 나는 다음 단계로 넘어가지 않았다. 어머니가 되기 위해서는 내가 속한 여자의 범주가 달라져야 하지만, 나는 그것을 바꾸지 못했다.

그래서 나름대로 최선을 다하고 있지만, 나는 훌륭한 어머니 노릇을 제대로 하지 못한다. 애인으로 살아가기에도 너무 바쁘기 때문이다.

Loving is easy

When everything's perfect

Please don't change a single little thing for me

사랑하기는 쉽지

모든 게 완벽할 때는 말이야

아무리 작은 거라도 달라지지 말아 줘, 날 위해서

　내 남편이 볼륨을 낮춘다. 아이들이 잠에서 깰까 걱정하는 것이다. 후렴구가 반복된다. 마치 사랑하기란 쉬운 일이라면서 나를 놀리는 것만 같다. 내 남편은 왜 이런 노래[9]를 선택했을까? 다른 사람들은 모두 사랑할

　9 영국의 싱어 송라이터 렉스 오렌지 카운티의 노래 「사랑하기는 쉽지 Loving Is Easy」

줄 아는데 나는 그러지 못한다는 것을 강조하기 위해 일부러 그랬을까? 아니면 나에게 길을 보여 주거나, 어떤 메시지 — 들어 봐, 사랑하는 게 쉬울 수도 있어, 당신이 마음먹기에 달려 있어 — 를 넌지시 전달하기 위한 시도였을까? 그런 것 같지는 않다. 나에게 일을 나쁘게 보는 경향이 있긴 하지만, 그의 선곡은 호의적인 경우가 드물다. 게다가 영국 팝 뮤직 때문에 종종 우리의 저녁 시간이 가장 냉랭한 시간으로 변하기도 한다.

음악을 고르는 사람은 언제나 내 남편이다. 그가 우리 애정 어린 삶의 재생 목록을 정하고, 우리 가정 생활의 사운드트랙을 정기적으로 바꾸어 나간다. 그가 집안 분위기에 맞춰 음악을 선택한다. 상황을 쓱 보고, 분위기를 슬프게 만들지 흥겹게 만들지, 투쟁적으로 만들지 낭만적으로 만들지를 결정하는 것이다. 세월이 지나면서 나는 그가 어떤 음악을 선택하느냐에 따라서 그의 기분이 좋은지 나쁜지를 짐작할 수 있게 되었다. 내가 음악을 선택하는 것은 내 승용차를 몰고 갈 때뿐이다. 혼자 있을 때면, 나는 라디오에서 나오는 히트곡을 듣는다. 그리고 운전할 때 듣기 위해서 CD를 계속 사들이기도 한다(요즘엔 주근깨 많은 남성 뮤지션, 자기의 이혼을 명랑한 방식으로 노래하는 그 가수의 노래를 듣는다).

　내 남편이 샤워를 한다. 나는 소파에서 그를 기다린
다. 나 역시 하나의 가구가 되어 버린 기분이 든다. 배
경 음악이 흐르고 낮은 탁자 위에는 실내 장식 잡지가
놓여 있다. 심심하면 보라고 그가 놓아둔 잡지들이다.
상황이 그쯤 되니 마치 어떤 대기실에 와 있는 기분이
든다. 나는『연인』을 읽지는 않고 손끝으로 책장을 넘
긴다.

　이윽고 내 남편이 돌아오자, 나는 책을 덮는다. 언제
나 그런 식이다. 내 남편이 들어오면, 나는 소설을 내려
놓거나 라디오를 끄기도 하고, 학생들의 과제물 검사를
중단하거나 텔레비전을 끄기도 한다. 반사적으로 내가
하던 일을 중단하고, 나 자신을 그의 재량에 맡기는 셈
이다.

　그때 내 남편이 재즈 스탠더드 한 곡을 튼다. 이번엔
그렇고 그런 노래가 아니다. 우리가 결혼식 날, 댄스파
티에서 함께 춤을 추던 때의 음악이다. 그가 이런 음악
을 선택한 것을 우연의 소산이라고 볼 수 있을까? 그렇
게 생각할 만큼 내가 순진하지는 않다. 우연의 소산이
아니라는 증거는 명백하다.

결혼식 때 내 남편은 청첩장 색깔을 고르는 데에 관여하지 않았고, 피로연의 메뉴에 대해서도 개인적인 요구를 하지 않았다. 반면에 우리가 어떤 음악에 맞춰 신혼부부의 첫 춤을 출 것인가를 결정했다. 〈나는 「데이 바이 데이」[10]를 원해〉라고 그는 말했다. 나는 그 노래 대신 「스위프 미 오프 마이 피트」[11]의 어쿠스틱 기타 버전을 권했다. 그건 우리가 처음 만나던 날 저녁에 들은 노래였다. 나는 그런 상징성이 마음에 들었지만, 그는 받아들이지 않았다. 「데이 바이 데이」가 이제껏 쓰인 사랑 노래 가운데 가장 아름답다는 말은 그에게서 이미 백번은 들은 터였다. 그래서 나도 백번쯤 들어 봤지만, 도저히 아름다움을 느낄 수 없었다.

Day by day I'm falling more in love with you
And day by day my love seems to grow

10 Day by Day. 1945년에 액설 스토달과 폴 웨스턴이 작곡한, 재즈 스탠더드 분위기의 선율에 날이 갈수록 사랑하는 사람에 대한 마음이 커져 간다는 뜻의 가사를 붙여 완성된 곡. 프랭크 시나트라, 도리스 데이, 포 프레시맨 등 수많은 가수가 매력적인 버전을 내놓았다.

11 Sweep Me off My Feet. 이 제목을 어떻게 옮기는가에 관해서 〈목요일〉 장에 자세한 설명이 나와 있다.

병처럼 속이 비어 있다. 일상의 삶에 지친 모양이다. 잠들기 전까지 남은 시간을 혼자 보낼 수 없어서, 누구에게 설명하거나 보고할 필요 없이 긴장을 풀기 위해서, 내 남편에게는 평온함이 필요한 것이다. 평일 저녁 시간에 나는 너무 큰 소리로 말하면 안 된다. 진지한 화제를 꺼내도 안 되고, 그를 자극해서도 안 된다. 유일한 행동 지침은 그가 편히 쉬도록 내버려두는 것이다.

나는 그의 옆에 있고, 그는 그것에 익숙해져 있는 듯하다. 나는 소파의 옆자리에 앉아 있지만, 그는 그런 나를 보아도 놀라지 않는다. 내가 그와 같은 방에 있어도, 우리 사랑의 힘은 이제 그에게 작용하지 않고, 우리를 만나게 해준 여러 상황의 있을 법하지 않은 일치도 그에게 더 이상 중요하지 않다. 내가 움직여도 그는 놀라지 않는다. 내가 허브티를 끓이러 주방으로 가면 어디로 멀리 가는지 물어볼 법도 한데, 그는 궁금해하지 않는다. 그의 몸은 내 몸 쪽으로 가까이 다가와 현실을 확인하려 하지 않는다.

나는 그가 틀어 놓은 TV 영화에 흥미를 느끼는 척한다. 하지만 나의 관심은 오로지 하나의 임무에 집중되어 있다. 그의 손에 내 손을 얹는 것이 그 임무다. 나는 가까이 다가들어 내 손가락들을 그의 손바닥 아래로 미끄러뜨린다. 그런데 2분쯤 지나자, 내 남편이 자세를 바꾸며 자기 손을 빼낸다.

Ah! Do not run away yet!

Leave it, let my hand be forgotten in your hand!

〈아! 벌써 도망치면 안 돼! 그냥 둬, 내 손이 네 손안에 잊힌 채로 있게 그냥 두라고!〉 내 입에서 그런 소리가 나올 것만 같았다. 이런 상황에는 로미오가 줄리엣에게 하는 간청[12]이 들어맞을 듯하다. 하기야 셰익스피어의 희곡은 주중에 몇 번 우리 집 소파에서 재연된다.

용기를 내어 그를 돌아보며 외치고 싶다. 우리의 만남은 경이로운 일이라고. 그에게 알려 주고 싶다. 내 손이 당신 손안에 있는 모습은 다시는 못 볼 가장 아름다운 광경이라고. 나는 이제 그에게 그냥 허물없는 존재가 되었다. 어떻게 그토록 빨리 그런 존재로 변했을까? 처음 몇 달은 마법에 빠진 듯 황홀하게 보냈는데, 그 뒤로 서로 친숙해지면서 오히려 더 멀어지는 상황을 지켜

12 샤를 구노의 오페라 「로미오와 줄리엣」의 2막 발코니 장면에서 로미오가 줄리엣에게 떠나지 말라고 간청하는 노래를 더 간절한 느낌으로 조금 바꾼 것.

보았다. 감동 어린 눈빛과 어쩔 줄 몰라 하던 몸짓은 밍밍한 결탁으로 바뀌었다. 열정은 꺼지고 일상의 삶에 자리를 내주었다.

우리가 서로를 알아 가던 초기에 우리 사랑의 풍경은 무한히 펼쳐진 사구와 비슷했다. 그 풍광은 메마름의 위험과 별이 빛나는 하늘의 광대함과 한낮의 숨 막히는 더위와 밤중의 갑작스러운 추위를 떠오르게 했다. 그다음에 우리는 호수가 되었다. 평탄하고 잔잔한 수면으로 변한 것이다. 내 남편은 내가 옆에 있는 것에 익숙해져서 이제 그것을 기적 같은 일로 여기지 않는다. 나는 사구가 호수로 변하는 것을 보았다.

그의 한쪽 팔이 내 무릎 가까이에 있고 나는 그런 자세가 얼마나 오래 이어지는지 시간을 재고 있는데, 그가 갑자기 주머니에서 전화기를 꺼낸다. 나랑 같이 있는 게 따분하다는 것일까? 내가 옆에 있는데 외부인과 쓸데없는 연락을 취하려 하다니, 이해할 수가 없다. 어떻게 내가 보는 앞에서 휴대 전화 자판을 두드릴 수 있지? 이 순간에, 무언가 더 중요한 것이 있다는 걸까?

문득 월요일부터 오늘 밤까지 계속 당해 온 모든 피해가 뇌리를 스친다(그러고 보니 내가 생각한 대로, 영국 팝 뮤직은 내 사랑에 좋은 소식이 되지 않는다). 그가 나를 옆에 두고 전화기를 꺼냈다는 사실. 그가 내 손에 자기 손을 얹지 않았고, 우리 몸이 서로 닿지 않는다는 사실. 그가 내 번역이 잘 진행되고 있는지 묻지 않는다는 사실. 오늘 오후에 서류를 가져다준 것에 대해서 그가 다시 감사를 표하지 않는다는 사실. 귤과 관련해서 그가 여전히 사과하지 않는다는 사실. 밤에 덧창을 열어 놓고 자고 싶지만, 그가 그런 예외적인 제안을 하지 않는다는 사실. 우리 아이들이 경이롭고 우리가 함께 사는 삶이 하나의 축복이지만, 그가 나에게 그런 말을 하지 않는다는 사실. 그 모든 것에 생각이 미친다.

나는 그가 갑자기 내 쪽으로 몸을 돌리는 상황을 상상한다. 그가 내 두 다리를 어루만진다. 다정한 말들이 오고 가는 사이에 그의 한 손이 내 허벅지를 타고 올라온다. 그는 소파에 나를 뒤집어 놓고, 드레스를 들어 올린 다음, 거친 동작으로 한 손을 내 입에 갖다 대고, 축축한 내 허벅지 사이로 자기 성기를 들이민다. 그 장면을 상상하기는 어렵지 않다. 하지만 내 남편은 아무 일도 벌이지 않는다. 텔레비전을 보는 데에 정신을 너무 팔고 있기 때문이다.

그는 채널을 바꾸다가 텔레비전을 꺼버린다. 그렇게 리모컨을 자기 마음대로 사용하는 일방적 태도를 보고 있으면 이런 의문이 든다. 내 남편은 권위적인 사람이 아닐까? 내가 영화를 끝까지 보고 싶어 하는지 물어볼 수도 있으련만, 그는 그러지 않는다. 다른 남편들은 틀림없이 〈텔레비전 끌까?〉 하고 말할 텐데, 그는 한마디도 없다. 중간 단계의 말이 있어야 하던 일을 마무리 짓고 다른 일로 넘어갈 수 있는데, 그는 그런 말을 하는 법이 없다. 〈자러 갈까?〉 하고 간단히 말하면 좋으련만, 그런 말을 하지 않는다. 그의 행동은 예고 없이 이루어진다. 리모컨을 쥐고 있다가, 텔레비전을 끄고, 자리에서 일어나 자러 올라간다. 그런 일들에 대해서 한마디도 입 밖에 내지 않는다. 나는 그냥 그를 이해하면 되는 것이다.

만약 니콜라와 루이즈의 거실이나 뤼시와 피에르의 거실에 카메라를 설치해 두면, 완전히 다른 장면을 보게 되리라 확신한다. 저녁때부터 잠들기 전까지의 어느 순간에, 둘 중 한 사람은 텔레비전을 꺼도 되느냐고 상대방에게 분명히 물어볼 것이다. 아니면 한쪽에서 먼저 피곤하다고 말하며 자러 가고 싶은 욕구를 표현할 것이다. 그렇게 카메라가 설치되어 있다면, 나는 아마도 텔레비전이 꺼지고 나서 그들의 몸이 서로 가까워지는 것을 보게 되리라. 그들이 서로 끌어안고 서로 만지는 모습을 보게 될 수도 있으리라.

　그런 생각을 하고 있는데, 내 남편이 또박또박 말을
건넨다.

　「요샌 정말이지 엉망이야. 날짜는 벌써 6월 초인데
날씨는 3월이라고.」

　나는 그가 내 눈물을 알아차리지 못하도록 자리에서
일어난다. 허브티를 한 잔 더 마시기 위해 물을 끓인다.
물 끓는 소리가 내 슬픔의 울음소리(그런 부류의 울음
은 일반적으로 소리가 나지 않지만)를 감춰 줄 것이다.
내 남편이 비 소식과 좋은 날씨에 관해 말할 때, 그가
내 손을 잡지 않을 때, 그가 나를 귤 같은 사람으로 만
들 때, 그가 입을 맞추면서 눈을 뜰 때, 나는 열여섯 살
때처럼, 여섯 살 때처럼 마음에 상처를 입는다.

　〈요샌 정말이지 엉망이야. 날짜는 벌써 6월 초인데
날씨는 3월이라고.〉 나는 내 남편이 그렇게 날씨 얘기
를 하는 것에 동의할 수 없다. 나는 우리에게 이제 서로
나눌 얘기가 아무것도 없다는 사실을 받아들일 수 없
다. 우리 사이에 자극적이고 다채로운 대화가 끊이지
않도록 온갖 노력을 다 기울여 온 터라 더더욱 그렇다.

　〈요샌 정말이지 엉망이야. 날짜는 벌써 6월 초인데

날씨는 3월이라고.〉오늘 증거가 나타났다. 예전에 우리는 우주를 향하는 로켓이었고, 우리 사랑은 지구의 중력에서 벗어나고 있었다. 이제 우리는 화물 열차와 비슷하다. 느리고 무겁고 단조로운 화물 열차.

나는 눈물을 닦고, 침실의 그 사람 옆자리로 돌아갈 용기를 내 안의 어딘가에서 찾는다. 내가 종종 궁금하게 여기는 게 하나 있다. 내 남편은 왜 늘 먼저 잠자리에 드는 걸까? 혹시 뒤에 남아서 불을 끄는 수고를 면하려고 일부러 그러는 것일까? 주 조명인 전기스탠드가 오늘 오후 바닥에 쓰러져 부서졌기 때문에, 나는 오늘 밤의 분위기를 살리기 위해 대용이 될 만한 것들(초 세 자루와 작은 스탠드)을 찾아냈다. 어쨌거나 그 부서진 스탠드는 빛이 너무 공격적이라서 내 남편과 함께 보내는 저녁 시간을 망칠 염려가 있었는데, 이젠 그럴 일이 없을 것이다.

나는 침실에서 나온 김에 수첩을 꺼내어 글을 몇 줄 적어 둔다. 조금 전에 그가 소파에 놓인 내 손에서 자기 손을 뺀 일과 내가 옆에 있는데도 주머니에서 전화기를 꺼낸 일은 당연히 기록해 놓는다. 또다시 느끼는 것이지만, 말들은 내 마음에 평안을 준다.

위층으로 올라가기 전에 나는 아래층의 화장실에 들

른다. 아래층 화장실은 정말이지 하나의 축복이다. 위층 화장실은 우리 침실 바로 옆에 있다. 그래서 나는 화장실에 가고 싶으면 물 한 잔을 마신다든가 독서 중인 책을 가지러 간다는 핑계를 대고 아래로 내려간다. 때로는 식기세척기 작동시키는 것을 깜박 잊었다고 말하기도 한다. 사실 15년 동안 함께 살다 보니, 화장실 가는 소리가 내 남편 귀에 들리는 게 거북스럽다. 그런 소리를 듣게 하기보다는 내가 거짓말을 하거나, 변을 참거나, 기다렸다가 학교 또는 레스토랑의 화장실에 가는 편을 더 좋아한다.

그 증상이 또 나타난다. 이번에도 피할 수 없을 것이다. 잠들려고 애를 쓰는 순간, 온몸이 근질거리기 시작한다. 마치 벌레 한 마리가 살갗 위에서 내 손톱보다 더 빠르게 옮겨 다니는 것만 같다. 내 남편을 만난 뒤로, 잠을 잘 이루지 못한다. 잠을 청하는 순간에는 다른 어느 때보다 내 사랑이 불안하게 느껴진다. 결혼하기 전에는 결혼이 가장 강력한 수면제 구실을 하리라 생각했다. 상상 속의 나는 환희에 찬 신부로 눈부시게 빛났고, 밤이면 더없이 고요한 마음으로 금세 잠이 들었다(임신한 여자들의 모습을 상상할 때도 그와 비슷했지만, 나중에 보니 그 역시 내가 잘못 생각한 것이었다). 나는 우리의 결합에 큰 희망을 품고, 그 덕분에 나의 모든 공포, 특히 밤중의 불안증이 사라지리라 생각했다. 그렇게 혼사가 이루어짐으로써 마침내 나에 대한 내 남편의 사랑이 확인되리라고, 그 사랑을 진짜로 인정하게 되리라고 생각했다. 마치 보석상이 목걸이를 살펴본 뒤에 〈네 여사님, 제가 분명하게 말씀드립니다. 이건 정말 황금입니다〉라고 단언하는 것과 같은 일이 일어나리라 믿었다.

사실을 말하자면, 결혼은 내 마음에 평온을 가져다주지 않았다. 우리가 예라고 대답하던 바로 그 순간에 나는 내 남편이 언제든지 이혼할 수 있고 떠날 수 있음을 깨달았다. 그래서 나는 그가 나와 함께 단독 주택을 마련하겠다고 나서기를 바랐고, 이어서 그가 나와 함께 아이를 만들고 싶어 하기를 바랐다. 그런 행위들이 시청에서 서명한 혼인 계약서나 하느님 앞에서 행한 서약보다 더 견고하리라고 나는 확신했다. 나는 끊임없이 다음 단계를 기다리기 시작했다. 사랑의 증거를 찾고 싶었다. 그런데 약속은 어디에나 있지만 사랑은 어디에도 없는 세계에 들어와 있는 것 같았다. 그래서 처음 만난 지 15년이 지난 지금에도 나는 여전히 잠을 잘 이루지 못한다.

이유를 알 수 없는 가려움증과 내 남편에 대한 나의 지칠 줄 모르는 열정을 제외하면, 내 삶은 지극히 정상

적이다. 어느 것 하나 정도를 지나치지 않는다. 앞뒤가
맞지 않는 것도, 강박증도 전혀 없고 인격 장애의 증거
가 될 수 있는 명백한 징후도 전혀 없다. 나는 균형 잡
힌 식사를 한다. 나는 자식들 때문에 불안감을 느끼는
어미가 아니다. 나는 성관계 때의 오르가슴과 관련해서
아무런 문제가 없다. 나는 건강 염려증에 걸리지 않았
다. 내 친구들은 나를 무척 좋아하고, 내 동료들은 나를
높이 평가한다. 나는 특별한 물건에서 성적 만족을 얻
는 페티시즘이 없고, 밤중에 혼자 집에 있는 것을 두려
워하지 않으며, 부모의 실수를 용서했고, 자매들과 가
까우며, 시기심이 많지 않고, 주의가 산만하지 않으며,
술 때문에 문제를 일으킨 적이 없고, 담배는 그저 가끔
어쩌다가 피운다. 그런데 나는 내 남편을 미치도록 사
랑하고, 밤에 침대에 누우면 온몸이 근질거리기 시작
한다.

나는 평정을 되찾기 위해 먼저 낮은 목소리로 내 남
편의 이름을 되뇐다. 마치 짤막한 기도를 외듯 서너 번
되풀이한다. 그것으로는 진정이 되지 않아서, 질문 하
나를 선택한다. 이건 내가 어릴 적부터 해온 정신 수련
의 한 방식이다. 그 질문의 내용은 세월의 흐름에 따라

달라졌지만, 진행 방식은 그대로 남아 있다. 말하자면 하나의 질문을 던지고 잠에 빠져들 때까지 답을 찾아 나가는 것이다.

어린 시절에는 예컨대 이런 식으로 질문을 던졌다. 내가 좋아하는 여자 친구 다섯 명의 명단을 작성한다면, 우리 반에서 누가 어떤 순서로 그 명단에 들어가게 될까? 만약 우리 엄마를 다른 엄마랑 바꾼다면, 누구를 선택할까?

청소년 시절에는 다른 시나리오에 빠져들었다. 만약 하루 동안 내가 원하는 것을 무엇이든 살 수 있다면, 나는 어느 가게로 갈까? 만약 내 몸의 세 구성 요소를 바꿀 수 있고 그것들을 세 명의 다른 여자에게서 가져올 수 있다면, 내 코나 엉덩이를 누구랑 맞바꿀까?

젊은 여자로 성숙한 뒤에도 그렇게 질문하는 버릇은 사라지지 않았다. 만약 내가 꿈꾸는 집에서 살 수 있다면, 그 집은 어떤 모습일까? 그다음에는 매일 밤 다른 방을 상상했다. 주방, 거실, 욕실, 침실……. 그러다가 그 방들을 다 모아 내 마음속에 완벽한 집을 지었다. 또 장차 **내 인생의 남자**가 될 사람에 대해서도 생각을 많이 했다. 그는 갈색 머리일까 금발일까? 그 미래의 남편에게 직업을 선택해 주어야 한다면, 어떤 직업이 좋을까?

영화배우나 엔지니어? 의사나 음악가?

요즘에 나는 밤에 잠들기 위해 여러 가지 질문을 활용한다. 만약 내가 오늘 알고 있는 것을 다 아는 상태에서 열 살 먹은 아이로 내일 잠에서 깨어난다면, 나는 지금과 달리 무엇을 하게 될까? 만약 내가 단 하나의 마법적인 능력을 지니고 있다면, 나는 그 능력으로 무엇을 하게 될까?

지금의 내 마음은 이렇다. 만약 내일 아침에 잠에서 깨어나 열 살짜리 여자아이로 살게 된다면, 나는 천체물리학자나 우주 비행사가 될 수 있도록 장기간에 걸쳐 과학 공부를 할 것이고, 라틴어와 그리스어를 배울 것이며, 펜싱 선수가 되리라. 그리고 무엇보다 유념할 일은 학창 시절에 연애를 하지 않는 것이다. 청소년기에도 남자 친구를 사귀지 않을 것이고, 결혼하기 전에는 어떤 연애도 하지 않을 것이다. 누군가를 사랑한답시고 시간을 허비하는 일은 절대로 하지 않으리라.

그리고 오늘 밤, 생각건대 만약 내가 단 한 가지 마법적인 능력을 지닐 수 있다면, 나는 꿈을 통제하는 능력을 선택할 것이다. 그런 능력이 있다면 나는 나를 협박하는 사람들을 상대로 가장 고약한 악몽을 지어낼 수 있을 것이고, 내 남편이 밤마다 나를 꿈에서 보도록 그의 꿈속에 끼어들 수 있으리라. 그의 무의식 속에 나를 잃는 것에 대한 공포를 심어 줄 것이고, 내가 다른 남자와 마음이 맞아 그와 헤어지고 그는 그 이별에 괴로워하다가 죽고 마는 세계를 만들어 주기도 하리라. 그가 한시도 그치지 않고 나를 욕망하도록 내 몸을 가장 이상적인 형상으로 만들어 그에게 보여 주리라. 그에게 우리 집에 계속 살고 싶은 욕구를 불어넣기 위해 그가 아주 흐뭇한 기분으로 우리 집을 볼 수 있게 해주리라. 그가 나를 계속 사랑하도록 밤마다 그의 꿈속에 우리의 가장 아름다운 이미지를 놓아두리라.

하지만 나에겐 그런 능력이 없다. 그래서 오늘 밤, 나는 그가 잠들어 있는 동안 그에게 말을 건다. 그의 귓전에 몸을 기울이고 나 없이는 살 수 없으리라 속삭인다. 그의 숨소리를 들어 보면 그가 자고 있는 게 분명하고, 내면을 향한 듯한 얼굴은 그가 잠기운에 빠져 있음을 알려 준다. 하지만 나는 그가 잠에서 깨어날 때면 내 말들이 마치 차가 우러나듯 그에게 배어들어 있으리라 생각한다. 그건 젖먹이가 서로 싸우거나 서로 사랑하는 부모의 소리를 듣는 것과 비슷하다. 요람 속의 아기는 눈을 말똥거려도 그저 코끝 언저리를 볼 뿐이지만, 다투는 소리를 들으면 멀리에서 들어도 그것이 아기의 내면 어딘가에 새겨진다.

내 남편의 숨결은 이제 바닷물 소리를 닮아 간다. 숨의 파도가 높아지고, 밀고 들어왔다가 물러 나가기를 되풀이한다. 그 숨소리를 듣고 있으니, 마치 눈앞에 수평선이 펼쳐져 있는 듯하다. 그런 기분에 젖은 채로 나는 그가 어떤 꿈을 꾸어야 하는지 계속 속삭여 준다. 나도 같은 꿈을 꿀 것이다. 오로지 밤만이 입회할 수 있는 꿈을.

목요일

간밤에 내 남편의 손길에 잠이 깨었다. 그가 내 어깨를 어루만지고 있었다. 침실의 어둠을 뚫고 그의 목소리가 들려왔다. 나를 사랑한다고 몇 번이나 되뇌었다. 「당신을 사랑해, 정말로 사랑해. 당신을 사랑해.」 그야말로 내가 꿈꾸던 상황이 벌어지고 있었다.

다시 잠을 이루려고 했지만, 곧바로 잠이 들지는 않는다. 그렇게 잠시 깨어 있는 사이에 내 남편과 나의 들숨과 날숨을 비교해 본다. 우리 두 사람의 호흡이 같은 리듬으로 이루어지고 있다. 하지만 우리가 깨어 있을 때는 똑같은 속도로 숨을 쉬지 않는다(그건 이미 내가 확인한 사실이다). 우리는 몸의 크기가 같지 않다. 그의 허파는 내 허파보다 커서, 당연히 더 많은 공기가 필요할 것이다. 그러니까 우리 두 사람의 호흡이 서로 맞춰진 것은 분명 밤중에 일어난 일이다. 내 호흡이 빨라지는 동안 그의 호흡은 느려졌고, 그러면서 둘의 호흡이 하나로 융합되었다. 잠을 자면서 두 호흡이 서로 어우러지는 것보다 더 대단한 사랑의 표지가 있을까?

이건 헛소리로 하는 말이 아니다. 이 주제를 다룬 아주 진지한 논문들이 존재한다. 짝을 이루어 살다 보면 우리의 생체 리듬 — 심장 박동의 속도, 호흡의 리듬, 소화 시간 — 이 변한다는 것이다. 그런 변화는 생리적인 작용에도 나타난다. 예를 들어 내 남편이 없을 때면 이따금 나는 고통을 느낀다. 내 몸이 금단 증상에 빠지는 것이다.

오늘 아침에 샤워할 때는 물의 온도가 평소와 달라서 뜻하지 않은 즐거움을 맛보았다. 물이 여느 때와 달리 따뜻했다. 어젯밤의 일을 돌이켜 보니, 마지막으로 몸을 씻은 사람은 내 남편이다. 그렇다면 그가 화요일 아침에 내가 했던 것과 똑같은 배려를 한 것일까? 내가 좋아하는 물의 온도를 알아내고 스스로 내 물의 세계로 들어온 것일까? 그가 나와 똑같은 배려를 했다고 생각하니 기분이 좋아진다. 내가 잊고 있었지만, 내 남편은 자기가 원하면 아주 자상할 수 있는 사람이다.

한밤중에 그의 사랑 고백도 들은 데다 내가 좋아하는

따뜻한 물로 샤워하고 나니 행복감이 밀려온다. 그래서 나는 덧창을 그냥 닫힌 채로 두고, 불평하는 마음 없이 어둠 속에서 옷을 입는다. 내 남편이 내 쪽으로 한 걸음을 왔으니 나도 나름대로 노력할 준비가 되어 있다. 나는 노란색의 긴 치마를 선택한다. 그렇게 옷 색깔과 목요일의 색깔을 일치시키는 데에서 즐거움을 느낀다.

나는 기쁜 마음으로 노란 목요일을 시작한다. 배가 고프다. 맛이 단 음식으로(나는 기분이 좋을 때만 단것을 먹는다) 소담한 아침 식사를 차린다. 빵 두 조각에 버터와 잼을 두껍게 발라서 미지근한 초콜릿 음료에 담가 먹는다. 어제는 그렇게 싫어한 귤도 두 개나 깐다(마음이 기쁘니 그 과일에 대해서 품은 원망도 조금 누그러진다).

침실에서 내 남편이 나에게 말을 거는 소리가 들려온다. 나는 반응을 보이지 않는다. 무언가를 묻는 소리가 분명히 들리지만, 마치 아무 일도 없는 듯이 행동한다. 쉬운 일은 아니지만, 그렇게 하는 게 상책이다. 사실 그가 나에게 뭐라고 하는지 잘 들리지 않으면, 나로서는 그에게 다시 말해 달라고 부탁하지 않을 수 없다. 그가 나를 향해 던진 많은 말들이 허공 속으로 사라지는 것은 견딜 수 없는 일이다. 만약 그가 나에게 무언가 중요한 것을 말하고 있는데, 내가 듣지 못한다면 얼마나 안타까운 일인가?

우리가 만난 뒤로 몇 달이 지나서 그가 아시아로 여행을 갔을 때 전화를 걸었던 일이 생각난다. 전화 연결 상태가 좋지 않아서 나는 통화할 때마다 그의 수백 마디 말을 놓치고 말았다. 그에게 같은 말을 되풀이하도록 요구하는 것도 한계가 있는 거라서(정도를 넘어서서 계속 다시 말해 달라고 했다면 내가 얼마나 멍청해 보였으랴), 알아듣지 못한 말들에 미련을 두지 말아야만 했다. 그 말들은 인도 해안과 이집트 사이의 어딘가에 있는 해저 통신 케이블 속에서 영원히 자취를 감췄다고 보고 잊어버려야만 하는 것이었다.

사랑이 식어 버린 커플은 상대방의 말이 다 들리지 않는 상황에 신경을 쓰지 않는다. 그들은 서로 주고받는 말을 마치 공란이 있는 텍스트처럼 덤덤하게 받아들인다. 그건 심각한 일이 아니며 나중에 채워 넣게 되리라고 생각한다. 철저함에 대한 욕구, 즉 단 한 마디 말도 놓치지 않으려고 하는 것은 사랑의 아주 확실한 증거이다.

나는 현관의 큰 거울 앞에서 머리를 한 번 더 매만진

다. 현관 가구 위에는 여러 가지 물건이 놓여 있다. 동전, 도자기 그릇에 담긴 열쇠 꾸러미, 립스틱 한 개, 세례 성사 안내장 두 장, 내 과학 용어 수첩. 화요일에 곳곳을 뒤지며 찾아내려고 했던 과학 용어 수첩이 여기에 있다. 어떻게 여기에 두고 그냥 지나칠 수가 있었지? 사실 나는 왜 그것을 보지 못했는지 안다. 내가 그렇게 부주의했던 이유에 생각이 미치자 저절로 웃음이 난다.

그렇게 내 얼굴에 번진 웃음기는 학교에서 수업할 때까지 이어졌다. 나는 자신 있게 가르치고, 학생들의 열과 열 사이를 평소보다 활기차게 오가면서, 더 크게 말하고, 더 열성을 들이고, 더 배려하고, 더 참을성 있는 모습도 보인다. 내 영어 발음도 훨씬 유창한 듯하고, 화이트보드의 내 글씨도 더 반듯해 보인다. 내가 가르치는 교실을 보더라도, 그 분위기가 더 충만하게 느껴지고, 산소가 더 풍성한 듯하다.

쉬는 시간에 내 남편이 전화를 걸어 온다. 나는 두 차례의 호출에 응답하지 않았다(이것도 쉬운 일은 아니지만, 나 나름의 규칙이다). 그러다가 5분 뒤에 그에게 전화를 건다. 우리는 오늘 저녁 학교에서 열리는 교원 연수 모임에 관해서 얘기를 나눈다. 내가 그 모임에 참석해야 하니, 방과 후에 음악원에 가는 우리 아이들을 데리러 가는 일은 그의 몫이 되었다. 그는 잊지 않고 아이들을 데리러 가겠다고 약속한다.

나의 좋은 기분은 남에게도 쉽게 퍼져 나가는 모양이다. 사람들은 내 안색이 좋아 보인다고 말하기도 하고, 내 치마가 잘 어울린다고 칭찬하기도 한다. 내가 높이 평가하는 선생님이 점심 식사를 함께 하자고 권해 오기도 한다. 우리는 우리가 가르치는 학생들에 관한 얘기 (흥미로운 대화)에 이어, 우리 남편들에 관한 얘기를 나누고(내가 무척 좋아하는 시간), 우리 자식들을 화제에 올린다(이 대목에서 대화의 흥미가 뚝 떨어진다).

내 남편이 밤중에 행한 사랑 고백 덕분에 기쁨을 느끼는 것이지만, 오늘 아침부터 내가 머금고 있는 환한 미소는 목요일의 선물이기도 하다. 목요일은 두 번째 월요일이라 할 만하다. 막간이 끝나고 연극이 다시 시작되는 것과 같은 기분이 드는 날이다. 수영하는 사람이 풀의 내벽을 발로 차면서 몸을 돌리고 반대 방향으로 다시 나아가는 것과 비슷하고, 소풍 가는 도중에 쉬면서 도시락을 먹고 다시 길을 떠나는 것과도 비슷한 날이다.

그런데 오후 1시가 되고 나니, 문득 의심이 엄습해 온다. 모든 걸 엉망으로 만드는 의심, 데카르트가 말한

극단의 의심이다. 간밤에 무슨 일이 있었던 것일까? 내 남편이 정말 그런 말을 했을까? 내가 꿈속에서 들었던 것은 아닐까? 하지만 나는 분명히 기억하고 있다. 〈당신을 사랑해, 정말로 사랑해, 당신을 사랑해.〉 먼저 〈당신을 사랑해〉라고 한 뒤에 〈정말로 사랑해〉라고 했고 다시 〈당신을 사랑해〉라고 말했다. 그의 목소리가 아직도 귓전을 울린다. 그는 나에게 한 번만 말하지 않고, 세 번을 말했다. 내가 세 번을 잘못 들었을 리는 없다. 내가 그렇게 오랜 시간 꿈을 꿀 리도 없다.

Sweep me off my feet please,
Sweep me off my feet now

학생들에게 번역을 가르치겠다는 생각으로 이런 원문을 제시했다. 학생들의 탐구욕을 강하게 불러일으킬 만한 아주 자극적인 연습 문제다. 번역할 수 없는 문장을 갖가지 방식으로 번역을 시도해 보는 것이다. 프랑스어에 정확한 등가물이 없으니 어떤 식으로든 응급조치를 해야 한다.

Sweep me off my feet. 이 문장을 한 단어 한 단어 축어적으로 옮기면, 〈내 발을 쓸어 줘〉 정도가 되는데, 이

런 문장은 아무런 의미가 없다. 〈날 쓰러뜨려〉 하는 식
으로 옮길 수도 있지만, 그러면 바닥을 디디고 있는 발
의 관념이 사라진다. 다른 번역도 생각해 볼 수 있다.
〈내가 설 자리를 잃게 해줘〉 하는 식으로. 하지만 이번
에는 몸짓과 쓰러짐이 느껴지지 않는다. 이것저것을 모
두 한 문장에 담을 수는 없다. 따라서 선택의 폭은 더욱
넓어진다. 넘어뜨려. 내가 균형을 잃고 쓰러지게 해줘.
나를 바닥에서 떼어 놓아. 내가 발을 디디지 못하게 해
줘. 내 발밑을 흔들어서 내가 넘어지게 해. 이 문장은
명령법으로 표명된 하나의 요구이다. 의미만 놓고 보
면, 너를 향한 사랑에 푹 빠지게 해달라는 것인데, 그걸
프랑스어로 표현하는 방법이 정말 다양하다.

　이 문장은 만남을 앞둔 순간, 마음에 큰 변화가 일어
나기 직전의 순간, 사랑이 소환되는 때를 이야기한다.
사랑의 만남은 일견 뜻밖의 만남으로 보일지라도, 결코
아무 데서나 생겨나지 않는다. 사랑의 만남이 이루어지
려면, 무의식적으로라도 준비가 되어 있어야 한다. 누
군가를 만날 채비를 하고 있어야 하는 것이다. 나는 학
생들과 더불어 그런 초조한 상태, 안절부절못하는 상태
에 관해 토론을 벌인다.

　나는 사랑이나 실존적인 딜레마를 다룬 텍스트를 일

부러 선택한다. 우리 학생들이 그런 텍스트를 놓고 벌이는 토론은 나의 내적인 삶을 풍요롭게 만들어 준다. 열다섯 살에서 열여덟 살에 이르는 나이 때에는 감정이 쉽게 격앙된다. 이 무렵 처음으로 열정을 느낀다. 그러니까 우리 학생들은 사랑이 어떻게 돌아가는 것인지 아주 잘 안다. 분명 자기네 부모보다 잘 안다. 그런 덕분에, 나는 한 주일 동안 학생들을 만나면서 심도 높은 의견 교환을 많이 한다고 확신한다. 다른 곳에서는 그저 물자 보급과 실생활(바캉스, 실내 장식, 메뉴 선택, 사립 또는 공립 학교)에 관한 얘기를 할 뿐이다. 정말이지 성인들의 이런저런 얘기 속에서는 형이상학적인 고민보다 가정사의 근심거리가 더 자주 화제에 오른다.

Sweep me off my feet please,
Sweep me off my feet now

내가 이 문장을 우연히 선택한 것은 아니다. 나는 이런 가사를 담은 노래가 흐르는 속에서 내 남편을 처음으로 만났다. 한 친구가 어떤 영국 그룹의 공연을 함께 보러 가자고 했는데, 나는 들어 본 적이 없는 그룹이라서 별다른 기대를 갖지 않고 제안을 받아들였다. 음악이 어찌나 강렬하던지, 우리는 서로의 말을 알아듣기가 어려웠다. 그때 그 미지의 남자가 내 쪽으로 몸을 기울이더니, 자기 이름을 내게 말해 주었다. 나는 즉시 그에게 반해 버렸다. 그가 알려 준 이름은 길조의 이름, 약속으로 가득 차 있으면서도 마음을 든든하게 해주는 이름, 애인과 남편의 이름으로 느껴졌다. 이후로 벌어진 일을 보면 그 느낌이 옳았다는 생각이 든다. 우리의 첫 만남은 참으로 아름다웠기에, 때때로 그것이 두고두고 얘기될 만한 첫 만남의 사례가 아닌가 하는 느낌이 들기도 한다.

우리가 처음으로 몇 마디 말을 주고받는 동안(사람들이 많이 모여 있는 상태라서 우리는 겨우 열 단어 정도밖에 주고받지 않았다. 그 일을 떠올리면 현기증이 난다. 이제 우리는 얼마나 많은 말을 주고받는가?), 가수는 기타의 리프에 맞춰 같은 가사를 되풀이하고 있었다. 내가 잊지 못하게 될 이 가사를. Sweep me off my feet please, sweep me off my feet now.

그날 저녁, 내 남편은 친구 한 명과 함께 왔다. 나는 우리 첫 만남의 증인이 되는 행운을 누린 그 남자를 종종 생각한다. 첫 만남의 장면을 그의 관점에서 보고 싶었다. 그는 그 만남이 우리 삶에서 갖게 될 중요성을 이미 예상할 수 있었을까? 내일이 없는 만남도 있고 삶을 통째로 달라지게 만드는 만남도 있는데, 그 둘을 구별할 수 있게 해주는 외적인 징후가 있을까? 우리를 둘러싸고 있던 공기에 전기가 더 강하게 띠어서, 아주 작은 불티에도 반응할 준비가 되어 있던 걸까?

내 남편의 친구인 그 남자는 이듬해에 교통사고로 세상을 떠났다. 그러니까 나는 우리의 첫 만남에 관한 그의 증언을 들을 수 없었던 셈이다. 우리의 기원에 관한 이야기의 한 부분, 우리의 사랑 우주 생성론의 중요한 측면이 나에게서 날아가 버렸다. 어쩌면 그의 죽음은 이후에 내가 남편과 함께 마주친 몇 가지 어려움의 이유를 설명해 줄지도 모른다. 우리가 어디에서 왔는지 모르는데 어떻게 어디로 가는지를 알 수 있겠는가? 어쨌거나 나는 그 공백에 대처하자는 뜻으로 해마다 우리 학생들과 함께 이 노래의 가사를 연구한다. 어떤 만남이든 신비를 품게 마련이고, 나는 그 신비를 알아내기 위해 계속 노력하고 있다.

월요일 수업 때 신랑 신부가 혼인 서약을 하는 대목을 통해서 조동사 〈do〉를 공부하다 말았는데, 이제 그것을 마무리해야 한다. 신랑 신부가 〈I do〉라고 말하는 것에 대한 학생들의 반응은 거의 비슷하다. 다만 그 말의 효과를 지각하는 방식에서 남녀 간에 차이가 있는 것으로 보인다. 여학생들이 남학생들보다 훨씬 민감하게 그 효과를 감지한다.

「조동사로 표현하긴 했지만, 아름다운 사랑 고백이에요. 여자가 자기 신랑을 무척 사랑한다는 느낌을 줘요.」 한 여학생이 영어로 이렇게 평을 내렸다.

그러고 보면, 13년 전에 내 남편을 위해서 썼던 혼인 서약문을 보관해 둔 것은 잘한 일이다. 그 서약문은 학생들을 위한 훌륭한 번역 연습 문제가 될 수도 있고, 조동사 용법을 복습하는 기회가 될 수도 있다. 나는 몇 달에 걸쳐서 관련 문헌을 뒤져 가며 그 서약문을 썼다. 관련 주제에 관한 논문을 50편쯤 참고하고, 수십 권의 책을 읽었다. 로맨틱 코미디 영화도 셀 수 없을 만큼 많이 보았다. 그 숱한 연구를 바탕으로 두꺼운 수첩을 가득 채울 만큼 초고를 썼다. 그 성과를 제대로 활용하지 못한다면 크나큰 낭비가 될 것이었다. 실제로는 사랑을 이루는 데 도움이 되지 않았지만, 나는 그 실패를 교육적인 성공으로 변화시켰다. 묵은 것을 다시 살려 냈다는 이유로 누가 나를 나무랄 수 있겠는가? 선생이 수업 내용과 개인적으로 관련되어 있으면, 그만큼 더 교육이 훌륭해진다.

　내 남편과 나는 포도원 한복판에 있는 성관(城館)에
서 결혼식을 올렸다. 그건 내가 소녀 시절에 꿈꾸었던
결혼식이었다. 수백 명의 하객, 올림머리 스타일로 우
아하게 볼륨을 높인 내 금발, 움직일 때마다 이리저리
하늘거리는 화려한 드레스, 온갖 빛깔의 초롱에 불을
밝혀 어둠 속에서 빛나는 탁자들. 당연히 나에겐 걱정
거리가 있었다. 서민 계층에 속하는 내 부모가 신랑의
부르주아 가문 사람들과 같은 테이블에 앉아 있어야 한
다는 게 무척 마음에 걸렸다. 하지만 결과적으로는 아
무런 문제가 없었다. 내 시부모는 그렇게 같이 있기가
거북했을 텐데도 전혀 내색을 하지 않았다.

　나는 앵글로색슨 문화에 물들어 있던 터라, 혼인 서
약을 주고받는 절차를 꼭 거치고 싶었다. 내 남편이 손
으로 쓴 서약문을 통해 나와 하는 결혼이 지극히 행복
하다는 것을 말하고 왜 그렇게 행복한지를 설명하는 장
면이 꼭 들어가야 한다고 생각했다(나중에 우리 두 사
람의 서약문을 액자에 끼워 침실에 걸어 둘 수 있으리
라 상상하기도 했다). 내 남편이 나에게 자기 사랑을 공
개적으로 표명하지 않는 것은 상상할 수도 없는 일이었

다. 그는 내향적인 성격 탓에 자기가 나를 열렬히 사랑하는 이유를 토로한 적이 없다. 만약 결혼식이 내 배우자가 사랑을 고백하는 기회가 되지 않는다면 결혼에 무슨 의미가 있겠는가? 그때 이미 나는 장차 의문이 밤들이 올 것에 대비해서 그런 사랑 고백이 필요하리라고 느꼈다.

나는 곧 남편이 될 그 사람에게 몇 주일에 걸쳐서 혼인 서약문에 관해 얘기했고, 시가 쪽에도 내 의견을 전달했다. 가톨릭교회 혼인의 네 기둥[13]이나 혼인 성사 중에 신부님 앞에서 서약하는 것은 나에게 별로 큰 의미가 없다. 그래도 나는 그 의식에 참여하는 것을 받아들였다. 하지만 그 서약에는 사랑이나 불꽃이나 약속에 관한 것이 전혀 없다. 나는 미국 영화에서 본 것처럼 그렇게 서약을 주고받고 싶었다. 시어머니는 그 제안을 놀랍게 여긴 모양이었다. 전통이 아니니까 그럴 만도

---

13 가톨릭교회 혼인의 네 가지 근본 성격을 가리킨다. 첫째는 어떠한 강박도 없이 완전히 자유로운 마음으로 결혼한다는 혼인 합의의 자유성, 둘째는 〈하느님께서 맺어 주신 것을 사람이 갈라놓으면 안 된다〉는 예수의 가르침을 따른 불가 해소성, 셋째는 일생 신의를 지키며 서로 사랑하겠다는 절조, 넷째는 하느님께 주실 자녀를 사랑으로 받아들이고 양육하겠다는 출산과 양육의 약속. 결혼이 사랑을 바탕으로 이루어지는 하나의 건물이라면, 이 네 가지가 그 건물의 기둥이 된다고 보는 것이다.

했다. 하지만 시어머니는 귀담아들어 주는 모습을 보이셨다. 나는 그것이 나에게 중요하다고 설명했다(망설이다가 그만두기는 했지만, 내가 그런 관습에 집착하는 걸 정당화하기 위해 미국에 조상이 살았다는 얘기를 지어내려 하기도 했다). 결국에 가서 시가는 자기들 나름의 방안을 제시했다. 피로연의 식사를 앞두고 증인들이 한마디씩 할 때 신랑 신부의 서약 주고받기를 하자는 것이었다.

결혼식 날, 모든 게 제대로 시작되는 것처럼 보였다. 드레스도 좋아 보였고, 날씨도 내 피부도 만족스러웠다. 예정한 대로, 증인들은 만찬 전에 유머와 애정의 표현을 섞어 가며 축하의 말을 했다. 뒤이어 서약을 주고받는 시간이 왔다. 먼저 신랑이 마이크를 잡았다. 그는 참석한 우리 친지들에게 감사를 표하고, 그날 저녁 우리와 함께하지 못한 사람들에게도 마음을 썼다. 그런 다음 내 쪽으로 몸을 돌렸다.
「우리가 여유를 갖고 함께 있는 기쁨을 공유하는 것, 제 아내는 그것을 중요하게 여겼습니다. 우리 친지들 앞에서 큰 목소리로 이렇게 말하는 기쁨을 공유하는 것 역시 아내에게는 중요했습니다. 그래서 저는 말합니다.

여보, 사랑해. 영원히 사랑할 거야. 나는 세상에서 가장 아름다운 여자를 만난 가장 행복한 남자야.」

박수갈채가 쏟아지고, 우리 부모의 눈에 눈물이 어렸다. 나는 한 손에 몇 달에 걸쳐 작성한 서약문을 들고 있었다. 내 남편이 마이크를 내게 건네주었다. 하지만 나는 손가락들 사이에서 구겨져 있던 종이를 펴지 않았다. 그가 몇 마디 말밖에 하지 않은 상황이라, 내가 서약문을 읽는다면(읽기 연습을 하면서 시간을 재보니 7분이 걸렸다) 우스꽝스러워 보일 터였다. 그래서 나는 참석한 하객들에게 다시 한번 감사를 표한 다음, 신랑에게 너무나 간단하고 소박하게 말했다. 그의 아내가 되어 행복하다고. 영원히 그를 사랑하겠다고. 나는 돌같이 굳어진 기분이 들었다. 그날 나는 2년 전 우리 첫 만남이 얼마나 멋있었는지 얘기했어야 하고, 뒤이은 몇 달 동안 우리가 카페 테라스에서 끝없이 나눈 대화에 대해서도, 우리가 아파트로 막 이사한 뒤에 골판지 상자들 사이에서 그가 이끄는 대로 함께 춤을 추었던 저녁에 대해서도 말했어야 하는데, 그 모든 것들에 대해서 한마디도 하지 못했다.

〈나는 세상에서 가장 아름다운 여자를 만난 가장 행복한 남자야〉라고 그는 말했지만, 만약 그런 식으로 나를 외모에 한정하지 않고 나의 인격이나 영민한 지성 같은 것을 두고 나를 칭찬했다면 얼마나 좋았을까. 누구나 알다시피 미모는 결혼이라는 관계와는 달리, 평생 가지 않는다.

〈여보, 사랑해. 영원히 사랑할 거야〉라는 말에는 소박함과 수줍음이 담겨 있다. 이 두 단어는 그와 잘 어울린다. 그런 점에서 그의 서약은 그 자신과 비슷했다(그가 말한 것을 서약이라고 볼 수 있다면 말이다). 소박함과 수줍음, 그건 나쁠 것이 없었다. 하지만 나는 엄숙함과 풍성함을 꿈꾸고 있었다. 그 순간에 나는 신랑이 결혼하기에는 너무 젊고 미숙한 게 아닐까 하고 생각했다. 이 남자가 나에 대한 사랑의 심오한 이유를 표현하지 않은 것은 사랑의 이유를 분명하게 깨닫지 못했기 때문이 아닐까? 내가 아름답고 온순하니까, 그것으로 족하다는 것일까? 더 깊이 생각해 본 적도 없고, 스스로에게 그런 질문을 던져 본 적도 없다는 뜻인가? 〈여보, 사랑해. 영원히 사랑할 거야〉는 무척 예쁜 말이다. 하지만 당시의 내가 보기엔 평생을 건 약속치고는 조금 가볍게 느껴졌다. 나는 그가 결혼식 때 하는 약속의 중요성을 파악하고 그런 말을 한 것인지 심각하게 자문하지 않을 수 없었다.

한 시간 수업을 끝내고 전화기를 들여다본다. 내 남편이 전화하지 않았음을 확인하니 늘 그랬듯이 가슴을 꼬집힌 것처럼 알알한 기분이 든다. 그래서 내가 전화를 걸기로 마음을 먹는다. 통화 연결음이 울리는 동안, 혈압이 올라가고 심장 박동이 빨라지고 뇌 속의 편도체로 아드레날린이 퍼져 들어간다. 나는 정말 알고 싶어. 내 사랑, 간밤에 나를 사랑한다고 말했어? 그가 전화를 받는다. 우리는 몇 분 동안 얘기를 나눈다. 나는 짐짓 담담한 어조로 방금 끝낸 수업에 관해 이야기한다. 그런 다음 허공에 몸을 던지는 기분으로 그의 사랑 고백에 관하여 말을 꺼낸다. 그는 내가 무슨 말을 하는지 가리사니를 잡지 못한다. 나는 설명을 더한다. 창피를 무릅쓰고 내처 분명하게 묻는다. 「간밤에 나를 사랑한다고 말하지 않았어?」 대답이 나왔다. 단호하고 결정적인 대답. 「안 했는데.」

　나에겐 그가 기억해 주는 것이 필요했다. 그가 나를
사랑한다고 말한 게 사실임을 확인할 필요가 있었다.
내 남편이 나를 사랑한다고 말하는 소리가 자주 귀에
들어오는데, 그게 환청이 아님을 확인해야 하는 것이
다. 지난달에는 이런 일도 있었다. 그날 아침 욕실에서
우리가 무슨 대화를 나눴는지 기억하고 있느냐고 내가
물었다. 그는 내가 무슨 말을 하는지 모르는 눈치였다.
그래서 나는 분명하게 묻지 않을 수 없었다. 「내가 화장
을 마무리하고 있을 때 당신이 나를 사랑한다고 말하지
않았어?」 내 남편은 놀라움과 어색함이 뒤섞인 표정으
로 대답했다. 「아니, 그런 말 한 적 없는데.」 사랑에 빠
진 내 뇌가 〈나갈 준비 됐어?〉라고 물은 것을 〈나 당신
사랑해〉로 들은 게 분명했다. 그런 시절이 있긴 했다.
그가 하루에도 몇 번씩 나를 사랑한다고 말하는 것을
듣던 시절이.

　상황이 이렇게 되니 오늘 아침에 기쁨을 느끼며 선택
한 노란색이 실제 그대로의 모습으로 보인다. 이건 자
연스러운 일광의 노란색이 아니다. 이건 태양의 노란색
도 광합성의 노란색도 아니다. 이건 전등의 인위적인

빛살이 만들어 내는 노란색이다. 이건 거짓의 노란색이고, 간통과 위선의 노란색이다. 오늘 하루가 시작되는 순간의 그 환희의 노란색에 눈이 멀어 버렸던 모양이다. 어떻게 그토록 어리석은 짓을 할 수 있었을까?

나는 내 수첩을 꺼낸다. 왠지 가져가는 게 좋겠다 싶어서 넣어 온 수첩이다. 오늘 아침엔 구름을 타고 있는 듯한 기분에 젖어 있었지만, 우리 부부의 사랑 날씨가 갑작스럽게 변하는 것에 익숙한 터라 이 행복이 얼마나 덧없는 것인지 이미 예상했던 것이리라. 만년필로 글을 한 줄 쓰고 나자, 나에게 할 일이 남아 있음을 즉시 깨닫게 된다. 나는 이틀 전부터 답장을 보내지 않고 그냥 두고 있던 문자 메시지를 다시 읽은 다음, 이렇게 쓴다. 〈그래, 조금 뒤, 5시 30분에 거기에 가 있을게.〉

뒤이어 나는 두 번째 수첩을 꺼낸다. 이 초록색 수첩을 보면서 내 남편이 나에게 안겨 주는 고통을 이겨 내기 위한 해결책을 얻는 것은 아니지만, 나는 이 수첩을 보면서 사랑에 관한 조언을 길어 올리기도 하고 사랑에 관해 영감을 주는 문장들을 다시 읽기도 한다. 신비스러운 매력을 지닐 것, 사랑이 살아 움직이게 할 것, 상대가 포착할 수 없는 상태를 유지할 것. 내가 빨간색으로 강조해 놓은 목록과 제목을 보자 약속 장소에 가는 데에 필요한 용기가 생겨난다.

내 립스틱(내가 **솔메이트**, 즉 〈마음이 통하는 친구〉라는 그 이름을 보고 선택한 고급 브랜드의 체리색 립스틱), 그리고 바닥에 닿을 때마다 아무런 거리낌 없이 딸깍거리는 구두 뒤축이 나에게 새로운 자신감을 주는 가운데, 나는 학교를 나선다. 도중에 내 남편과 나의 첫 만남이 어느 목요일에 이루어졌다는 사실을 고통스럽게 되새긴다. 월요일(내가 가장 좋아하는 날)이나 금요일(내게 행운을 가져다주는 날)에 그를 만났으면 무척 좋았을 법하다. 목요일이 단박에 우리 만남을 그 양면성을 띤 색깔의 영향하에 두었으니까 말이다. 나는 내 태양을 만났으니, 목요일은 영원히 즐거운 추억이 될 터이지만, 동시에 그 노란색은 배신이 가능하다는 경고를 품고 있었다.

오후 5시 30분이 좀 지나서 다다라 보니(내 남편을 만날 때가 아니면, 지각하는 것에 아무런 가책을 느끼지 않는다), 막심은 이미 실내에 자리를 잡고 있다. 날씨가 더운데도 불구하고, 남에게 들킬 수 있는 테라스를 피하는 것이다(그 역시 결혼한 사람이다). 나는 그를 마주하고 앉는다. 그 뒤로는 더 할 일이 없다. 막심이 모든 일을 알아서 한다. 종업원에게 신호를 보내 음식을 주문하고, 둘이 나눌 만한 대화의 허두를 꺼내고, 내 치마에 관해서 칭찬을 늘어놓고, 내가 잔을 비우자 다른 것을 더 마시겠느냐고 물어본다. 그야말로 활기에 차서 나를 유혹하는 것이다. 내가 내 남편에게 바로 이런 모습을 보이는 걸까? 내가 너무 많이 노력하고, 너무 잘하고 싶어 하는 것일까? 막심은 유혹하려고 애쓰지만, 그 태도에 세련됨이 부족하다. 내가 그의 맘에 드는 것은 분명하다. 이 사람은 왜 고상한 척을 하지 않는 걸까? 이 사람은 왜 접근하기 어려운 남자 행세를 하지 않는 걸까? 이 사람 역시 아무것도 배우지 않은 걸까?

막심의 노력에도 불구하고, 나는 그에게 관심을 기울이지 못한다. 내 남편은 내가 교원 연수 모임에 참가하고 있는 것으로 생각하니, 나는 앞으로 적어도 세 시간은 쓸 수 있다. 만약 막심이 이렇게 길게 말하는 것을 들어야만 한다면, 세 시간은 무척 지루해질 우려가 있다. 그러고 싶지는 않지만, 자꾸 막심을 내 남편과 비교하게 된다. 내 남편은 우리 아이들에 관해서 말할 때, 막심과는 달리 〈작은애〉나 〈큰애〉 같은 말을 쓰지 않고, 언제나 아이들의 이름을 부르면서 말한다. 내 남편은 이 시각에 에스프레소를 주문한 적이 없고, 여름에도 반소매 셔츠를 좋아하지 않는다. 그러고 싶지 않지만, 나는 자꾸 두 남자를 비교한다. 이 남자는 내 남편보다 눈이 더 아름답지만, 내 남편보다 키가 작다. 무엇을 비교하든, 내가 기준으로 삼는 것은 내 남편이다. 그는 내 판단의 준거이고, 내 계량의 척도이며, 내가 재는 높이의 기준이 되는 해수면이다.

나는 막심의 눈을 똑바로 바라본다. 그래야 무슨 말을 하지 않아도 된다. 그에게 별로 할 말이 없으니, 침묵을 지키는 게 신비로운 분위기를 풍기는 데에 도움이 될 것이다. 게다가 이렇게 바라보는 게 나쁘지 않다. 막심의 눈이 아름다우니까 말이다(초록색이 섞인 벌꿀색 눈이다). 나는 그를 처음 만나자마자 그의 눈길에 매료되었다. 학부모 교사 합동 모임 때의 일이었는데, 그는 드물게 자리한 아버지들 가운데 하나였다.

마음 같아서는 테킬라를 한 잔 마시고 용기를 내고 싶다. 하지만 나는 페리에 탄산수를 마셨다. 술을 주문할 엄두가 나지 않았다. 술을 마시지 않았더라도, 지금 기가 꺾여서는 안 된다. 몇 달 전부터 이 남자와 문자 메시지를 통해 교제를 해온 터다. 이미 술을 한잔 마신 적도 있다. 이제 더 멀리 나아가야 한다. 그게 내가 스스로 정한 규칙이다. 그래서 나는 한 손을 그의 넓적다리 위에 놓는다.

나는 눈길을 그에게 붙박은 채 넓적다리에 놓은 손을 허벅지 위쪽으로 올리며 그에게 신호를 보낸다. 감정이 제어하기 어려울 만큼 북받치고 있다는 뜻이다. 그에게서 즉시 느낌이 온다. 나에 대한 그의 욕구가 너무 강렬하다. 그는 내가 허벅지를 어루만지거나 나른한 눈길을 보내는 것으로 만족하지 않으리라. 이미 너무 늦었다. 이쯤 되면, 그는 한 번도 입을 맞춰 본 적 없는 내 입도

탐하지 않을 것이다. 이 게임을 너무 오래 끌어온 터라, 입맞춤은 불충분한 소득이 될 것이다. 그래서 그는 말을 하면서 한 손을 내 치마를 따라 올리더니, 팬티에까지 다다라, 그것을 옆으로 미끄러뜨리며 손가락 하나를 내 안에 밀어 넣는다. 나는 완강하게 버틴다. 하지만 내 흥분은 이미 그의 손가락들 위로 흐르고 있다.

막심은 역 근처 호텔에 방 하나를 예약해 두었다. 나는 방 안에 들어가, 무의식적으로 침대를 에돌아 창가로 나아간다. 유리창 너머로 행인들이 보인다. 길모퉁이 레스토랑의 테라스에는 커플들이 자리를 잡고 앉아 있다. 막심이 나를 몽상에서 끌어낸다. 「창가로 바삐 가서 뭘 하는 거야? 비행기에 탄 사람처럼 비상구를 살펴 두는 건가? 아니면 벌써 도망치고 싶은 거야? 알다시피 떠나고 싶으면 언제든 떠날 수 있어. 당신이 억지로 해야 할 일은 아무것도 없어.」

침대에 눕자, 막심이 내 팔을 어루만진다. 그 손의 압력이 놀랍다. 막심은 내 팔을 누르는 것도 아니고, 그냥 스치는 것도 아니다. 그가 나를 쓰다듬고 있다는 생각이 든다. 내 남편은 촉각의 즐거움을 별로 찾지 않는다. 그는 긴 시간을 들여 포옹하는 것을 좋아하지 않는다.

그를 만지는 사람들은 자칫하면 그의 심기를 불편하게 만들 수도 있다. 물론 내 남편과 나는 신체적인 접촉을 한다. 그는 내 손을 잡고 내 이마에 입을 맞춘다. 때로 는 그 몸짓이 연장되어 내 몸 위에서 왕복 운동을 하며 애정을 표시하기도 한다. 그런데 우리가 이렇게 쓰다듬 는 몸짓을 주고받는 것 같지는 않다. 내 남편은 나를 네 발짐승처럼 엎드리게 하고 섹스를 한다. 그런데 그가 내 팔을 쓰다듬은 적은 없었던 듯하다.

막심의 손바닥이 닿으니 전율이 느껴진다. 엄청난 일 이 벌어지리라는 예감이 든다(내 안에 들어왔던 손가 락을 내 몸이 아직 기억하고 있다). 하지만 당장은 그가 내 어깨에 손을 대고 있을 뿐이다. 벌써 더없이 외설적 인 시나리오가 눈앞을 스쳐 지나간다. 막심의 한쪽 손 만 내 팔에 닿았을 뿐인데 인터넷에 담긴 모든 포르노 영상보다 그것이 더 음란하게 느껴진다.

막심과 함께하는 섹스는 서프라이즈의 연속이다. 내 성기가 그의 혀 놀림에 녹아 버린다는 게 놀랍다. 그가 스스로 콘돔을 씌우며 나한테 여전히 원하느냐고 묻는 게 놀랍다. 내 속에 들어온 그의 성기가 칼처럼 단단하 고 뾰족하며, 거의 날이 선 것 같은 느낌을 준다는 게 놀랍다.

　우리는 한 몸을 이룬 채로 침대 위를 이리저리 구른다. 우리가 성행위를 하면 할수록 나는 그를 더 욕망한다. 그가 내 속에 있다 해도 내 욕구는 전혀 가라앉지 않는다. 오히려 그는 내 욕구를 자꾸 키운다. 우리는 서로 기어오르고, 서로 움켜잡고, 무엇보다 서로 말을 나눈다. 그는 내 귀에 대고 음탕한 말을 속삭인다. 내가 촉촉해지고 쾌감을 느끼고 신음을 토하는 것을 보면 너무 좋다고 귀엣말을 한다. 그는 내 가슴과 엉덩이를 좋아한다. 그의 상스러움에 마음이 편해진다. 그와 함께라면 나는 부르주아 여자로서 성행위를 할 필요가 없다. 그는 부르주아가 전혀 아니다. 그는 내가 청소년기에 함께 잤던 우리 동네 남자애들을 생각나게 한다.

　막심은 내 욕구나 내 몸에 흐르는 유체나 내 신음이나 내 말이 자기 것과 맞지 않아도 싫증을 내지 않는다. 그는 내 몸에서 빠져나갔다 싶으면, 다시 혀로 내 다리 사이를 파고들고, 이어서 내 입안에 혀를 묻는다. 그의 손가락에 이어 혀가, 그리고 다시 그의 성기가 내 입안으로 파고든다. 그렇게 모든 것을 뒤섞어도 되는지, 그렇게 순서를 바꿔도 되는지 나는 몰랐다. 그가 말하기를, 완벽하게 매니큐어를 칠한 내 손톱이 자기 성기에

닿은 것을 보면 무척 흥분된다고 한다. 추측건대, 손톱
도 그렇겠지만 내 커다란 외알박이 다이아몬드 반지도
그를 흥분시키는 건 아닐는지.

막심이 내 안에 있는 동안 그는 코를 내 목에 박은 채
로 한 손을 내 머리에 올린다. 손을 그러고 있는 게 나
를 보호하기 위한 것임을 몇 분이 지나서야 알아차렸
다. 내가 몸을 굴려 등을 침대에 대고 누우니, 막심이
내 위에 있는데, 나도 모르는 사이에 내 머리꼭지가 침
대 머리맡 탁자 모퉁이를 스치고 있는 모양이다. 막심
은 내가 부딪치는 것을 막기 위해 한 손으로 내 정수리
를 감싸고 있는 것이다. 이에 어찌 감동하지 않으랴.

내 눈에서 갑자기 눈물이 펑펑 솟는다. 이건 내가 익
히 아는 눈물이 아니다. 이 눈물은 나에게 익숙한 어느
범주에도 속하지 않는 눈물이다. 분노의 붉은 눈물도
슬픔의 투명한 눈물도 아니다. 이 눈물은 폭포와 비슷
하다. 본 적은 없지만, 남미의 그 거대한 폭포와 닮았다.
나는 발을 디뎌 본 적이 없는 대륙의 폭포처럼 운다.

막심은 사과를 하며 욕실에 가더니 화장지를 가져와
서 내민다. 나는 바로 이유를 말하지 않고 몇 분이 지나
서야 그럭저럭 알아들을 만한 소리로 입을 뗀다. 「당신
은 내가 부딪치지 않도록 한 손을 내 머리에 올려놓았

어.」 막심은 무어라 대답할지 모르겠다는 표정을 지으며 두 다리 사이로 성기를 덜렁거린다. 내 눈물샘이 대홍수처럼 터지는 것을 마주하고, 그는 한 유부녀의 갑작스러운 후회나 심한 불안증 발작을 목격하고 있는 것으로 여긴 모양이다. 한 손을 머리에 올렸다는 이유로 그렇게 많은 눈물을 쏟는다는 것이 이해되기는 쉽지 않았다.

「나는 그냥 당신이 다치지 않게 하려고…….」

그가 물 한 잔을 내민다. 물을 마시니 눈물이 차츰 멎는다. 마치 유일한 치료제가 액체이기라도 한 것처럼(내 눈물의 폭포를 약간의 물로 덮어 버리기라도 한 것처럼).

이윽고 그가 내 등을 어루만지며 묻는다.

「당신, 조금 과민한 거 아닐까?」

내 근육이 하나둘 부드럽게 풀리고, 마음이 다시 차분해진다. 몇 분이 지나서, 나는 침대 발치에 머리를 두고 길게 눕는다.

그러고는 다시 미소를 지으며 막심에게 묻는다.

「나, 북극에 왔는데, 당신도 올 거야?」

그는 하하 웃더니, 창문을 활짝 열어젖힌 다음 베개 두 개를 들고 와서 내 옆에 눕는다. 문득 고요한 그림

속에 들어와 있는 느낌이 든다. 석양빛이 침대에 비쳐 들고, 교외선 열차들이 다가오고 멀어지면서 규칙적으로 한숨을 쉬고, 소나기가 그친 뒤의 냄새가 우리 층까지 올라온다. 막심의 손이 다시 내 팔 위에 놓이고(포르노적인 이미지), 더없이 부드러운 깃털 이불이 내 살갗에 닿는다(무엇 때문에 호텔방의 리넨 제품은 이토록 부드러운가? 세제를 대량으로 사용하기 때문일까? 모든 세탁물을 100도 물로 끓이는 거대한 세탁기 때문일까? 아니면 시트를 마치 오븐에서 꺼낸 것처럼 뜨겁게 해주는 건조기 때문인가?)

얼굴에 빛살의 애무를 받고, 열차 소리를 자장가로 들으니, 낮잠을 한숨 자고 싶어진다. 막심은 나에게 자고 싶은 욕구를 엄청나게 불러일으킨다. 우리 사이에 아무것도 없다는 증거다. 사랑하면, 아직 말하고 싶고, 서로 보고 싶고, 함께 있고 싶어지게 마련이다. 잠을 잘 때는, 상대를 포기한다. 잠자기는 사랑하기를 조금 중단하는 것이다. 그래서 나는 내 남편이 나를 옆에 두고 그렇게 빨리 잠드는 것을 원망한다.

막심의 손가락들이 내 팔에서 물러나 내 젖꼭지 위에서 노닐더니, 배꼽 주위를 아슬랑거리다가 허벅지 사이로 들어간다. 나도 그를 어루만지려 하는데, 그가 내 손목을 잡고 움직임을 중단시킨다. 「움직이지 마. 내가 하는 대로 가만히 있어.」 그가 나에게 요구하는 것은 단 하나, 나를 바라보면서 나를 애무하게 해달라는 것이다. 나는 몇 분 동안 내 눈에 박힌 그의 눈길을 버티고 있다가, 그의 목 쪽으로 눈을 돌린다. 성적 쾌감이 너무 빠르게 최고조로 올라가고 있기 때문이다. 쾌감이 사라질까 두렵다. 쾌감이 그의 손가락 사이로 미끄러져 버릴까 두렵다. 그래서 그에게 더 세게 계속하라고, 더 빠르게 하라고 요구한다. 내가 신음을 토하기 시작하자, 그가 명령조로 소리친다. 「자, 맘껏 즐겨!」 누가 나에게 그런 말을 한 것은 이번이 처음이다(오르가슴이라는 게 누가 이성적으로 요구한다고 해서 느낄 수 있는 것일까? 아마도 그런 것 같다. 어쨌거나 그런 요구가 효과를 발휘한다). 나는 손가락들의 움직임 덕에, 오르가슴을 느끼며 머리를 베개에 묻는다. 이번엔 그가 내 팬티를 다리를 따라 미끄러뜨리지도 않았다.

　내가 브래지어 후크를 채우고 있는데, 막심이 다정하게 나를 부른다.

　「이거 알아? 당신 등 아래쪽에 걱정스러운 점이 하나나 있어.」

그가 거북해하는 기색으로 말을 잇는다.

「나는 의사가 아니라서 잘 모르지만, 누군가에게 그
것을 보여 주어야 하지 않을까 싶어. 색깔이 이상해. 거
의 보랏빛이거든.」

모욕감이 들 정도로 창피한 일이다. 막심은 아무도
내 등을 보아 주지 않는다고 생각하리라. 나를 몇 달 전
부터 남편의 손길을 받지 못하는 그런 유부녀 중 하나
라고 생각하리라. 바로 그런 이유로 내가 자기와 함께
이 호텔방에 있는 거라고 생각하리라. 그는 자기 휴대
전화로 사진을 찍어 나에게 보여 준다. 아닌 게 아니라
그 점의 빛깔이 이상하다. 나는 그에게 감사의 뜻을 표
하고 의사를 보러 가겠다고 약속한다. 그런 다음 그의
휴대 전화에서 그 사진을 삭제한다(이 관계는 혼외정
사라는 점을 잊지 않은 것이다). 그리고 무심코 휴대폰
을 보고 있는데, 그의 아내 사진이 화면에 나타난다. 나
는 그렇게 그의 사생활을 침해한 것에 대하여 사과한
다. 일부러 사진을 본 것은 아니고, 가장 나중에 찍은
사진을 삭제하면 바로 앞의 사진이 자동적으로 나타난
다는 점을 생각하지 못한 것이다. 막심은 의무감을 느
낀 듯 낯을 붉히며 내가 분명하게 말할 엄두를 내지 못
한 것을 확인해 준다.

「그래, 클레망스야, 내 아내.」

무척 아름다운 여자다(그러니까 무척 아름다운 아내를 두고도 혼외정사를 할 수 있다는 것이니, 내 결혼에 대해서 불안해할 이유가 하나 더 늘어난 셈이다). 그들 부부는 어느 레스토랑의 테라스에 앉아 있다. 그의 아내는 한 손에 적포도주가 담긴 잔을 들고, 노란색의 예쁜 드레스 차림으로, 카메라 렌즈를 보며 미소를 짓고 있다. 내 남편은 내 사진을 찍어 자기 휴대폰에 저장해 본 적이 없다. 그래서 나는 이 사진이 어떤 식으로 촬영되었는지 짐작하기가 쉽지 않다. 대략 어떤 우연성을 가진 일들이 연쇄적으로 일어났기에 이런 사진이 생겨날 수 있었을까? 그날 저녁 막심과 그의 아내 사이에 무슨 일이 벌어졌기에 이런 사진이 나타났을까? 그들이 주요리를 먹고 디저트를 기다리던 참에, 그가 문득〈오늘 저녁 내 아내는 참으로 아름다워서 이 순간을 영원불멸의 장면으로 남기지 않으면 안 된다. 저 미소와 저 빛에 관한 추억을 영원토록 간직하고 싶어〉라고 생각했을까? 아니면, 그녀가 자기네 와츠앱 채팅방에 보내기 위해 사진을 찍자고 했을까? 와츠앱 채팅방이 아니라면, 자기들에게 이 도심의 이탈리아 레스토랑을 추천해 준 친구 커플에게 윙크를 보내듯 고맙다는 인사를

하기 위함이었을까? 아니다. 클레망스의 미소는 사적
이고, 그녀의 머리는 조금 기울어져 있다(게다가 남편
을 다정하게 바라보고 있는 표정으로 짐작건대, 이 사
진은 남편 말고 달리 받을 사람이 있어 보이지 않는다).
또 한 가지 염두에 두어야 할 것은 그녀가 미용실에 다
녀온 차림이 아니라는 사실이다. 그 여자는 어느 친구
에게 새로 커트한 머리를 보여 주기 위해 사진을 찍어
달라고 하지 않았다. 그런 건 전혀 아니다. 내가 보기에
막심은 아내의 사진이 갖고 싶어서 자발적으로 사진을
찍은 것이다.

　막심이 샤워를 하는 동안, 나는 그의 휴대폰을 집어
든다. 이 사람은 아내 사진을 얼마나 많이 가지고 있을
까? 내가 말하는 것은 가족사진이 아니라, 아내의 사진
이다. 자녀들이 빠진 그녀의 초상 사진, 두 사람이 같이
있을 때 그가 오로지 자기 아내에 대한 추억을 간직하
기 위한 목적으로 스스로 알아서 찍은 사진 말이다. 하
지만 그의 휴대폰에는 잠금이 설정되어 있고, 나는 그
비밀번호를 알지 못한다. 세 차례 성과 없는 시도를 하
고 나자, 휴대폰은 몇 분 동안 기능 정지 상태가 되어
버린다. 나는 욕실 문 너머로 몇 마디 말을 던지고 방을
나선다.

호텔을 떠나는 발걸음이 가볍다. 좋은 시간을 보냈다. 비록 아이들 말마따나, **모의 작전**을 벌인 것이긴 하지만 말이다. 좋은 일이었지만, 중요하지는 않다. 이 관계는 번식력도 생산성도 없다. 아이가 태어날 일도 없고, 결혼이 이루어질 일도 없고, 보석 하나 생길 일도 없다. 그저 막심과 황혼 녘을 함께 보냈을 뿐이다. 그 순간의 유일한 증거인 내 등의 사진도 지워졌다. 우리 두 사람에게서 남은 것은 벌써 아무것도 없다.

나는 매번 슬픈 마음으로 이런 사실을 확인한다. 내가 규칙적으로 애인을 구하려고 하는 것도 그와 무관하지 않다. 그런 만남의 목적은 단 하나, 사랑의 압박감을 덜어 줄 수단을 찾아내는 것이다. 말하자면 내 남편을 상대로 느끼는 엄청난 압박감을 여러 사람 사이로 분산시키는 길을 찾는 것이다.

그런 이유로 나는 혼외정사를 하는 것에 죄의식을 느끼지 않는다. 내 남편에 대한 사랑 때문에 그 일을 하는 것인데, 어찌 죄의식을 느낄 수 있으랴. 그리고 나는 스스로 한계를 정하고 그것을 넘지 않는 처신을 할 줄 안다. 목요일이 아니면 내 남편을 속이지 않는 것이다. 이건 전혀 배신의 색깔이 아니다.

이렇듯 나는 문자 메시지로 가벼운 연애를 하고, 만

나자는 부탁을 받아들이고, 예쁜 드레스를 입고, 제모(除毛)를 생각하고, 이따금 삽입을 허락한다. 그러나 명백한 사실을 인정하는 게 나을 듯하다. 내 노력에도 불구하고, 나는 미지의 남자에 대한 감정을 발전시키는 데에 성공한 적이 없다. 정말이지 나는 진지한 애인을 사귈 수가 없다.

돌아오는 길에 서둘러 차를 몰다가, 하마터면 빨간불에 서 있는 차를 들이받을 뻔했다. 우리 집 진입로에 주차하자마자, 아주 잰 걸음으로 집에 들어선다. 문 앞에 다다르니 숨이 가쁘다. 이윽고 남편이 나타난다. 그를 보니 행복하다. 여느 때보다 더욱 행복하다. 나는 그가 아닌 다른 남자와 시간을 보낼 때만큼 그를 그리워한 적이 없다. 정조를 지키지 않았더니, 기대한 것과는 반대되는 결과가 나타났다. 내가 훨씬 더 많은 사랑을 안고 돌아온 것이다.

놀랄 일은 아니지만, 내 남편은 내가 어디에 있었는지도 묻지 않고 누구랑 있었는지도 묻지 않는다(이 사람은 나를 신뢰하는 것일까, 아니면 그런 것에 전혀 개의치 않는 것일까?). 나는 교원 연수 모임에 관해서 세세한 설명을 곁들여 가며 이야기하지만, 그는 단 한 마디도 묻지 않는다. 나는 스스로를 정당화하고 있건만, 그는 내 말에 귀를 기울이지 않는다. 그러다가 내 얘기를 중단시키고, 우리 집에 베이킹파우더가 남아 있는지 묻는다.

그의 성기가 바지 너머로 둥그스름하게 형상을 짓고 있는 융기, 그게 내가 오늘 저녁 탐하는 유일한 식사다. 막심이 아까 한 일은 기껏해야 내 식욕을 돋워 준 것뿐이다. 아이들이 잠든 뒤에 내 남편이 나랑 성행위를 하고 싶어 하면 좋겠다. 하지만 나는 전혀 그런 내색을 하지 않는다. 내 욕구가 그에게 겁을 줄 수도 있음을 알기 때문이다. 내 리비도는 그를 주눅 들게 한다. 언제나 주도권은 그가 쥐어야 한다(남성의 성욕이란 얼마나 무너지기 쉬운 것이랴).

나는 내 남편이 샤워를 하기 전에 옷을 벗는 모습을 지켜본다. 돋을무늬 면으로 된 둥근 칼라 풀오버, 몸에 꼭 맞는 파란 옥스퍼드 셔츠, 베이지색 치노 바지, 극세사 팬티, 스코틀랜드 실로 만든 양말. 나는 그의 모든 옷을 훤히 꿰고 있다. 눈을 감고도 옷의 상표를 암송할 수 있으리라. 그가 어디에서, 어떤 정황에서 그 옷을 샀는지 알고 있다. 어떤 가게에서, 어떤 여행을 갔을 때에,

어떤 행사를 맞이하여 샀는지 안다는 것이다. 나는 그가 이번 주에 어떤 셔츠를 입지 않을 것인지도 안다. 그 셔츠의 한쪽 소맷부리에 얼룩이 묻었기 때문이다. 그렇게 확신하면 마음이 든든해진다. 내가 잘 아는 정복지에 들어온 기분이 든다. 한 커플의 친밀성은 의복에 깃든다. 예전에 짝이었던 사람을 다시 만났을 때, 그 사람 복장의 어떤 요소가 생소하면 그보다 당혹스러운 것이 없다(저 구두랑 바지는 알겠는데, 저 모자는 언제부터 쓰고 다닌 거지?).

풀오버, 셔츠, 바지, 팬티, 양말. 내 남편은 그것들을 층층이 포개어 놓는다. 마치 신비로운 물건을 포개어 놓는 사람 같다. 바로 그런 이유로 그는 날씨가 추울 때 훨씬 더 멋있다. 그는 여름의 남자가 아니다. 나는 그에게 두께가 더해질 때가 더 좋다. 추위 때문에 그의 뺨이 발개지고, 입술이 터지고, 손에 장갑을 낄 때가 더 좋아 보인다. 그의 멋은 보드랍고 따뜻한 옷에 덮여 있을 때 잘 드러난다. 그가 짙은 남색의 울 풀오버를 입고 있을 때는 그 매력에 저항할 수 없다. 반바지 차림으로 선글라스를 끼고 있을 때나 해변에서 수영복을 입고 있을 때보다 훨씬 더 매력적이다. 게다가 내 남편은 매번 겨울을 맞을 때마다 이전 겨울보다 훨씬 더 멋있어진다.

그를 만나면서 나는 〈저 남자는 멋지게 나이 든다〉라는 말이 무슨 뜻인지 이해하게 되었다(사랑에 빠진 여자의 일그러진 시선일까?).

지금 그는 겨울철에 비하면 덜 멋지다. 그래도 분명 변함없이 내 마음에 든다. 사실 내가 그를 만난 것은 8월에 벌어진 일이었다. 그러니까 나는 성탄절이 오기를 기다리지 않고 사랑에 빠진 셈이다. 하지만 만약 겨울에 그를 만났다면 어떤 일이 벌어졌을까 하고 종종 자문한다. 겨울에 만났다면 내가 용기를 내어 첫걸음을 내디딜 수 있었을까? 나에게는 그가 너무 대단해 보이지 않았을까? 만약 8월 19일 아니라 12월 10일에 처음으로 마주쳤다면 그가 도달할 수 없는 사람으로 보이지 않았을까?

나는 겨울 덕을 보지 않는다. 겨울에 나는 내 실루엣을 그닥 돋보이게 해주지 않는 머플러와 외투에 가려진다. 반면에 태양은 나랑 잘 어울린다. 내 피부는 더 윤기 나고, 드레스를 입으면 내 다리의 진가가 드러나며, 선크림은 나의 본래 냄새와 아주 잘 어울린다. 요컨대, 우리 아름다움의 계절성은 서로 일치하지 않는다(그래서 나는 종종 자문한다. 우리는 함께 있어서 행복하기에는 너무 다른 것이 아닐까?).

나는 은근슬쩍 욕실 문 너머에 있는 내 남편에게 귀를 기울인다. 그가 프랑스 노래를 한 곡 부르고 있다(이건 그가 기분이 좋다는 뜻이고, 나랑 성행위를 할 가능성이 아주 높다는 뜻이다). 그런 다음 그를 기다리면서 『연인』을 읽는 척한다. 아무 쪽이나 읽는 것이 아니라, 일부러 소설의 끝 대목을 펼쳐 놓는다(그는 내가 이렇게 빨리 읽고 있음을 알아채고 감동을 받을까?). 시간이 조금 지나자, 내 남편이 침실로 들어온다. 알몸에다 성기가 발기해 있는 상태이다. 나는 별로 어렵지 않게 알아차린다. 이다음 15분 동안 벌어질 일은 내가 읽고 있는 책에 관한 논평도 아닐 것이고, 누보로망에 관한 토론도 아닐 것이다.

그는 내 옷을 벗기지 않는다. 하긴 그렇게 한 적이 없었다. 그는 옷을 벗으라고 나에게 요구한다. 나는 그 말에 응한다. 그러자 그가 내 안으로 들어온다. 나는 그가 하는 대로 내버려둔다. 내가 펠라티오를 할 나이는 지났다. 그리고 우리가 복잡한 실험을 할 나이도 지났다.

그의 성기는 아주 단단하다. 그런데 내 몸에 닿은 그의 몸에서 팽팽한 긴장이 느껴진다. 마치 기다란 나무 판자를 상대하는 기분이다. 그의 성기가 내 성기를 압박하는 느낌이 든다. 나는 그의 숨결에 정신을 집중하여 그의 쾌감을 가늠한다. 그는 자기 리듬에 맞춰 몸을 움직이고, 자기 손을 적절히 활용하기도 한다. 문득 조금 전 주방에서 본 장면이 다시 떠오른다. 그의 바지 앞쪽이 불룩하게 솟아 있던 장면이. 나는 그런 성기를 욕망한다. 마치 단 한 번도 그런 성기와 접촉한 적이 없는 것처럼.

내 남편은 샤워를 하고 이제 막 나왔음에도 여전히 땀내를 풍긴다. 이렇게 냄새가 가시지 않았다는 것은 그가 나와 살을 섞기 위하여 서둘러 씻었음을 뜻한다. 나를 빨리 안고 싶은 마음에 정성 들여 비누칠할 시간도 갖지 못한 것이다. 몇 년 전, 우리가 테니스 경기를 마치고 막 돌아왔을 때, 내 남편은 나와 성행위를 하기전에 샤워를 하고 싶어 했다. 나는 오히려 그의 땀내가 나를 흥분시킨다고 대차게 말했다. 그러자 그는 곧바로 나와 살을 섞었다. 어쩌면 그는 그날 저녁의 일을 기억해 낸 것이 아닐까? 그렇다면 이 사람이 땀내를 풍기는 것은 감동할 만한 일이다.

갖가지 색깔이며 풍광이 눈꺼풀 아래로 잇달아 지나간다. 그와 성행위를 할 때, 내 눈에 아른거리는 것은 몸에 흐르는 유체도 아니고 서로 부딪치는 육체도 아니다. 내 눈에는 정자도 보이지 않고 음경도 보이지 않는다. 내가 눈앞에 그리는 것은 개념, 색깔, 기하학적 형태, 그리고 장소 들이다. 오늘 밤에 차례차례 나타난 것은 시냇물, 울창한 자연, 가파른 절벽, 열대의 축축한 숲이다.

나는 숨을 고르고, 정신을 가눈다. 신음 소리가 나지 않도록 입안에 손가락들을 넣는다. 내 남편은 틀림없이 내가 아이들을 깨우지 않도록 조심한다고 생각하리라 (그렇다고 우리 집이 우리의 성생활을 용이하게 하는 데에 문제가 있다는 것은 아니다. 아이들의 방은 한 층 더 높은 곳에 있으니까 말이다). 하지만 사실 내가 걱정하는 것은 내 욕구가 그에게 괴물 같아 보이는 것이다. 내가 쾌감을 너무 강하게 느끼면, 그가 내 흥분에 싫증을 느낄까 봐 두렵다.

내가 그의 위로 올라가 있을 때, 매트리스 밑에 숨겨 두었던 작은 헝겊 주머니가 조금 나와 있는 게 눈에 띈다. 나는 그가 알아차리지 못하는 사이에 손끝으로 그 헝겊 주머니를 침대 밑으로 미끄러뜨린다. 장미 꽃잎 세 장과 굵은 소금 한 자밤을 담고 붉은 리본을 두른 작은 주머니인데, 성욕을 길게 늘여 준다는 사랑의 묘약을 재래의 처방으로 만든 것이다. 내가 그런 것을 믿는지는 나도 잘 모른다. 하지만 정원에 장미 나무가 한 그루 있으니, 그런 것을 스스로 금하는 게 잘못일 수도 있지 않은가.

내 남편은 자기를 등지도록 나를 돌려놓더니 내 젖가슴을 그러쥔다. 나를 깜짝 놀라게 하는 동작이다. 내 가슴에 별로 욕심을 낸 적이 없던 사람이 아닌가. 어쨌거나 나는 그의 욕망을 제대로 이해한 적이 없다. 더 정확하게 말하면, 그의 에로티시즘을 이해하지 못했다. 그가 무엇에서 색정을 느끼는지, 어떤 디테일, 어떤 냄새, 어떤 시나리오에서 성적 욕구를 품는지, 어떤 레이스를 보면 색욕이 생기는지, 어떤 환상을 품을 때 욕정이 솟는지 알지 못한다(15년을 함께 살았음에도, 나는 내 남편의 취향이 엉덩이 쪽인지 젖가슴 쪽인지 여전히 말하지 못할 것이다). 오늘 밤 나는 내 남편이 무척 흥분되어 있음을 느낀다. 하지만 그 이유는 알지 못한다.

그가 지난밤에 에로틱한 꿈을 꾸었던 것일까(그렇다면 그가 왜 밤중에 사랑 고백을 했는지 설명할 수 있을 것이다. 비록 그가 잠에서 깨어나 자기가 사랑한다고 말했던 것을 기억하지 못했다 할지라도 말이다)? 오늘 오후에 회의실에서 가슴골이 보이도록 네크라인을 파낸 여자를 흘깃거린 결과일까? 아니면, 어느 동료가 자기의 음행을 계제에 걸맞지 않게 고백하는 소리를 듣고 왔을까? 혹시 점심을 먹고 쉬는 동안 어떤 정부를 다시 만난 것은 아닐까? 우리가 함께해 본 적이 없는 일들을 그 여자와 벌이지 않았을까? 우리 결혼 생활에서 더는 원하지 않았던 것을 다른 침대에서 찾아낸 것일까? 그런 이유로 갑자기 이렇게 불타듯 달아오른 것일까? 아니면, 거꾸로 자기 정부와 헤어지고 온 것일까? 그가 삽입을 자꾸 되풀이했던 것은 다시는 그녀와 살을 섞지 못하게 된 절망감을 나에게 외치는 행위였을까? 또 다른 가능성도 있다. 내 살갗에서 막심의 냄새를 맡고 일종의 남성적 본능이 되살아난 것은 아닐까? 이미 알아차리고 있었지만, 내 남편은 내가 다른 남자와 성관계를 갖고 온 날이면 언제나 나랑 성행위를 했다.

그의 살갗에서 다른 여자의 냄새가 나지 않을까 해서 나는 그의 목에 코를 묻는다. 아무 냄새도 나지 않는다. 내 남편에겐 정부가 없다. 마음속 깊이, 내가 알고 있는 바는 그러하다. 그러나 내 안에 깊이 박혀 있다 해도, 내 남편은 내가 도달할 수 없는 존재다. 지금 여기에 나와 함께 있어도, 나는 그가 무척이나 그립다. 그가 내 몸에서 물러가면, 나에게 깊숙한 자상이, 무시무시한 허허로움이, 곪아 터질 상처가 남는다.

금요일

아침 식탁에 앉아, 나는 우리들의 몸에 관해 지리학적 분석을 한다. 이제 보니 남편이 나에게 말할 때, 나는 그 사람 쪽으로 몸을 기울인다. 이동하는 것은 내 몸이지 그의 몸이 아니다. 내가 위치를 바꾸고, 내가 다가가고, 내가 목을 돌린다. 내 남편은 등을 아주 반듯하게 세우고, 자기 맞은편을 보면서 식사를 한다. 나는 차분하게 앉아 있지도 않고 자세가 반듯하지도 않다.

이런 사실은 우리가 커피를 따라 마시려고 일어설 때 나를 놀라게 한다. 내 남편의 의자는 어느 한쪽으로 쏠리지 않고 중앙을 향해 있는데, 내 의자는 내 남편을 향해 왼쪽으로 틀어져 있다.

확신하건대, 만약 일상 속 나의 미세한 이동을 지도 위에 그린다면, 그 이동로는 다음과 같은 배치를 보일 것이다. 즉, 내 남편은 태양이 되고 내 움직임의 대부분은 그 둘레를 도는 것으로 나타나리라. 그가 저녁에 돌아오면 나는 그를 맞으러 현관에 나가고, 그가 소파에 앉으면 나는 옆에 가서 앉고, 그가 거실에 있는 나에게 주방에서 말을 걸면 나는 그에게 다가간다. 나는 그를 위해 방을 옮겨 다닌다. 나는 그를 배려해서 마지막으로 식탁을 벗어난다. 그러고는 전등을 끄고 그를 따라 계단을 오른다. 나는 그의 그늘 밑에서 살고, 뒤로 빠져서 움직인다. 반면에 내 남편은 내가 오고 가는 것에 영향을 받지 않는다. 나의 인력은 그를 자기 궤도에서 벗어나게 할 만큼 강력했던 적이 없다.

어떤 물리 법칙들이 우리가 공간에서 움직이는 것을 좌우할까? 무엇이 우리의 속도와 힘을 결정할까? 우리에게 작용하는 물리 공식은 무엇일까? 내가 토요일 오전에 뤼시를 만나러 테니스장에 갈 때, 우리는 중도에서 서로 마주한다. 내가 클럽의 문을 지나가다 보면, 접수대 근처의 팔걸이의자에 앉아 있는 뤼시가 보인다. 그녀도 나를 보고 자리에서 일어나 내 쪽으로 나아오고, 나도 그녀에게 다가간다. 우리가 마주 서는 지점은 홀의 한복판에 있다. 내가 보기에는 그런 방식이 서로를 향해 움직이는 완벽하게 건전한 방식이다. 내가 뤼시를 상대로 움직일 때 작용하는 물리 법칙이 왜 내 남편을 상대로 움직일 때는 작용하지 않는 것일까?

우리 아이들은 말없이 식사를 한다. 눈에는 아직 잠기운이 가시지 않았고, 잠옷은 구겨져 있다. 숟가락 소리와 아이들이 규칙적으로 식탁에 볼들을 내려놓을 때 내는 소리만이 귀에 거슬리는 음악을 만들고 있다. 나는 아이들이 버터와 잼을 바른 빵 조각을 먹으면서 서로 몇 마디 말을 속삭이는 모습을 지켜본다. 둘의 의자는 거의 붙을 정도로 가까워져 있다.

나는 아이들이 너무 큰 소리로 말하는 것을 좋아하지 않는다. 12세 이하의 아이가 사회적으로 받아들일 만한 수준의 소음을 낸다 해도, 나한테는 그 수준이 언제나 너무 높아 보였다. 아이들이니까, 목소리가 아직 온전히 형성되지 않았으니까, 아이들이 어른들보다 더 크게 말할 수는 있을 것이다. 하지만 나는 우리 자녀들을 교육하면서 적어도 한 가지는 성공하지 않았나 싶다. 우리 두 아이는 아주 나직하게 말한다. 아이들이 어릴 때도 우리 집에서는 큰 소리가 난 적이 없었다.

내 남편이 나에게 알려 준다. 오늘 저녁 퇴근한 뒤에 수영장에 갈 것이고, 이어서 예전에 함께 일했던 동료와 시내에서 만나 저녁을 먹기로 했다는 것이다. 나는 차갑고 덤덤한 태도를 보인다(그 말에 내가 속상해졌다는 것을 들키지 않으려고). 하지만 나는 다시 굳게 맘먹고 주방 탁자 위에 놓아둔 내 휴대폰을 뚫어져라 바라본다. 마치 한창 침몰하는 중에 구명부표를 바라보듯. 식사 시간에는 휴대폰을 식탁에 올려놓지 말자고 다짐했지만, 그런 좋은 결심을 따르기가 갈수록 어려워진다. 특히 내 남편이 저녁 시간을 집에서 보내지 않겠다고 잔인하게 알려 줄 때 그러하다.

다행히도 오늘 아침 식사는 차분한 가운데 이루어진다. 덕분에 나는 내 남편이 알려 주는 말(수영장과 저녁 식사)에 주의 깊게 귀를 기울일 수 있다. 그의 말에 정신을 집중한다. 나중에 이 얘기를 다시 하거나, 모든 장면을 되새길 필요를 느끼지 않았으면 하기 때문이다.

내 남편의 옷들이 우리 침실 바닥 한쪽 구석에 모여 있고, 그가 쓴 수건은 아직 젖은 채로 침대에 놓여 있다. 나는 수건을 집어 들어 펼쳐 놓는다. 여기저기 널려 있는 그의 옷가지와 소지품에 대해서 나는 어떤 지적도 하지 않는다. 욕실의 무질서에 대해서도, 그가 어질러 놓은 아침 식탁에 대해서도, 그가 시내에서 하는 저녁 식사에 대해서도, 그가 수영장에서 저녁 시간을 보내는 것에 대해서도 일절 말하지 않는다. 그런 쪽에 대해서는 어떤 비난도 하지 않는다. 그렇게 인습적인 말싸움에 휩쓸리는 것을 나는 거부한다.

하기야 우리는 말다툼을 거의 하지 않는다. 우리에게 부족한 게 있다면 바로 그것이 아닌가 싶다. 사실 나는 싸움을 무척 좋아한다. 그릇이 깨지고 문이 쾅쾅 닫히는 것을 싫어하지 않는다. 나는 언제나 조용한 화합을 흥미롭지 않게 여겼다. 서로 전혀 다투지 않는 커플은 뭔가 싸구려 같은 느낌을 준다. 그래서 나는 그런 커플을 서로에 대한 사랑이 적은 것으로 여겼다. 그렇다고 내가 예사로운 불화를 받아들였던 것은 아니다. 내 남편이 식사 후에 설거지를 하지 않거나 셔츠를 다릴 줄 모르는 것은 달갑잖은 일이지만, 그건 내가 극복할 수 있다고 생각하는 장애물이다. 반면에 그런 사소한 이유로 시시한 말다툼을 벌이는 것을 받아들일 수 있다고는 생각하지 않는다. 만약 우리가 티격태격 말다툼을 한다면, 그럴 만한 이유가 있어야 한다. 적어도 질투라든가 깊은 의심이라든가 실존이 걸린 극적 사건이라든가 고통스러운 문제 제기 같은 것이 있어야 한다. 커플에겐 사랑을 놓고 말다툼하는 것이 아주 중요하다고 나는 믿는다.

나는 아침 식사를 끝낸 식탁을 닦으면서 한쪽 귀로 라디오를 듣는다. 그런데 나의 밤 시간에서 빠져나오기가 쉽지 않다. 나는 잠에서 너무 빨리 깨어날 때 지속되는 비현실 상태에 아직 머물러 있다. 새로 시작되는 하루와 내 꿈이 겹쳐지고 있는 것이다.

나는 내 남편이 기사이고 내가 그의 약속받은 여자인 꿈을 다시 꾸었다. 이 꿈에서 내 남편은 나에게 오기 위해 일련의 시련에 맞선다. 칼싸움, 용, 결투, 말타기 경주, 시가 경연, 위험한 절벽 오르내리기 등이 그런 시련이다.

꿈의 전개는 언제나 똑같다. 내 남편은 자기를 막아서는 모든 시련을 이겨 낸다. 그의 경쟁자들을 성공적으로 물리친다. 비할 바 없는 기사이고 비길 데 없는 궁신이다. 하지만 한 시련에 맞서 승리를 거둘 때마다 다음 시련의 시작을 알리는 종이 울린다. 그는 쉼 없이 계속하고, 시련이 닥칠 때마다 승리를 거두지만, 결국은 끝없는 사랑 토너먼트의 포로가 되어 지친 채로 죽어 간다.

그러다가 처음으로 내 꿈이 그런 식으로 끝나지 않았다. 그날 밤 꿈속에서 내 남편은 살아남았다. 승리가 가능하지 않으며, 그것은 그저 함정일 뿐이라는 것을 깨닫고, 그는 경기 불참을 선언하고 떠나 버렸다. 나는 이 꿈이 마음에 들지 않는다. 하지만 이건 되풀이되는 꿈이다. 그리고 되풀이되는 꿈은 결말이 바뀌면 안 되지 않는가.

나는 커피 한 잔을 더 따라 마신다. 내 꿈이 흩어진다. 꿈이 가져온 막막한 기분도 옅어지더니 결국엔 완전히 사라지고 금요일이라는 새로운 날에 자리를 내어 준다.

금요일은 정신을 집중하기에 좋은 날이 아니다. 매주 이날이 되면 여름 바캉스의 경쾌한 기분이 조금 되살아난다. 금요일은 가스처럼 휘발하는 날, 집에서 직접 만든 퓌레처럼 어린 시절로 되돌아가게 해주는 날이다. 이날에는 일을 하기가 어렵다. 원고를 쓰는 데에 몰두하려 해도 일이 잘 되지 않는다. 소설 제목을 옮기려고 하는데, 만족스러운 번역이 나오지 않는다. 그저 〈Waiting for the day to come〉이라는 제목만이라도 멋지게 옮길 수 있다면 좋겠다!

그래도 다행인 것은 금요일이 나에게 행운을 가져다 준다는 것이다. 그 색깔인 초록색 덕분이다. 이건 한낱 미신이 아니다. 미신이 아니라는 것을 보여 주는 분명한 사실들이 있다. 나는 정말로 필요하다 싶을 때면, 주위에서, 즉 가까이에 있는 물건이나 풍경에서 초록색을 찾았다. 그렇게 초록색을 찾아내면, 나에게 좋은 결과가 온다고 믿었다. 아들을 낳던 날, 나는 겁에 질려 있었다. 내 남편이 나를 찾아 병원에 왔을 때, 그는 초록색 티셔츠를 입고 있었다. 분만은 아주 순조롭게 이루어졌다. 우리가 지금의 우리 집을 처음으로 보러 갔던 날, 나는 초록색 덧창을 보고 우리가 좋은 선택을 하고 있다고 확신했다. 우리가 그 집을 사기로 하고 매매 계약서에 서명하기 위해 약속을 잡았던 날, 공증인 사무소의 초록색 문은 내 남편이 이미 안에 와 있다는 느낌을 주어 나를 안심시켰을 것이다. 비록 내가 주의 깊게 그 문을 본 것은 사무소를 나설 때였지만 말이다. 내가 어린 시절을 그토록 행복하게 보냈던 것은 부분적으로 내 어머니의 초록색 눈 덕분이라고 확신한다. 초록색은 이따금 우회적인 방식으로 진가를 드러내기도 한다. 예를 들어, 내가 내 남편을 처음으로 만나던 저녁, 음악을 연주하던 영국 그룹의 이름은 The Green Peas, 즉 초록색 완두콩들이었다.

내 눈길이 창문 너머로 스르르 빠져나가더니, 이슬을 머금고 더 푸르러진 잔디밭과 바람에 흔들리는 잎새에 닿는다. 어디에나 있는 이 초록색은 다른 어떤 색깔보다 나에게 더 많은 행운을 안겨 준다. 혹시 그 이유에 대한 설명을 물리학에서 찾을 수 있을까? 인터넷을 조금 검색해 보니, 초록색은 색채 스펙트럼에서 525나노미터의 파장에 해당한다. 그러면 그렇지, 나는 빅토르 바슈로(路) 52번지에서 자랐고, 25번 도(道)인 두에서 태어났다. 설명은 합리적일수록 더 나은 설명이 된다.

나는 언제나 색깔을 입혀서 요일을 보았다. 그렇게 무언가를 색깔과 연결 짓는 버릇은 일정을 잡을 때도 나타난다. 어디에서 누구와 만나기로 했을 때, 나는 그것을 기록해 둘 필요를 별로 느끼지 않는다. 일정표가 색깔이 들어간 프리즘의 형태로 내 눈앞에 나타나기 때문이다.

어렸을 때 나는 그게 누구에게나 다 같은 줄 알았다. 색깔의 뉘앙스는 아마 사람에 따라 다르겠지만, 저마다 마음속에 자신의 무지개를 가지고 있으리라 생각했다. 그런데 초등학교 시절에 그게 실상과 다르다는 것을 꽤나 고통스럽게 알아차렸다. 나는 내가 고대하던 수학여행을 언제 떠나느냐고 묻기 위해서, 〈목요일〉 대신 〈노란 날〉이라는 말을 사용했다. 담임 선생님은 내가 말실수를 한 것으로 여기고 웃었다. 선생님이 내 잘못을 바로잡아 줄 때, 나는 설명을 시도했다. 모두에게나 목요일은 노란색인 게 분명하다고 확신하며 목요일이나 노란 날이나 같은 날이 아니냐고 말한 것이다. 웃음소리는 아이들 사이로 번져 갔다. 선생님은 반 아이들 전체를 상대로 일곱 살 나이에 색깔과 요일을 혼동하는 것은 아주 심각한 일이라고 평하면서 나에게 창피를 주었다. 심지어는 유치원 꼬마 친구들과 놀던 시절로 돌아가고 싶은 거냐고 묻기까지 했다. 결국 선생님은 내 대꾸를 건방진 것으로 여기고 나를 질책한 셈이었다. 그 뒤로 몇 주일 동안, 반 아이들은 나를 마녀와 거짓말쟁이라 부르기도 하고 내가 이상하다고 말하기도 했다.

나중에 가서야 깨달은 것이지만, 그렇게 시간을 색깔로 구별하는 것은 나의 시각적 인식에도 영향을 미쳤다. 몇몇 실마리가 내 생각을 이끌어 주긴 했지만, 그 점을 분명하게 정식화하는 데는 오랜 시간이 걸렸다. 립스틱 색조가 어느 목요일 저녁에는 탐욕스럽고 육감적인 느낌을 주더니, 어느 일요일 아침에는 멋없고 무미한 것으로 느껴졌다. 몇몇 드레스를 놓고 말하자면, 나는 그것들을 수요일에만 입는 반면 어떤 드레스들은 금요일에만 입는다. 화요일은 검은색의 날이라서, 나는 그늘과 미광에 더 민감하다(카라바조의 그림 속에서 살고 있다는 기분이 든다. 그래서 나는 그 이탈리아 화가가 그림을 화요일에만 그린 게 아닐까 하고 진지하게 의문을 품은 적이 있다). 10년 전에 데이비드 호크니라는 화가의 전시회가 열렸다. 나는 전시 작품에 크게 경탄했고, 다시 보고 싶은 마음에 이튿날 다시 전시회에 갔다. 그런데 그림들이 전날 처음 봤을 때와 사뭇 달라 보였다. 여전히 마음에 들기는 하는데, 무언가가 달라져 있었다. 나는 내 눈을 믿을 수가 없어서 전시회 안내인들에게 가서 간밤에 조명을 바꾸었는지 물어보았다. 바로 그날 나는 깨달았다.

오늘날 나는 알고 있다. 월요일엔 파란색 물건이 내 시야에서 더 높은 강도로 나타나고, 수요일엔 오렌지색이 그런 식으로 도드라지게 나타난다. 지난 화요일에 나는 노란 수첩, 즉 번역을 위해 과학 용어를 정리해 둔 수첩을 찾느라고 한참을 들였지만, 결국 그날 찾아내지 못했다. 그러다가 목요일, 현관 가구 위에서 그 수첩을 다시 보게 되었다. 그 노란색 물건이 눈에 보이지 않는다고 놀라지 않고, 그냥 목요일이 오기를 기다렸으면 자연스럽게 그것이 눈에 띄었으리라는 얘기다. 마치 한 주를 이루는 각각의 날이 내 눈앞에 필터를 — 입자나 필름 감도가 각기 다른 카메라를 — 놓아두는 것만 같

다. 아침마다 눈앞에 펼쳐지는 풍광에 색조의 미세한
변화가 나타나는 것이다.

몇 시간 동안 번역 일을 하고 있는데, 한 챕터에서 문
득 제목에 담긴 의미가 머릿속을 스쳐 간다. 기다림, 움
직임, 임박함, 새벽, 말줄임표, 시가(詩歌). 그런 뜻이 모
두 담겨 있다, Waiting for the day to come…… 곧 밝아
올 날을 기다리며.

그가 당신을 속이는지 알아내기 위한 다섯 가지 징후, 그가 당신에게 미치도록 만들기 위해 꼭 해야 할 세 가지 일, 오래가는 커플의 열 가지 비밀. 나는 그렇게 무언가를 알려줄 것 같은 제목의 문서들을 우선적으로 훑어본다. 이제 번역에 집중할 수 없으니, 하루의 나머지 시간을 유익하게 활용하는 편이 좋다. 그리고 금요일은 사랑의 여신 비너스의 날[14]이므로, 죄짓는 기분을 느끼지 않고 인터넷에서 사랑에 관해 공부하는 데에 오후의 일부분을 바친다.

나는 몇몇 콘텐츠를 이용하기 위해 결제를 한다. 여러 동영상을 주의 깊게 보고, 여성 잡지에 실린 조언과

14 금요일을 뜻하는 프랑스어 방드르디, 스페인어 비에르네스, 이탈리아어 베네르디는 모두 비너스의 날을 뜻하는 라틴어 Veneris dies에서 나온 것이다.

실천 사례를 섭렵한다. 어느 온라인 테스트에 응했더니, 내 결혼이 위험한 상태에 빠져 있어 신속하게 수습해야 한다고 알려 준다. 아무래도 몇 가지 가르침을 따라야 할 것 같다. 내 남편에게 넉넉히 여유를 줄 것, 거리를 두어 신비로운 자태를 가꾸어 갈 것, 그가 질투심을 품게 할 것, 그가 숨 막히는 기분을 느끼지 않게끔 내가 느끼는 바를 그에게 털어놓지 말 것, 과도한 다감성과 감상성으로 그를 거북하게 만들지 말 것, 무엇보다 자기 자신을 신체적으로 방치하지 말 것.

　내가 검색한 콘텐츠에서 가장 자주 나오는 말은 미스터리를 북돋우라는 가르침이다. 속마음을 털어놓지 말라는 것이다. 행동 지침은 이러하다. 차갑게, 다가갈 수 없게 굴고, 거리를 둘 것. 사실, 이제 아이들이 컸으니 집에서 자리를 비우기가 더 쉬워졌는데도 나는 여전히 가택 연금을 당한 사람처럼 살고 있다. 일상생활을 볼 때, 나는 가족 곁에 있는 것과 가족이 부릴 수 있도록 대기하는 것 말고는 선택의 여지가 없다. 나는 학교에 간 아이들을 데려오기 위해 철책 문 앞에 서서 기다리고, 아이들 방에 가서 그들이 숙제를 했는지 확인하고, 주방에서 식사를 준비하고, 부부 침대에 들어가 잠을 자고, 일요일 낮에는 시부모 댁에서 시간을 보내고, 내가 음악원에 간 아이들을 데리러 가야 하는지 아니면 내 남편이 그 일을 맡아 줄 건지 알아보기 위해 전화기를 앞에 두고 기다린다. 진실은 이러하다. 나는 접근이 용이한 여인이다. 온라인 콘텐츠들은 신비로운 행동을 하라고 조언하지만, 두 자녀와 함께 살고 있는 유부녀로서는 가정에 무언가를 갖춰 주어야 한다는 명백한 이유 때문에 그 조언을 받아들이기가 어렵다.

당연한 일이지만, 나는 정보의 출처를 다양화해 본다. 여성 잡지, 심리학, 통계학적 연구, 점성술, 천문학, 정치 철학, 자기 계발, 스타일리스트 활동, 인지 과학, 역사학, 장식 미술, 사회학, 원예학, 인류학, 지리학 — 나는 애정 생활의 품행에 도움이 될 만한 것이라면 무엇에든 흥미를 느낀다.

나에게는 사랑에 관한 가르침을 담은 이 초록색 수첩만 있는 게 아니다. 내가 애지중지하는 수첩은 여러 권이고, 각 수첩에는 저마다의 기능이 있다. 예를 들어 몇 해 전, 나는 음악 수첩을 작성하기 시작했다. 내 남편이 듣는 음악은 그의 심리 상태에 관한 중요한 실마리를 주기 때문에, 나는 그와 관련된 모든 정보를 꼼꼼하게 기록하기로 했다. 예컨대 그가 프랑스 샹송을 흥얼거릴 때는 그의 기분이 좋다는 뜻이다. 그의 샹송 소비는 성적인 흥분의 수준과도 상관관계를 맺고 있다. 브라질 음악은 그가 평안하고 차분하다는 사실을 말해 준다. 반대로 그가 팝송을 듣고 있을 때는 곰살가운 모습을 보이는 경우가 드물다. 그는 냉정하고 쌀쌀맞은 사람으로 변하고, 말은 인신공격의 양상을 띠기 십상이다.

수첩을 작성하는 일은 나에게 위안을 주고 내가 통제력을 유지하도록 도와준다. 의심이 드는 순간에 나는 수첩을 참고하여 사랑을 배운다. 어제 막심과 만나기로 한 시간을 앞두고, 오래가는 사랑에 관해 영감을 주는 문장들을 수첩에서 읽고 나자 그를 만나러 가겠다는 용기가 솟았다. 나는 내 남편을 속이고 있지만 거기에는 좋은 이유(정남을 둔다는 것이 나를 도달할 수 없는 신비로운 사람으로 만드는 데에 기여할 것이라는)가 있다는 것을 알고 있었다. 나는 내가 좋은 쪽으로 가고 있음을 알고 있었다.

물론, 그 수첩은 내가 초심자의 자리에서 영원히 벗어나지 못하고 있음을 고통스럽게 일깨워 주기도 한다. 이 또한 실패의 공정 증서인 게 분명하다. 나와 삶을 공유하는 남자가 나를 계속 사랑하게 만들기 위해선 지켜야 할 규칙이 있으며, 나는 그 규칙의 목록을 작성하고 있는 것이다. 이 사실이 나를 슬프게 한다. 왜 나는 불혹의 나이에 초심자의 미숙함이라는 벌을 받고 있는가?

사랑에서 나는 그 무엇도 배우지 못했다. 사춘기 시절 이래로 똑같은 도식을 되풀이한다. 나는 너무 강렬하게 사랑하는 나머지 사랑 속에서(분석 속에서, 질투 속에서, 의심 속에서) 나 자신을 소진해 버린다. 그래서 사랑에 빠지면, 나는 언제나 좀 사그라진 듯한 슬픈 상태를 맞게 된다. 누군가를 사랑하면, 나는 엄하고 슬픈 사람으로 변하고 마음 쓰는 폭이 좁아진다. 내 사랑에 심각함의 그림자를 드리우는 것이다. 나는 내가 사랑하는 만큼 진지하게 사랑받기를 원한다. 그래서 그 사랑은 고단한 일로(나에게도, 상대방에게도) 빠르게 변해 간다. 요컨대, 나는 불행한 사랑을 한다.

아드리앵, 앙투안, 아르노. 사랑하고자 하는 욕구가 언제나 매우 강했기에, 대상이 누구든 똑같은 강도를 가지고 사랑했다. 한 사람과 헤어지고 나면, 도저히 혼자 있을 수가 없어서, 다른 사람의 품으로 넘어가곤 했다. 그 남자들 중 어느 하나에 의존했다기보다는 사랑에 중독되어 있었던 셈이다. 남자들은 변수였고, 그 중독만이 상수였다.

사랑에 대한 나의 고갈되지 않는 욕구 앞에서 그들은 상반된 반응을 보였다. 어떤 남자들은 그 욕구를 과도한 시련으로 여기면서도 자신에게 애착하는 것을 보고 안심하면서 그 시련을 겪어 나갔다. 반면에 어떤 남자들은 그 욕구를 무시무시한 책임감, 죄의식을 갖게 하는 책임감으로 받아들였다. 하지만 어느 경우에나 내 사랑 이야기는 실패로 귀결되었다. 그래서 **완벽한 남편감**으로 보이던 내 남편을 만났을 때, 나는 사랑 의존증의 징후를 조금도 드러내지 않기로 결심했다. 갓 스물다섯 살이 되었던 때라, 내 의도(평생의 남자를 찾아내는 것)를 너무 분명하게 보여 줌으로써 모든 것을 망치는 일을 감행할 수는 없었다. 오늘날 나는 사랑을 숨기는 법을 배웠고, 시침 떼기를 더 잘한다. 하지만 근본적으로 보았을 때 밤낮을 가리지 않고 나를 살아 움직이게 만드는 게 있다면 그것은 단 하나, 사랑뿐이다. 나는 주된 관심거리를 다양화하는 데에 성공한 적이 없었다.

그 사랑의 도식은 나에게 사랑을 눈물과 뒤섞는 벌을 내렸다. 결혼식 당일에도 나는 그 벌에서 벗어나지 못했다. 그날 저녁 파티가 한창 벌어지던 중에 나는 울기 위해서 포도밭 안으로 멀리 가야만 했다. 음악 소리와 무도장의 불빛이 이내 사라지고 정적과 어둠이 깃들던 순간을 아직도 기억하고 있다. 내 손가락들이 반투명한 초록색 포도 알갱이들을 스쳤다. 내가 파티 장소에서 빠져나가는 것을 어머니가 보았던 모양이다. 갑자기 내 뒤에 그녀가 나타났으니 말이다. 내 뺨에 두 줄기 투명한 눈물이 흐르고 있었지만, 어머니는 놀란 표정을 짓지 않았다. 아마도 결혼식 날 신부가 우는 것이 사회적으로 용인되기 때문이었을 것이다(긍정적인 감정의 과잉 탓으로 여기지 않았을까?). 그런데 어머니의 말은 그런 쪽으로 가지 않았다.

「네가 슬픈 사랑을 하는구나. 딸이 제 어미를 닮았어.」

어머니는 나를 품에 안아 주면서 그렇게 속삭였다. 세상이 품고 있는 모든 다정함이 그 품 안에 있는 듯했다.

결혼한 지 몇 시간밖에 되지 않았지만, 내 남편에 대한 사랑은 벌써 나에게 고통스러웠다. 그리고 나는 페드르처럼 배워 가고 있었다. 그 고통이 아마도 유전적인 것임을.

의자에 올라서서, 손을 뻗어 내 두발 제품을 꺼낸다.
우리 옷장의 맨 꼭대기에 감춰져 있어서 내 남편 눈에
는 띄지 않는 것들이다. 구두 상자 속에 라이트닝 마스
크, 염색 모발을 위한 보호 제품, 금발용 캐모마일 샴푸
등이 들어 있다. 밤색 머리로 태어난 사람이 금발을 유
지하자면 상당한 투자를 하지 않을 수 없다.

내 남편을 처음 만났을 때, 나는 광채를 띤 금발 머리
를 하고 있었다. 여름이 시작될 무렵 머리 색깔을 밝게
바꾸어 놓았는데, 태양과 바다가 그 새로운 색깔이 두
드러져 보이도록 한몫 거든 것이었다. 나중에 내 남편
이 된 남자가 술 한잔을 주문하러 바 쪽으로 멀어져 갔
을 때, 그와 동행해 온 친구가 나에게 다가들어 말했다.
「저 친구가 금발 미인 좋아하는 건 아무도 못 말려. 네
화살이 과녁에 명중한 셈이야!」

아닌 게 아니라 그 뒤에 알아보니, 그가 예전에 사귄 애인들은, 피부가 거무스레한 스페인 여자를 제외하면 모두가 금발이었다(그 사실을 알고 나니 몇 주일 동안 잠이 오지 않았다. 이 남자는 다른 무엇보다 그 머리 색깔을 좋아한다는 뜻일까?).

그 만남 뒤 금발에 대한 그런 오해가 생겼기 때문에 나는 머리 색깔을 밝게 해주는 제품들을 사용하여 금발을 유지하지 않을 수 없었다. 나는 내 남편이 조금도 의심하지 않도록 그 제품들을 숨겨 두고 있다. 탈색이나 염색을 하러 갈 때도 그에게 말하지 않는다. 내 남편이 나의 본래 머리 색깔을 아는지는 알 수 없다. 나는 9년 전에 여권을 새로 만들었고, 머리 색깔이 금발이라고 명기했다.

나는 머리 색깔이 더 오래가게 해준다는 보호 제품을 바르고(그저 부부 사이도 그렇게 오래 지속되기만을 바라는 마음으로), 집 안을 돌아다니면서 그 제품이 효과를 발휘하게 한다. 효험이 나타나기를 기다리고 또 기다린다. 그렇게 기다리다 보니 이윽고 우편물을 보러 갈 시간이 되었다.

나는 내 보석 상자를 비우고 속 바닥 덮개를 연다. 거기에는 나만이 쓰는 우편함 열쇠와 내 첫 약혼반지가 들어 있다. 반짝반짝 빛나는 커다란 가짜 다이아몬드가 박힌 이 반지는 내가 19유로 99상팀을 주고 스스로 마련한 것이다. 몇 달이 지나도록 그게 너무나 갖고 싶었다. 일시적인 기분, 별난 욕구에 빠졌던 모양이다. 혼자 결혼한 여자인 양 행세한다 해서, 그걸 꼭 나쁘게만 볼 수 있을까? 나는 그것이 별난 행동이기는 하지만 남에게 해를 끼치는 게 아니라고 생각하면서 스스로를 달랬다. 걱정 마, 넌 누구를 해치는 게 아니잖아. 하고 싶어서 하는 거라면, 스스로 넷째 손가락에 외알박이 다이아몬드 반지를 끼는 것이 금지되어 있지는 않잖아.

그런데 나의 그런 이상 행동이 어떻게 가능했는지 설명할 수는 있다. 당시의 내 심리 상태를 서술하기에 적합한 표현이 하나 있다. 즉, 나는 내 삶이 틀을 잡기를 바라고 있었다. 내 삶이 무언가 지속성 있고 견고한 것으로 변화하기를 바란 것이었다. 꼭 찰흙이 굳어 덜 만만한 것으로 변해 가듯이, 나 역시 물기를 버리고 단단해지고 싶었다. 나는 스물두 살이었고 막 조바심을 내기 시작하던 참이었다. 내가 보기에 내 여자 친구들의 삶은 안정되어 가는데, 내 삶은 여전히 불확실한 채로 있었다 — 불안정한 교우 관계, 아직 결정되지 않은 진로(가르치는 일을 할 것인가 아니면 영문학 박사 과정에 뛰어들 것인가?), 반복되는 옷 스타일 변화(내 옷장이 그 증거). 무엇보다 나는 내 인생의 남자를 찾아내지 못한 터였다 — 괜찮은 **남편감**이 될 만한 후보자가 단 한 사람도 지평에 나타나지 않았다.

내 삶에 틀이 잡히기를 참을성 있게 기다리기 위해, 나는 그 외알박이 다이아몬드 반지를 마련했다. 그러고는 쇼핑을 나가거나 달리기를 하러 갈 때 그것을 끼었다. 처음 끼었을 때부터 그 효과가 느껴졌다. 그러니까 내 직관에 근거가 있었던 셈이다. 손가락에 반지를 끼고 나니, 계산대에서 지불하는 것도 공원에서 땀을 흘리며 달리는 것도 그 차원이 달라졌다. 갑자기 가장 보람 없는 일들이 훨씬 더 견딜 만하게 느껴졌다. 무어라 설명해야 할지 모르겠지만, 내가 스스로 주장하는 그 결혼한 여자라는 위상이 마침내 세상을 향해 외치고 있었다. 내 삶이 가치가 있다고. 변화는 타인의 시선 속에서 나타났다. 사람들은 내가 기다림을 받는 사람이고, 다른 곳에서 더 나은 일을 하는 사람이라고 생각했다. 당연한 얘기지만, 나는 남편이 될 수도 있는 사람을 만나게 될지 모르는 장소에서는 그 반지를 끼지 않았다.

3년 뒤, 나는 내 남편을 만났다. 처음 만나고 2년이 지나자, 그는 청혼하기 위해 나에게 진짜 반지를 선물했다. 그래서 나는 가짜 다이아몬드 반지를 더 끼지 않아도 되었다. 그는 내가 어떤 유형의 다이아몬드 세팅을 원하는지 알고 있었다. 외알박이 다이아몬드가 두드러져 보이도록 아치로 받쳐 놓는 대성당 유형 세팅을 그가 모를 리 없었다. 그러니까 현재의 내 반지는 내가 조바심치며 사들인 그 반지랑 분간할 수 없을 만큼 비슷하다는 것이다. 나는 남편에게 반지를 선물받은 뒤로 그 첫 반지를 보석 상자의 바닥 아래에 감춰진 공간에 넣어 두고, 이따금 약간의 노스탤지어를 느끼며 그것을 다시 꺼내어 본다. 그럴 때면 그것을 불빛에 대고 돌려 가며 주의 깊게 살핀다. 모조품치고는 예쁜 반지이지만, 그래도 더 마음에 드는 것은 진짜 반지이다.

오후 3시. 낮에 동네 사람들의 내왕이 가장 적은 때가 바로 지금이다. 점심을 먹으러 귀가했던 이웃들은 벌써 다시 일하러 나갔다. 금요일이라 해도 중견 사원들이 일과를 마치기에는 아직 너무 이르다. 앞질러 주말여행을 떠나기로 한 사람들은 이미 모두 떠난 마당이다. 시골 별장에 가기 위해 트렁크를 채우는 일은 오후

2시 조금 전에 이루어졌다.

거리가 한산하다. 상자에 숨겨 놓은 열쇠를 꺼내어 들고, 정원을 지나 우편함을 슬그머니 연다. 손끝을 놀려 안에 든 것을 살핀다. 대수롭지 않은 것들이다(납세 고지서, 상호 공제 조합과 은행의 서신). 그러고 나서 편지 더미를 내가 처음 보았던 모습대로 해놓고 우편함을 닫는다.

아무도 나를 보지 않았을 것이다. 이 시간까지 기다리기를 잘했다. 월요일에는 조심성 없이 30분 이르게 가는 바람에, 한 이웃에게 들키고 말았다. 나는 그 불상사를 매우 심각한 일로 받아들였다. 관례가 깨지지 않도록, 충실하게 지키지 않으면 안 된다. 내가 스스로 정한 규칙을 존중하지 않다 보면, 그런 종류의 실수를 범하게 된다. 일견 사소해 보이지만, 언젠가는 나에게 누가 될 수 있는 실수이다. 월요일 저녁 식사 때, 내 남편은 우편함이 열려 있더라는 말을 했다. 나는 적이 당황했지만 언죽번죽 코미디 연기를 했다.

「당신이 너무 주의가 산만하잖아. 토요일에 우편함 닫는 것을 깜박했다고 해도 난 놀라지 않을걸.」 나는 대답했다.

「그래, 당신 말이 맞아.」 내 남편은 선선히 받아들

였다.

그때는 난관을 벗어났다.

나는 우편함 열쇠를 가지고 있지 않은 사람으로 되어 있다. 나에겐 열쇠가 필요 없는 것으로 가사(家事)의 얼개가 짜인 것이다. 우편물을 걷어 오는 일은 내 남편의 몫이 되었다. 그는 퇴근해 올 때 우편함을 연다. 한 손엔 우편물을 들고 다른 손엔 바게트를 든 채로 들어온다. 그래서 언제나 그를 안아 주는 데에 조금 어려움을 겪는다.

처음 몇 해 동안에는 내가 우편물을 가지러 갔다. 그러다가 3년 전에 열쇠를 그에게 맡겼다. 7월에 바캉스를 떠나는데, 그는 집에 머물고 꼬박 한 달을 내가 아이들과 함께 휴가를 보내야 하는 상황이 벌어졌다. 바캉스에서 돌아왔을 때 나는 열쇠를 되찾지 않았다. 그렇게 무언의 이전이 이루어진 것이다.

작년에, 내 남편이 열심히 우편함을 열고 닫는 모습이 문득 불안해 보이기 시작했다. 저 사람은 왜 우편물 가져오는 일을 전담하려 하지? 평소에는 주의가 산만해 보이는 사람이 왜 잊지 않고 그 일을 하는 거지? 나는 그런 궁금증을 풀어 보려 했지만, 그는 이렇다 할 대답을 하지 못했다. 몇 달 동안 나는 혹시 내 남편이 다른 여자와 편지를 주고받고 있는 게 아닐까 하고 생각했다. 그가 익명의 편지를 받고 있을지도 모른다는 생각도 들었다. 과거에 애정 관계를 맺었거나 혼외의 자식을 낳은 어떤 사람이 그에게 공갈을 치려고 할지도 모를 일이었다. 내 남편에게 열쇠를 여벌로 하나 더 만들어도 되지 않느냐는 의견을 들려주었을 때, 그는 그저 어깨를 으쓱하며 꼭 그럴 필요가 있느냐고 대답했다. 그러니 내 의구심이 더 커질 수밖에 없었다.

그래서 나는 효과적이긴 하지만 따분한 책략을 쓰지 않을 수 없었다. 내 남편이 출장을 갔던 어느 날, 나는 열쇠 꾸러미를 잃어버렸다고 핑계를 대고 시부모 댁에 갔다. 그들에게 복제해 준 열쇠 꾸러미를 다시 가지러 간 것이었다. 나는 그 꾸러미에 우편함 열쇠도 들어 있음을 알고 있었다. 나는 열쇠공에게 부탁하여 그 열쇠의 복제품을 마련했고, 그 뒤로 그것을 보석 상자에 감춰 두고 있다. 그날 저녁, 나는 내 남편과 통화하면서 열쇠 꾸러미를 잃어버린 일에 관해서 말했다. 나중에 보니 열쇠들이 승용차 좌석 아래에 있더라는 설명을 덧붙였다. 그는 아무것도 눈치채지 못한 것 같았다. 아마 자기 부모님 댁에 있는 복제 열쇠 중에 우리 우편함 열쇠도 있다는 사실을 잊어버렸을 것이다. 그 뒤로 나는

규칙적으로 우편물을 확인한다. 그래서 불안하던 마음
이 확 풀어졌다. 공갈범은 단 한 명도 나타나지 않았고,
특기할 만한 열애의 편지 같은 것은 전혀 눈에 띄지 않
았다.

집 안에 들어서자, 먼저 그의 서류 가방을 뒤진다. 이어서 그의 바지 주머니를 뒤진다. 나는 구겨진 계산대 영수증을 모두 펼쳐 놓고, 날짜며 시간이며 장소며 액수를 읽는다. 아쉽게도 이런 세부 사항은 나에게 아무것도 일러 주지 않는다. 그 세부 사항 사이에서 정보들을 대조하고 검증하자면 꽤 엄밀하고 정확해야 하는데, 나한테는 그런 능력이 부족한 것이다. 나는 그가 나한테 알려 주고 다녀온 점심 식사와 외출이 그 계산서들과 맞아떨어지는지 판단하지 못한다. 그래서 그가 나한테 말한 적이 없는 도시에 가지 않았다는 것을 확인하거나, 평소와 다르게 돈을 많이 쓰지 않았다는 것을 확인할 뿐이다.

시내 치즈 가게에서 받은 영수증 하나가 눈에 띈다. 지난 일요일에 받은 것이다. 내 남편은 치즈값으로

75유로 23상팀을 냈다. 액수가 크다. 지난주보다 많다 (그가 장을 보면서 돈을 많이 쓰면 쓸수록, 나는 그가 나를 더 사랑한다는 기분을 느낀다). 생크림과 우유, 오믈렛용 달걀, 나를 위한 콩테치즈, 아이들을 위한 양젖치즈, 샐러드용 염소젖치즈, 그가 목요일에 소스를 만들면서 사용한 로크포르치즈. 한 주간 이상을 먹을 만한 양이다. 적어도 열흘 동안은 더 사지 않아도 된다. 훌륭한 전리품을 얻은 것처럼 든든하다. 이건 한 가정의 아버지에게 걸맞은 영수증이다(여기에는 가족의 각 구성원이 좋아하는 치즈가 들어 있다). 이는 또한 자잘하게 푼돈을 계산하지 않는 남자의 영수증이기도 하다(상상컨대 그는 액수도 보지 않은 채로 그 종이 쪼가리를 구겨서 바지 주머니에 찔러 넣고 치즈 가게의 문을 나섰으리라). 더 나아가서 이는 자기 아내를 사랑하고 다음 주에 그녀 곁을 떠날 생각이 없는 남자의 영수증이기도 하다. 열흘 치 치즈를 샀다는 것이 그것을 말해준다.

끝으로 뒤져 보는 건 그의 컴퓨터이다. 그는 몇 해 전부터 자기 컴퓨터 비밀번호를 변경하지 않는 터다. 내가 이것을 마지막으로 뒤지는 건 이 일을 하기가 가장 싫기 때문이다. 그의 메일을 읽으면 내 창자가 비비 꼬인다. 내 결혼 생활이 다음에 읽을 메시지에 달려 있다고 생각하며 읽는 기분이란 그렇게 고약하다.

이제부터 나는 그의 컴퓨터를 통해서 그가 전화로 알려 준 모든 것과 관련된 정보를 얻을 수 있다. 단 하나의 계정에 모든 것이 연결되어 있으니, 엄청나게 시간을 절약할 수 있다. 그가 자기 집안사람들이나 친구들에게 쓴 이메일은 꼼꼼하게 읽지 않는다. 그런 메일 교환은 그의 사생활과 관련되어 있다. 반면에, 다른 여자들에게 보낸 메시지나 그의 알리바이를 입증해 줄 만한 사람들의 메시지는 주의 깊게 읽어 본다. 우리의 베이비시터인 조에, 딸아이의 피아노 선생인 모드, 아들 단짝의 어머니인 실비, 밀라노 사무소의 그의 동료인 다미앵, 이따금 함께 수영하러 가는 남자 친구 세르주 등에게 보내는 메일이 그것에 해당한다. 그의 승용차에 장착된 내비게이션에서 최근 행선지를 슬쩍 보아 두는 것도 빼놓을 수 없는 일이다. 거기에 시골의 어느 호텔이나 파노라마 전망을 자랑하는 레스토랑 따위는 없다.

모든 것이 잘되어 가고 있다. 나는 다시금 안도의 숨을 쉰다. 주가 바뀌어도 불안감은 언제나 그대로다. 하지만 15년 동안 함께 살면서 비극적인 것은 전혀 발견하지 못했다는 점을 인정해야 한다. 혼외 만남에 관한 사이트는 그의 검색 기록에 전혀 없었고, 매춘부와 접촉한 사실도 그의 디렉토리에 전혀 나타나지 않았다. 정을 두고 깊이 사귀는 여자도 없었고, 나랑 가장 친한 여자 친구들과 부적절한 메시지를 주고받은 적도 없었다.

그렇기는 해도, 너무 친근한 어투로 메시지를 주고받거나 내가 모르는 여자들에게 메시지를 보낸 것은 이미 알아낸 적이 있었다. 그나마 다행인 것은 몇 주일쯤 지나면 내 남편이 그 상대가 누구인지 자발적으로 말해 주기 때문에, 무슨 사정으로 그런 메시지를 보냈는지 이해하게 된다는 것이다. 그 상대는 한 친구의 부인이거나 예전의 동료, 회사 일로 이해관계가 걸린 지인 등이었다.

몇 달 전, 그가 엘레오노르라는 여자와 메일을 주고받았음을 알게 되었다. 한 메일에서 그는 전화로 빠르게 얘기를 나누자고 그녀에게 제안하고 있었다. 그들이 글로 흔적을 남기지 않기 위해 통화를 선호한다는 확신이 들었다. 나는 며칠 동안 속을 끓였다. 그런데 어느 날 저녁을 먹다가 그가 태연한 얼굴로 알려 주었다. 「사실, 엘레오노르랑 연락을 취하고 있어. 그 여자 기억나지? 발랑탱의 아내 말이야. 그녀가 나한테 전화를 했어.
쉰 살 맞이 깜짝 파티를 준비하고 있다는 거야. 내가 오
슬로 팀의 옛 동료들에게 연락하는 일을 맡아 주었으면
하더라고. 괜찮은 생각 아냐? 그 생일 파티는 2월 중순
에 열릴 거야. 그 날짜에 당신네 출판사에서 저녁 모임
을 하면 안 되니까, 알아봐. 15일, 토요일 저녁이야. 확
인해 줄 수 있지?」

당연한 얘기지만, 나는 내 남편이 일기를 쓰면 더 좋
겠다는 생각을 한다. 일기를 읽는 것으로 그의 속내를
알게 된다면, 그의 소지품이나 메일을 뒤지는 일은 더
하지 않아도 될 것이다. 그렇게 시간을 절약할 수 있다
면 얼마나 좋을까.

나의 이런 습관 때문에 생겨나는 주된 문제는 뜻밖의
기쁨을 맛보기가 어렵다는 점이다. 내 남편은 나를 위
해 무슨 일을 준비하더라도 내가 미리 알지 못하게 해
내지는 못했다. 오늘도 그런 일이 벌어졌다. 8월 초 출
발 예정인 베네치아행 항공권 두 장이 예약되어 있다는
사실이 드러난 것이다. 이제 나는 기다리는 수밖에 없
다. 그가 항공권 예약 사실을 알려 주면 그제야 놀라는
척을 할 수밖에 없는 것이다. 하지만 나는 로마에 다시

가는 것을 더 바랐기 때문에 조금 난처하기는 하다. 예약의 세부 사항을 확인해 보니, 항공권은 한 달 이내에 교환이 가능하도록 되어 있다. 그렇다면 내가 할 일은 콜로세움을 다시 보고 싶다고 그에게 은근히 제안하는 것이다. 우리가 바티칸에 가본 적이 없다는 사실을 상기시킬 수도 있을 것이다. 로마 여행을 화제에 올리기 위해 「로마의 휴일」을 함께 보자고 권하면 어떨까 싶다. 내가 가장 좋아하는 명화 중 하나인 오드리 헵번의 그 영화를 보자고 하면 아마도 그가 응할 것이다.

항공사와 주고받은 이메일을 쭉 훑어보노라니(한 해 중 이 시기에 걸맞지 않은 일을 한 것으로 보아 그가 나를 무척 사랑하는 게 틀림없다), 문득 그가 예약하던 순간에 내 생년월일을 확인할 필요가 있지 않았을까 하는 생각이 든다. 그는 내 생년월일을 외우고 있을까? 스스로 물어볼 필요도 없이, 마치 자기 생년월일을 적듯이 자연스럽게 양식에 그것을 기입했을까? 몇 년 전에 그런 생년월일 문제가 나를 당혹스럽게 만든 적이 있었다. 나는 내가 번역하려던 추리 소설 작가를 만나기 위해 내 편집자와 함께 뉴욕에서 일주일을 보내야 하는 상황이었다. 나는 비자를 신청했다. 그건 단순한 행정 절차였다. 그런데 하마터면 출발을 며칠 앞두고 떠나지 못하는 사태가 벌어질 뻔했다. 신청 양식에 내 생년월일이 아니라 내 남편의 생년월일을 적었기 때문이다. 그런 착오를 범했지만 나는 놀라지도 않았다. 내가 했지만 나를 별로 놀라게 하지 않은 실수이다.

때때로 나는 내 남편의 소지품을 뒤지는 것에 대해서 죄책감을 느껴야 하는 게 아닌가 하고 생각한다. 그러나 나는 언제나 아니라는 결론에 도달한다. 이유는 간단하다. 그도 나와 똑같은 일을 벌였으면 하는 게 바로 그 이유다. 그가 내 소지품을 뒤진다면 마침내 그가 질투하고 있다는 증거를 얻게 될 것이고 그의 애착을 확인하게 될 것이다. 하지만 불행히도 나는 그가 그러지 않으리라는 것을 알고 있다.

내 남편은 혼외의 불타는 사랑을 날것 그대로 묘사한 편지를 읽어 본 적이 없다. 내가 그런 편지를 쓴 목적은 단 하나, 그가 내 소지품을 뒤지는지 확인하겠다는 것이었다. 나는 편지를 집 안의 곳곳으로 — 서랍 속 내 스카프들 밑이나 현관 구두 상자 안, 침대 머리맡 탁자 밑 버들고리, 서가의 가장 두꺼운 책 속으로 — 옮겨 보았지만, 내 남편은 그것을 찾아낸 적이 없다. 아니 더 정확히 말하자면, 그것을 찾으려는 수고를 한 적이 없다. 심지어 화요일부터 내 책상에 보란 듯이 올려놓아도(이보다 더 눈에 잘 띄게 놓을 수는 없지 않은가), 그는 손을 대지 않았다. 손을 대지 않았다는 것은 내가 안다. 편지지들 사이에 머리카락 한 올을 넣어 놓았고, 내 남편이 열어 보았다면 한눈에 알 수 있도록 편지를 봉해 놓았으니까 말이다(봉투의 가장자리를 살짝 접어 놓기도 했다). 애석하게도 내 남편은 나에게 호기심을 느끼지 않는 모양이다. 그 점을 확인할 때마다 너무나 마음이 아파서 나 나름대로 한 가지 규칙을 세웠다. 일주일에 한 번 넘게 확인하지 말 것. 나는 그날을 화요일로 정했다.

만약 내 남편이 어느 날 수고를 아끼지 않고 그 편지를 연다면, 나는 그에게 무어라고 대답할지 알고 있다. 이미 시나리오를 써놓았다. 그는 질투가 나서 미칠 지경이 될 테니까(이는 내 생애에 단 한 번만이라도 목격하고 싶은 광경이다), 나는 장난기 어린 표정을 지으며 그에게 반박할 것이다. 이 편지는 내 마음에서 나온 게 아니라고, 내 손으로 쓴 것은 맞지만, 17세기 영국의 한 시인이 자기 애인에게 보낸 편지의 발췌문을 번역한 것이라고. 나는 그에게 설명할 것이다. 내 편집자가 한때 그 서간문의 출간을 고려했고, 영국 출판인이 저작권을 양도해 줄지 알아보기 전에 나에게 초벌 번역을 의뢰했다고. 그런 뒤에 나는 서가에서 원본 서간문을 꺼낼 것이고, 우리 두 사람 모두 그의 오해를 재미있어하며 웃을 것이다. 정말 예외적이고 감탄할 만한 순간이 아닌가.

하지만 내 남편은 내가 자기에게 무언가를 숨길 수 있다는 사실에 아랑곳하지 않는다. 그는 내가 다른 남자들을 만나러 간다는 사실을 전혀 알아차리지 못했다. 그렇지만 나는 내가 받은 메시지를 삭제하지도 않고, 내 몸에 닿은 그들 몸의 냄새를 없애기 위해 샤워를 하지도 않는다. 내 남편이 내 눈을 똑바로 보며 〈오늘 오후에 다른 남자랑 함께 있었어?〉라고 물으면 나는 거짓말을 하지 않으리라는 것을 알고 있다. 하지만 그는 어떠한 질문도 하지 않는다. 내가 아무리 증거를 흩뿌려 놓아도, 그는 아무것도 하지 않는다. 나는 월요일부터 마르그리트 뒤라스의 『연인』을 낮은 탁자에 올려놓고 있지만, 확신컨대 그는 걱정하는 기색을 보이지 않았다. 그는 절대로 이렇게 자문하지 않았을 것이다. 내 아내가 왜 갑자기 〈연인〉이라 불리는 책을 읽기 시작한 거지? 나는 그의 얼굴에 불안한 기색이 어리기를, 그의 차분한 평정이 깨지기를 간절히 바랐다. 어떤 불안이,

어떤 의심이 끼어들기를 바랐다. 하지만 아무 일도 일어나지 않았다. 불행히도 그의 눈에서 읽을 수 있는 것은 자신감뿐이다.

늘 알고 있던 대로, 사랑하는 사람이 되는 일에는 시간이 걸린다. 하지만 대체로 시간이 걸린다 해서 내 삶에 탈이 나지는 않는다. 특히 금요일에는 아무런 방해가 되지 않는다(비너스의 날인 금요일은 사랑을 위해 만들어진 것이다). 따라서 마지막으로 하나의 임무를 더 완수해야 한다. 시간을 많이 잡아먹는 만만치 않은 일이다. 녹음을 들어 보는 게 바로 그것이다.

나는 이어폰을 귀에 꽂고 오늘 아침의 우리 대화를 다시 듣는다. 아침을 먹던 식탁에 내 휴대 전화를 올려놓고 녹음한 대화이다(이런 것을 녹음하지 않는다면, 음성 녹음 기능을 무엇에 쓸까? 나는 모든 사람이 그렇게 하고 있으리라 확신한다). 숟가락질 소리와 아이들이 그릇을 다루며 내는 소리 때문에 모든 말을 알아듣기는 어렵다. 그래도 다행스러운 점은 아이들의 말소리가 크지 않다는 것이다. 아이들은 식사 중에 속삭이듯 말한다. 그렇지 않았다면 내 녹음의 상당 부분이 들을 수 없게 되었으리라.

나는 내 남편의 대답에 어정쩡한 점이 있는지 여겨듣고, 그가 퇴근길에 수영장에 들렀으면 하고 그 뒤에 저녁 약속이 있음을 알려 줄 때 단어들을 어떻게 선택하는지 정신을 집중하여 듣는다. 그가 처음에 한 말은 한때 같이 일했던 〈옛 동료〉와 시내에서 만나기로 했다는 것이다. 그런데 나중에는 대화 도중에 〈동료들〉이라고 말한다. 이번에는 단수에서 복수로 바꾸어 말한 것이다. 나는 뒤로 되감아 두 대목을 비교해 본다.

때가 되면 내 남편은 자기가 어떻게 저녁 시간을 보냈는지 이야기해 줄 것이다. 내일 아침에 말할 가능성이 높다. 나는 그 순간을 기다렸다가 귀 기울여 들을 수밖에 없다. 그는 한 사람의 옛 동료라고 할까 여러 동료들이라고 할까? 내가 우리 대화의 일부 대목을 다시 듣는 것은 어느 텍스트를 번역하기에 앞서 그것을 분석하는 것과 비슷한 일이다. 나는 텍스트를 분석할 때도 엄격한 방식을 적용한다. 어조가 어떠하지? 왜 다른 단어가 아닌 이 단어를 썼을까? 저자가 진정으로 말하려는 바는 무엇일까? 이 이미지, 이 비유, 이 암시는 어떤 효과를 낼까? 내 안에 좋은 아내가 될 만한 천부적인 재능이 있는 것은 아니지만, 그래도 좋은 분석가가 될 수는 있다. 바라건대 내가 잘못 해석하는 게 아님을 확신하고 싶다. 내 사랑의 뇌가 그의 말을 곡해하는 게 아니면 좋겠다.

우리의 사적인 대화를 녹음하는 것이 나에게는 합리적인 일로 보인다. 그 말들은 나 들으라고 한 소리였다. 그걸 다시 들을 권리가 나에게 없다는 게 말이 되는가? 그런데 그건 내 시간을 많이 잡아먹는 습관이고, 대개는 그 결과도 별로 증거가 되지 못한다. 그래서 나는 종종 그만두겠다고 마음을 먹지만, 그 일을 하지 않고 살기에는 아직 어려움이 있다. 나는 나 자신을 더 신뢰하려고 노력한다. 우리가 말을 주고받는 동안 정신을 더 집중하기만 하면 되는 것이다(오늘 아침을 먹을 때 그것을 시도했지만, 성공하지는 못했다). 나는 우리 대화가 녹음되지 않아도 내 세계가 무너지지 않는다는 말을 스스로 되뇐다. 하지만 그 순간들을 다시 들을 수 있다는 것을 생각하면 마음이 편안해진다. 화요일에 루이즈와 니콜라의 집에서 저녁을 먹었을 때, 나는 우리가 나눈 대화를 녹음하지 않았다. 애석한 일이다. 내 남편이 나를 두고 귤이라고 했던 바로 그 순간으로 다시 돌아갈 수 있다면, 분명 그 순간을 더 명확히 보는 데에 도움을 받았을 것이다.

내가 스스로 규칙을 정해 놓고 그걸 어긴 셈이다. 그래도 다행스러운 일은 내 남편과 드물게 말다툼을 벌인 적이 있는데, 그중 하나를 녹음하는 데에 성공했다는 것이다. 나를 며칠 동안 안정을 잃고 헤매게 만든 말싸움을 다시 들을 수 있게 되었다. 나는 컴퓨터에 그것을 전사한 다음 영어로 옮겼다. 다만 그게 우리 두 사람의 말다툼이라는 것을 알게 할 수 있는 정보들은 신경 써서 잘라 냈다. 나는 그 번역 텍스트를 인쇄한 다음, 내 학생들에게 나눠 주었다. 그러면서 학생들에게 설명하기를, 그것이 예전 영어 교재의 한 장(章)을 복사한 것인데, 어느 부부의 말다툼이 명령법을 복습하기 위한 완벽한 틀을 제공하기도 한다고 말했다. 새로운 관점의 필요성을 절감하고 있던 터라, 그런 상황에 관해 의견을 기술하라고 학생들에게 요구한 것이었다. 한 학생이 손을 들고 말했다. 「The husband doesn't love the wife(이 남편은 아내를 사랑하지 않아요).」 크나큰 아픔이 밀려왔다. 나는 잠시 앉아서 숨을 가다듬어야만 했다.

내 녹음을 수업에 사용한 것은 그게 처음이자 마지막

이었다. 그런 교수법이 이치에 맞지 않는다는 사실을 기꺼이 인정한다. 대체로는 어느 등장인물의 이름을 바꾸어서 그에게 내 남편과 똑같은 이름을 주는 것으로 만족한다. 마침맞게도 내 남편의 이름은 영어권에서 흔히 만날 수 있는 이름이다. 월요일에 다시 한번 그 일을 벌였다. 한 시간 수업 내내 그의 이름이 큰 소리로 불리는 것을 듣기도 하고 발음하기도 하는 것은 얼마나 즐거운 일인가(누군가에게 해를 끼치는 일이 아니다. 그렇다면 이 단순하고도 작은 기쁨을 금할 이유가 없지 않은가?).

나는 바람을 쐬러 집을 나선다. 그냥 바람을 쐬려는 것은 아니고 오늘 낮의 마지막 목표를 잊지 않고 있다. 이상적인 전기스탠드를 찾아내는 것이 바로 그 목표다. 나는 수요일 오후에 스탠드를 일부러 바닥에 쓰러뜨려 깨어 버렸다. 그 스탠드 때문에 내 남편과 함께하는 저녁 시간의 분위기가 망쳐지는 것을 더는 받아들일 수가 없었다(그런대로 괜찮은 것을 찾아내어 몇 달 또는 몇 해 동안 별문제 없이 지내 오다가, 왜 어느 날 아침 잠에서 깨어나 단 한 순간도 그것을 더 옆에 두고 싶지 않다는 확신이 드는 것일까?). 우리 거실의 로맨틱한 분위기를 살리기 위해서는 빛을 누그러뜨린 분위기가 필요하다. 확신컨대 요즈막에 내 남편이 나랑 떨어져서 소파에 앉는 것은 조명이 너무 강했던 것과 무관하지 않다. 세상에서 가장 아름다운 여인을 창백한 불빛 아래에 두어 봐라. 그녀의 아름다움이 현저히 줄어들 것이다. 내가 늘 말했듯이, 아름다움이란 조명(15퍼센트)과 파운데이션(20퍼센트)과 헤어스타일(25퍼센트)과 옷이랑 구두(40퍼센트)의 문제이다.

가게 안을 돌아다니며 물건을 구경하다 보니, 또 다른 디테일에 관심이 간다. 스위치가 어디에 붙어 있는 게 좋을까 하고 생각해 보니, 전선의 꽤 높은 자리에 붙어 있어야 할 것 같다. 내 남편은 소파의 오른쪽에 자리를 잡고, 나는 스탠드가 있는 쪽인 왼쪽에 앉는다. 이상적으로 말하자면, 그가 스탠드의 불을 *끄*기 위해서는 나에게 바싹 다가들어야만 하는 것이다. 그런 기준들 전체에 부합하는 스탠드가 눈에 들어온다. 이 스탠드는 내 기준에 맞을 뿐만 아니라, 예쁘기까지 하다.

내 남편을 기다리다 보니, 저녁 시간을 보내기가 어정쩡하다. 이상하게도 그의 윤곽이 뚜렷하게 그려지지 않는다. 마치 찰필로 너무 많이 문질러서 빛깔이 흐려진 연필 데생 같기도 하고, 너무 많은 양의 물에 젖어버린 수채화의 선과 같기도 하다. 시간은 흐르지만 형상이 뚜렷하게 잡히지 않는다.

내 남편이 말하기를, 수영에는 무위와 집중의 상태가 필요한데 그런 상태에 있다 보면 머릿속을 정리하기가 더 쉬워진다고 했다. 물에 잠겨 있으면, 마치 질서 정연하게 열병을 하듯 자기의 일상적인 고민과 갈등, 즉 회사의 복잡한 서류, 까다로운 고객, 부모의 건강 등을 차근차근 되짚어 보게 된다는 것이다. 그러고 나서 풀을 나서면 마음이 차분해진다고 했다. 자기가 겪는 문제들이 모두 해결되고 머리가 맑아진다는 것이었다. 문득 양팔을 오므렸다가 펴며 물속을 나아가는 그의 모습이 그려진다. 그렇게 평영의 몸짓을 하면서 그는 스스로 이렇게 깨닫고 있지 않을까? 나라는 여자와 결혼한 것은 하나의 실수이자 하나의 실패라고, 자기는 우리 집의 포로라고, 자식을 둔 것은 하나의 책무라고, 자기는 자유를 잃었고 꿈을 포기했다고, 아내는 자기가 사랑했던 거무스레한 피부의 스페인 여자만큼 흥미롭지도 않으며 교양도 풍부하지 않다고, 자기는 이제 아내를 사랑하지 않는다고, 아내를 만질 때면 다른 여자를 욕망한다고, 자기는 아내 곁을 떠나야 하고 곧 떠날 거라고.

내 상상은 거기에서 멈추지 않고, 그가 수영장에 간 적이 없다는 것으로 뻗어 나간다. 수영은 이상적인 알리바이다. 한 시간 동안 전화를 받지 않고, 샤워를 해서 다른 여자의 냄새를 지우기 위한 마침맞은 핑계다. 그가 돌아오면 그의 가방에 든 수영복이 아직 축축한지 확인해 보리라.

아이들은 아버지가 돌아오기를 기다리며 텔레비전 앞에 앉아 영화를 보고 있다. 영화가 곧 끝날 거라서, 나는 아이들을 그대로 두고 자러 간다. 그가 돌아오는 소리가 침실까지 들려온다. 그의 승용차가 진입로에 주차되고 있다. 나는 얼른 불을 끄고 휴대 전화에 눈길을

266

준다. 저녁 9시 58분. 그가 승용차의 문을 잠그고, 서류 가방에서 열쇠 꾸러미를 꺼내고, 우편물을 거두고, 현관문을 열면 10시가 될 것이다. 내 남편은 시간을 어김 없이 지킨다. 너무 어김없어서 집에 돌아오기 전에 길모퉁이에서 시간이 되기를 기다린다는 생각이 들 정도이다. 자기 승용차 운전석에 몇 분 동안 앉아 있다 오는 걸까? 엔진을 끄고 라디오로 노래 한 곡을 더 듣고 오는 걸까?

현관 자물쇠 속에서 열쇠 돌아가는 소리가 들린다. 마치 내가 거기에 있는 것처럼 소리가 생생하다. 내 남편이 현관에 들어선다. 한 손에는 우편물이 들려 있고, 등에는 수영 가방이 걸려 있다. 입가에는 느긋한 미소가 어려 있다. 아이들의 이마에 뽀뽀를 해주는 소리가 들리는 듯하다. 짐작건대 그는 소파에 앉아 아이들과 함께 몇 분 동안 영화의 마지막 장면을 볼 것이다. 아마도 악당을 우스꽝스럽게 흉내 내면서 조롱할 것이다. 어쩌면 아이들이 케이크 한 조각을 더 먹도록 허락할지도 모른다. 아이들이 이미 칫솔질을 했는데도 말이다.

원목 마루가 삐거덕대고 층계가 삐걱거린다. 덕분에 내 남편이 어디에 있는지 여전히 알 수 있다. 우리 집을 설계한 건축가는 사람이 갑자기 나타나서 놀라는 일이 생기지 않도록 신경을 쓴 모양이다.

　이제 아이들이 층계를 올라가는 소리가 들린다 ─ 아이들은 언제나 둘이서 함께 이동하기 때문에, 그들의 발걸음은 한 계단 한 계단 디뎌 오르는 하나의 소리로 울려 온다. 내 남편은 아이들 방의 문을 각각 닫아 주고 층계를 내려오더니, 위험하게 우리들 침실로 다가온다. 나는 숨을 죽인다. 문이 열린다. 나는 이불을 덮은 채로 가만히 있는다. 있는 힘을 다해 자는 척을 한다. 내 남편은 잠시 문설주 옆에 서 있다가 가버린다.

　이건 오늘 내가 할 마지막 일이다. 하루를 온통 우리 커플에게 바친 오늘은 잠자는 척하며 마무리를 할 것이다. 그 목적은 화장을 지우고 잠옷을 입은 모습, 머리가 풀어진 모습을 그에게 보이지 않기 위함이다(그가 종종 나에게 되뇌지 않았던가. 내가 스스로를 등한히 하는 건 싫다고). 내가 없는 사람처럼 굴면 그가 나를 더 아쉬워하는 효과도 생길 것이다. 그가 나에게 말을 걸기 위해 내일 아침까지 기다려야 한다면, 우리가 나눌 얘기가 더 많아질 것이다. 그가 나를 욕망하게 만들 것. 내가 배운 교훈이다. 오늘 오후에 이 교훈을 수첩에 또박또박 적었다.

시트 사이에 들어가 있으니, 몸이 근질거린다. 금요일이라 해도 유예는 없다. 허벅지와 팔이 아닌 다른 것에 정신을 모으려고 애쓴다. 눈을 감고 우리가 보낸 한 주일의 영상을 다시 펼친다. 그러다가 몇몇 시퀀스에서 정지하여, 흥미로운 순간들을 클로즈업한다. 나는 이해하려고 애를 쓴다.

어떤 확정적인 결론에 도달할 수는 없다. 아직 분석 단계의 문제이기 때문이다. 모든 것은 어떤 배율로 우리 커플을 관찰하느냐에 달려 있다. 사랑의 현미경이 모든 걸 좌우하는 것이다.

해의 차원에서 말하자면, 우리는 아름다운 사랑 이야기를 체험하고 있다. 15년에 걸쳐서, 결혼하고 집을 사고 두 아이를 두었다. 나는 이 결혼 생활 현황서를 만족스럽게 생각한다. 달의 차원에서 보아도, 상황은 여전히 양호하다. 단 한 달도 둘이서만 보내는 특권적인 순간 없이 지나가지 않는다. 성관계를 갖지 않거나, 그가 나에게 다정한 말을 해주지 않거나, 그가 나에게 선물을 주지 않고 지나가는 달은 전혀 없다. 주의 차원에서 보아도 하늘은 개어 있는 편이다. 다정한 몸짓이나 부드러운 말이 빠지는 주는 없고, 길게 말을 주고받지 않는 주도 없다. 저녁 시간을 놓고 보거나 시간 차원에서 보면, 내 사랑의 날씨는 어두워지고 있다. 이 차원에서 보면, 나는 그가 나와 거리를 두려고 한 행위와 그가 망각한 행위를 낱낱이 지적할 수 있다. 그리고 그가 무슨 말을 빼먹고 안 하는지 그가 언제 내 눈을 보지 않고 말하는지 알아낼 수 있다. 그런데 분의 차원에서 보면, 상황은 견딜 수 없는 것이 되어 버린다. 예를 들어 수요일 저녁을 보자. 아이들은 잠들었고 우리는 소파에 앉아 영화를 보고 있다. 나는 한 손을 내 허벅지에 올려놓고 있는데, 내 남편은 그 손을 잡지 않는다. 그러자 나는 내 손을 그의 손 밑으로 미끄러뜨린다. 그는 아무 반응을 보이지 않는다. 몇 분 뒤, 그는 자세를 바꾸고, 방치된 내 손을 여전히 잡지 않는다. 이렇게 분 차원에서 보면, 내 눈에는 분명하다. 내 남편은 멀어지고 있고, 우리 커플은 위기에 처해 있다.

내 남편이 내 손을 잡지 않는 때, 그가 나를 귤 취급하는 때, 그가 내 하루에 관해서 묻지 않는 때, 그가 잠자기 전에 덧창을 닫고 커튼을 치는 때, 그가 내 말을 중동무이하는 때, 내가 한 동료에 관해서 그에게 자주 얘기를 하는데도 그가 그 동료의 이름을 잊어버리는 때, 그가 나를 다시 만나고 싶어 안달하는 모습을 보이지 않는 때, 그가 길거리에서 내 손을 놓아 버리는 때, 그가 내 전화를 받지 않는 때, 그가 나에게 키스를 하는데 내가 눈을 뜨고 있는 모습을 보고 그가 놀라는 때. 그런 순간들은 내 결혼 생활에 슬픈 노래를 들려준다. 그 각각의 순간이 15년에 걸친 우리 사랑에 고독과 기다림과 저버림의 쓴맛을 안긴다. 그러니까 1분의 시간이 우리가 함께한 모든 세월에 어렵지 않게 그늘을 드리우는 셈이다.

토요일

시작을 알린 것은 멀리서 혼미하게 들려오던 소음이다. 그 소리를 듣자 조금씩 어느 목소리의 억양인지 짐작이 간다. 오늘 아침, 나는 내 남편이 욕실에서 말을 걸어오는 바람에 잠에서 빠져나왔다.

그는 내가 잠을 자든 깨어 있든 가리지 않고 종종 그런 식으로 말을 걸어온다. 마치 잠들어 있는 사람과 그렇지 않은 사람을 구별하지 못하는 것만 같다. 감긴 눈, 길게 누운 자세, 부동성, 깊은 호흡, 질문에 대한 응답의 부재, 이런 신호들을 제대로 해석하면 되는데, 그의 뇌는 해석 능력이 떨어지는 게 아닌가 하는 생각마저 든다.

그는 자기가 저녁 시간을 어떻게 보냈는지 얘기를 들려준다. 그가 〈동료〉라고 말하는 것은 들었는데, 그걸 단수로 말했는지 복수로 말했는지는 분명치 않다. 애석하게도 오늘 아침엔 녹음을 하지 않는다.

내 남편이 언제 커튼을 걷었는지 모르지만, 햇살이 눈부시다. 그는 벌써 아침 식사를 준비해 놓고 아이들을 깨웠다. 지금은 침실에서 옷을 입는 중이다. 기분이 좋아 보이고 무척 수다스럽다. 토요일은 그가 가장 좋아하는 날이다. 내가 그것을 아는 까닭은 그가 나에게 말을 가장 많이 거는 날이 토요일이기 때문이다.

토요일은 빨간색의 날이다. 내 남편의 토요일은 빨강 중에서도 산뜻한 붉은색이다. 그에게 토요일은 언제나 즐거운 일이 벌어지는 날이다. 그가 토요일을 무척 좋아하는 것은 전혀 놀랄 일이 아니다. 이날은 자유로운 날이고, 외부에서 보내는 날이며, 사람들과 교제하는 날인 것이다. 그리고 주말의 첫날이어서 온전히 즐겨야 한다. 아이들이 좋아할 만한 활동을 계획해야 하고, 부부끼리나 친구들끼리 만나는 저녁 파티도 준비해야 하는 것이다. 나로 말하자면 관례를 따라가는 평일의 삶을 더 좋아한다. 토요일은 나를 주눅 들게 한다. 토요일은 매번 재창조해야 하는 날이다. 일요일의 의례처럼 우리를 서로 묶어 주는 것도 없다. 그리고 토요일 저녁 파티 때문에 느끼는 사교적 압력은 또 어떤가? 집에서 남편과 함께 있고 싶은데, 남편과 소파에 딱 붙어 있고 싶은데, 그런 바람을 실현하기가 불가능하다. 만찬장에 가거나, 친구들을 초대하거나, 나들이를 가거나, 예약된 공연장에 가야 한다. 게다가 오늘은 우리 딸의 생일이다. 그래서 작은 파티를 준비해야 한다(우리 아이가 몇 살이 되어야 내가 이런 일을 그만둘 수 있을까?).

토요일은 내가 가장 덜 좋아하고 내 남편이 가장 좋아하는 날이다. 생각건대, 나는 그의 토요일 중 많은 날을 망쳐 놓았을 것이다. 그가 나의 월요일 중 많은 날을 망친 것처럼. 우리가 좋아하는 날이 일치했으면 얼마나 좋았을까. 아마도 두 사람이 계획을 짜며 살아가기가 더 쉬웠을 것이다.

나는 뜨거운 물로(내 체온과 똑같은 온도의 물로) 샤워를 하기 전에 머리를 묶는다. 내가 옷을 벗는 순간 내 남편이 욕실로 따라 들어온다. 하지만 나의 알몸은 그에게 특별한 것으로 보이지 않는다. 그는 내 젖가슴도 내 엉덩이도 눈여겨보지 않는다. 똑같은 사람의 벗은 몸을 얼마쯤 되풀이해서 보아야 그 알몸에 감동하거나 성적으로 흥분하기를 중단하게 되는 것일까? 얼마쯤 지나면 그 마법이 사라지는 것일까? 6개월, 3년, 10년?

왜 어떤 사람의 알몸을 3만 6천 번 보면 맨 처음 보았을 때의 효과가 다시 나타날 수 없는 것일까? 무엇이 나신의 가치를 떨어뜨리는 것일까?

내 남편은 욕조에 등을 기대고 바닥에 앉는다. 그는 내가 샤워할 때 커튼 너머로 나에게 말하기를 좋아한다. 이건 수도원의 면회실이나 감옥의 접견실에서 말하는 것과 조금 비슷하다. 그는 이번 주에 직장에서 겪은 어려움을 털어놓는다. 수요일에 같은 팀의 동료 하나가 해고당했다고 한다. 그 동료가 특별히 가까웠던 사람은 아니지만, 그 소식이 팀의 나머지 사람들에게 알려진 방식 때문에 충격을 받았다는 것이다.

나는 듣고도 잊어버리기 일쑤이지만, 내 남편은 중요한 소식을 곧잘 때를 늦추어 전해 준다. 마치 나에게 알려 주기 전에 그 정보를 소화할 필요가 있기라도 하는 듯하다(내향적인 사람의 처신 방식). 그렇게 약간 시차를 두는 바람에 나는 이따금 우리가 같은 시간대에 살고 있지 않다고 느낀다.

그는 자기가 보낸 한 주일의 의심과 실망과 기쁨을 뒤늦게 늘어놓으면서, 손가락 끝으로 잡지의 페이지를 넘긴다. 욕실 바닥에 놓아둔 잡지들은 습기 때문에 고불고불 구김새가 잡혀 있다. 잡지들을 여기에 두는 이유는 바로 이런 순간을 위해서다. 내 남편이 욕조 가까이에 앉아 샤워 커튼 너머로 자기가 보낸 한 주를 회상하는 순간 말이다. 내가 수도꼭지를 잠그자, 그는 일어나서 나에게 수건을 내밀어 준다.

아침을 먹기 위해 식탁에 가만히 앉아 있는데, 내 남편이 갑자기 초저녁에 자기랑 영화관에 가자고 제안한다. 조에를 불러서 아이들을 보게 하면, 자기가 지난주에 말했던 영화를 보러 갈 수 있으리라는 것이다. 나는 깜짝 놀라서, 잼 바른 빵 조각을 바닥에 떨어뜨렸다. 행주를 가지고 딸기잼을 닦다 보니, 흰 타일 바닥에 엉겨 있는 피를 닦아 내는 기분이 든다.

나는 사양하기 위해 핑곗거리를 찾는다. 그 영화의 평을 읽어 봤더니, 이별과 이중생활을 하는 남자와 결혼의 파탄을 다룬 작품이라고 한다. 그런데 나는 내 남편이 정조를 지키지 않는 남자들의 초상을 그린 내용에 노출되는 것을 바라지 않는다. 그가 그런 영상이나 이야기를 접하지 못하게 하고 싶지만, 그럴 수 없다는 것을 안다. 하지만 나에게 선택권이 있다면, 그걸 못 하게 하고 싶다. 예를 들면 나는 그런 주제를 다룬 소설을 그에게 선물하지 않도록 조심한다. 매년 크리스마스와 생일에 선물할 때도 주의해야 한다. 혼외정사와 부부의 극적인 사건은 매우 널리 퍼진 문학 소재이다(작가들은 아내와 남편이 넘쳐나는 열정으로 서로 사랑하는 이야기를 들려줄 수 없는 것일까? 부부간의 사랑은 그렇게 낭만과는 거리가 먼 것일까?). 우리가 승용차에 탈 때, 나는 카스테레오를 끈다. 나 혼자 타고 갈 때는 반복해서 들을지라도 그가 들으면 안 되겠다 싶은 가수들이 있기 때문이다. 내가 좋아하는 파란 눈의 가수도 그중 하나다. 이 가수는 이별이 서로를 편하게 해주고 구원해 주는 미덕이 될 수 있다는 주제로 아름다운 노래를 작곡하는 유감스러운 선택을 하였다.

나는 내 남편에게 대답한다. 오늘 긴 하루가 우리를 기다리고 있지 않느냐고. 우리 딸아이를 위해 생일잔치를 준비하는 것도 벅찬 일인 듯한데, 다른 일을 추가하지 말자고. 그는 내 말을 수긍한다. 바라건대, 다음 주말에는 그 영화가 더 상영되지 않기를.

테니스 클럽에 다다라 보니, 뤼시가 벌써 와 있다. 그녀가 내 쪽으로 다가올 때(우리는 서로 발걸음을 옮겨 중간쯤에서 만난다), 그녀의 헤어스타일을 두고 칭찬의 말을 던지려는 마음이 인다(분명 미용실에 다녀온 모습이다). 하지만 화요일 저녁 루이즈의 집에 갔을 때, 그녀의 드레스를 칭찬했다가 얻은 교훈을 되새기지 않을 수 없다. 같은 잘못을 되풀이하면 안 되는 것이다. 게다가 나 역시 이번 주에 미용실을 다녀왔는데, 왜 뤼시는 그것에 대해서 넌짓 말하지도 않는가? 왜 배려 깊은 말로 자신을 낮추는 건 언제나 내 몫이란 말인가?

게임을 하니 심장 박동이 빨라지고 기분이 좋아진다. 비로소 내 남편이 아무런 힘을 발휘하지 않는 시간이 온 것이다. 신체를 활발히 움직이는 건 기분 좋은 일이다. 그렇더라도 무리할 필요는 없다. 뤼시는 테니스를 잘 치지 못한다. 반면 나는 즐겁게 지는 선수라 할 만하다. 나는 언제나 마지막 순간에 방심한 듯 승기를 놓친다. 내가 유리한 상황에서도 그리한다. 마치 패배가 나의 몫인 양, 지는 것을 받아들인다. 내 안에는 투지가 전혀 없다. 그런 사실을 아는데도 마음이 불편하지 않다. 자신이 존재한다고 느끼기 위해서 지배해야 하는 사람도 있는 모양이지만, 난 그럴 필요를 느끼지 않는다.

경기가 끝나면 우리는 코트가 보이는 클럽의 바에 가서 커피를 마신다. 나는 내 남편이며 자식이며 내가 가르치는 학생들이며 올여름 우리 집 바캉스 계획에 관해서 얘기한다. 뤼시는 피에르며 자기네 딸이며 자기의 승진이며 시골집 공사의 진척 상황에 관해서 얘기를 들려준다.

「마리옹에게 무슨 일이 있는지 알아?」

마리옹이란 뤼시의 언니다. 뤼시가 그녀 얘기를 꺼내자 나는 즉시 무기력감에서 벗어난다(주고받던 얘기에 싫증이 나던 터다). 마리옹은 마흔 살이니까 나와 동갑이다. 대학에서 문학을 가르치는 교수이고, 궁정의 사랑에 관해 몇 권의 책을 낸 저술가이다. 라디오 방송에 초대되어 중세 시가에 관해 말하기도 한다. 두 번 결혼했고 자식은 없다. 마리옹은 대단히 아름다운 여인이다 (아름다운 손, 기다란 속눈썹, 엄청난 매력). 외모가 아름다울 뿐만 아니라, 무엇보다 누구나 옆자리에 앉아서 저녁을 함께 먹기를 바랄 만한 여인이다. 말할 때 생기가 넘치는 여자, 언제 어느 때나 들려줄 이야기가 있어 보이는 여자, 웃음이 시원시원해서 식탁뿐만 아니라 주방에서도 그 소리를 들을 수 있는 여자이다. 마리옹을 만난 것은 두세 번밖에 안 되지만, 뤼시를 통해서 규칙적으로 그 소식을 듣고 있는 터다. 뤼시는 자기 언니가 부리는 극성에 관해서 곧잘 불평을 한다. 작년에 마리옹은 울면서 뤼시의 집에 들이닥쳤다. 웨딩드레스 차림이었는데, 그 드레스엔 오물이 묻어 있었고, 두 눈은 화장이 흘러 깜장투성이가 되어 있었다. 마리옹은 마치 영화에 나오는 것처럼 제단 앞에서 버림받은 것이었다. 네 명의 증인과 함께 비밀 결혼을 하려 했는데, 신랑 될 사람이 예식 한 시간 전에 생각을 바꾸고 젊은 대학원생과 함께 영국으로 도망을 쳤다. 뤼시는 언니 인생의 끊이지 않는 비극에 분개하며 그 얘기를 들려주었다. 나는 그 장면에 깊은 인상을 받고 오랫동안 그 영향에서 벗어나지 못했다. 나는 지하철을 탄 웨딩드레스 차림의 마리옹을 상상했다. 한 손을 구두를 들고 맨발로 울고 있는 그녀, 흐트러진 머리 모양, 마스카라 때문에 검게 변한 두 눈. 이 얼마나 낭만적이고 숭고한 장면인가.

뤼시가 소식을 전해 준다. 자기 언니가 두 번째 남편과 다시금 큰 사랑을 나누고 있단다.

「하지만 오래가지 않을 거야. 또다시 파국을 맞게 될걸.」그녀가 덧붙인다.

「왜 그렇게 패배주의자처럼 굴어? 마리옹의 사랑은 불행해질 수밖에 없다는 식이잖아?」

「내가 보기에 한 가지는 분명해. 내 언니가 사랑에 그토록 집착하는 건, 그래야 자기의 진짜 문제를 생각하지 않아도 되기 때문이야. 사랑은 하나의 기분 전환, 하나의 오락인 거라고! 본질적인 문제를 놓고 고민하지 않고 사랑에 울고 사랑에 웃는 편이 훨씬 쉽다는 거야. 월요일에는 첫 남편을 회상하고 그를 평생토록 사랑할 거라면서 울고, 수요일에는 두 번째 남편과 다시 장단을 맞추면서 웃지. 바로 그 전 주에 기차에서 어느 남자를 만나 열정을 불태우고도 계속 그러는 거야. 10년 전부터 자기를 놓아주지 않고 있는 암을 생각하거나, 자기가 아이를 가질 수 없다는 사실에 대해서 생각하는 것보다는 한 남자 때문에 우는 일이 더 쉽지.」

나는 홀린 듯이 뤼시의 얘기를 듣는다. 오락 같은 사랑이라는 견해가 흥미롭다. 문득 내 안에 마리옹을 닮은 점이 있는 게 아닐까 생각이 든다.

이 대화를 이어 가고 싶다. 왜 마리옹은 그토록 강렬한 일들을 겪는 것일까? 왜 그녀의 사랑은 언제나 실패할 운명에 처해 있는 것처럼 보일까? 왜 그녀의 심장은 주위 사람들의 심장보다 더 세게 박동하는 것일까? 하지만 뤼시는 화제를 바꾸고 싶어 하는 기색을 보인다. 그녀가 굳이 말을 하지 않아도 나는 그것을 알아차릴 수 있다. 얼굴이 발개지고 있으니 무슨 말이 필요하랴. 그녀의 감정이 양 볼 위에 마치 신호판처럼 눈에 확 띄게 나타나는 점이 무척 당혹스럽다. 뺨을 통해 저렇게 속내를 드러내는 뤼시가 어떻게 자기 남편 앞에서 신비로운 태도를 보이는 것일까?

생각이 거기에 미치자 뤼시에 관한 본질적인 어떤 것, 이제껏 알아차리지 못한 그녀 인격의 어떤 측면을 파악했다는 생각이 든다. 그 점을 직감하기는 했지만 무어라 불러야 할지 모르던 터였다. 이제 분명히 말할 수 있다. 뤼시는 새침데기다. 드디어 그녀의 실존을 단

적으로 묘사하는 세 번째 단어를 찾아낸 것이다. 뤼시
는 정확하고 고집스럽고 새침하다.

　말이 나온 김에 한 가지 놀이에 관해서 말하는 게 좋
겠다. 내가 나의 생각(걱정스러운 비율이긴 하지만 주
로 내 남편에 관한 생각 — 수량으로 표시하긴 어렵지
만 근사치를 추정컨대 65퍼센트에 달하는 생각)에 너
무 몰입해 있지 않을 때면, 나는 한 가지 놀이를 한다.
몇 달이 걸릴 수도 있고, 더 길게는 몇 년을 끌 수도 있
는 놀이이다. 나는 주위의 어떤 사람을 만나면 어떻게
세 단어로 그를 묘사할 수 있는지 생각한다. 이건 묘사
를 시도하는 일이라기보다 진정한 실존적 탐구에 더 가
깝다. 한 사람이 다른 사람이 아닌 **바로 그 사람이 되게 하
는 바**를 가리키는 세 단어를 찾아내는 일이니까 말이다.
예를 들어, 내가 내린 결론에 따르면 루이즈는 변덕스
럽고 수선스럽고 솔직하며, 니콜라는 고상함과 절제미
와 배려심을 갖춘 사람이다. 하지만 이 단어들 하나하
나의 타당성을 인정하기까지 나에게는 긴 시간이 필요
했다(이를테면, 루이즈의 실존을 묘사하는 세 단어 중
첫 번째 것은 〈이상하다〉나 〈장난스럽다〉나 〈익살스럽
다〉나 〈우스꽝스럽다〉나 〈재미나다〉가 아니라 〈변덕스

럽다〉이다). 나는 그 세 단어를 중요도순으로 분류하는
버릇도 들였다. 첫 단어가 가장 덜 중요한 반면, 세 번
째 단어는 한 인격의 신비를 가장 근접하게 포착하는
낱말이다(루이즈의 경우에 가장 중요한 것은 당연히
그녀가 솔직하다는 사실이다).

사실 이 놀이는 현기증이 날 정도로 복잡 미묘하다.
첫눈에 보면 서로 무척 닮아 보이는 두 사람도(사회 계
층, 성격이 매우 비슷해 보이는 두 사람도) 실존적인 세
단어를 똑같이 받은 적이 없다. 예를 들어 내가 사랑했
던 남자들은 모두 같은 유형에 해당하지만, 그들이 공
통으로 받은 단어는 단 하나도 없다. 아드리앵은 정답
고 이기적이고 소심했다(영어 형용사로 말하자면
insecure라는 말이 적합하다. 그러니까 아드리앵이 어
떤 사람인지 딱 꼬집어 말하기에는 프랑스어에 정확한
단어가 없다). 앙투안은 자존심과 환멸감과 심미안으
로 특징지을 수 있는 사람이었다. 아르노는 열정적이고
인본주의적이고 창조적이었다.

내 남편의 실존적인 세 단어를 찾아내는 데에는 4년
이 걸렸다. 세 개의 형용사를 가지고 사각(死角) 없이
그를 한 바퀴 도는 경지에 도달하기 위해서는 그렇게
긴 세월이 필요했다. 내 남편에 대해서 내가 내린 결론

은 이러하다. 그는 카리스마적이고 내향적이고 모순적이다. 유머 감각이 풍부하기도 하고 무척 관대한 면모를 지니고 있기도 하지만, 그런 것은 중요하지 않다. 내 남편을 내 남편이게 하는 점이 아니기 때문이다. 유머나 너그러움을 보이지 않아도 여전히 똑같은 사람이겠지만, 카리스마와 내향성을 보이지 않는다면, 무엇보다 모순성을 보이지 않는다면, 똑같은 사람일 수가 없다.

그의 카리스마는 첫 만남 때부터 나에게 위력을 발휘했다. 사실 〈카리스마〉라는 말에는 내 남편이 가는 곳마다 풍겨 대는 수천 가지 미세한 인상이 포함되어 있다. 그가 발산하는 오라, 침착함, 걸음걸이, 말하는 방식, 꿋꿋하게 버티는 태도, 겉으로 보이는 느긋함, 자기의 멋진 외모에 대한 자신감. 그는 마음을 끈다. 그는 호감을 준다. 그는 눈길을 모은다.

카리스마와 달리 그의 내향성을 간파하는 데에는 시간이 더 오래 걸렸다. 그에게 친구가 많고 그가 친구와 어울리는 것을 좋아하기 때문이다. 그는 수줍음과도 거리가 먼 사람이다. 그럼에도 나는 그가 자기 배터리를 재충전할 때는 혼자라는 사실을 알아냈다. 중요한 결정을 내리거나 예상치 못한 소식을 참아 내고자 할 때면, 그에겐 고독이 필요했다. 전환점이 되는 순간에, 그는 내향성의 미묘한 움직임을 보인다. 외향적인 사람은 본능적으로 남을 향해 몸을 돌리지만(예컨대 루이즈가 그런 경우), 그는 자기 내면으로 돌아간다(그럴 때는 나에게서도 벗어난다).

내 남편은 카리스마적이고 내향적이지만, 그를 가장 잘 특징짓는 것은 모순성이다. 그것이 셋 가운데 가장 큰 어려움을 나에게 안겨 주었던 단어이고, 가장 오랫동안 내가 파악하지 못한 그의 부분이다. 하지만 일단 알아내고 나자, 이 말은 나에게 가장 큰 만족을 주기도 했다. 드디어 나와 삶을 공유하고 있는 이 남자를 알게 되었다는 확신이 들었다.

모순이란 양립할 수 없는 두 현실이 서로 대립하며 공존하는 상태를 가리킨다. 내 남편은 모순성을 많이 드러낸다. 그는 곧잘 역방향으로 길을 가기도 하고 흐름을 거슬러 강물을 헤엄치기도 한다. 그는 한편으론 태연자약하고, 다른 한편으론 깊은 수심에 잠기는 사람이다. 이 태연자약과 수심은 둘 다 진실이고, 그러므로 공존한다. 그는 자유를 욕망하면서도 화목한 가정생활을 꿈꾼다. 그는 사회적 성공과 런던 금융계에서의 빛나는 이력을 바라기도 하고 경멸하기도 한다. 그는 친구들에게 둘러싸이는 것을 무척 좋아하지만 혼자 있는 것을 원하기도 한다. 그는 사교계 사람들을 만나고 대중 앞에서 연설하려고 애를 쓰는 사람이지만, 관심의 중심에 놓이는 것은 싫어한다. 요컨대, 그는 마치 자기 깊은 곳의 본성에 늘 맞서 싸우는 듯한 모습을 보여 준다.

그는 자신의 선택을 전적으로 편하게 받아들인 적이 없으므로, 자기가 선택하지 않은 삶에 뛰어든 사람들을 시샘한다. 그렇게 모순이 그의 안에서 착종하고 있으니, 시샘의 비옥한 토양이 내면에 생겨날 수밖에 없다. 나는 한동안 그의 실존을 잘 말해 주는 세 번째 단어가 시새움하는 본성과 관련이 있지 않을까 하고 생각했지만, 그건 내가 증상과 원인을 혼동한 것이었다. 니콜라에 대한 내 남편의 양가감정이 그것의 좋은 예다. 니콜라의 자유, 그가 마흔 살에 얻은 첫아이, 그가 살고 있는 도심의 현대적인 복층 아파트, 그가 차지한 금융계의 높은 지위. 내 남편은 그런 것을 시샘하면서 동시에 경멸한다.

한번은 내가 실수를 한 적이 있다. 내 남편에게 나를 특징짓는 세 단어가 무어냐고 물었던 것이다. 그는 별로 망설이지 않고 대답했다.

「아주 아름답고, 차갑고, 사랑에 잘 빠지고, 관찰력이 뛰어나지.」

「네 가지를 말하면 어떡해? 이러면 게임이 안 되지!」
나는 반박했다. 불편한 심기를 들키지 않도록 가짓수에
반응한 것이었다. 그러고 나서 짐짓 태연한 척하며 말
을 이었다.

「사랑에 잘 빠진다는 건 당신에 대해서 그렇다는 거
지? 나야 당연히 그렇지! 우린 결혼한 사이잖아.」

「아니, 나에 대해서 그렇다는 게 아니라, 그냥 사랑에
잘 빠진다는 말이야. 사랑을 사랑한다는 거야.」 내 남편
이 바로잡았다.

「난 사랑을 사랑하는 사람이 아냐! 설마 내가 당신을
사랑하기보다 사랑에 빠져 있다는 생각을 더 좋아한다
는 뜻으로 말한 건 아니겠지?」

나는 부리와 발톱을 마구 놀려 대는 새처럼 나를 지
켰고, 효율적으로 논거를 제시했다. 하지만 그런다고
그가 싱긋 웃는 것을 막을 수는 없었다.

「당신, 마치 생살을 찔린 사람처럼 구는걸. 너무 그러
니까 내 말에 진실의 근거가 없지는 않았던 것 같아. 그
렇게 생각하지 않아?」

나는 그 게임이 싫었다.

테니스장에서 보내는 오전 시간 중에, 내가 가장 좋아하는 순간은 뤼시와 함께 커피를 마실 때이다. 가장 좋아한다는 말을 좀 더 정확히 고쳐 말하면, 내가 가장 연장하기 좋아하는 시간이다. 그 시간에는 주중 처음으로 내 남편이 나를 기다린다. 내가 내 남편을 기다리는 시간이 아니라는 것이다. 정오 무렵에 내가 집에 돌아가면, 그는 아이들과 함께 집을 지키고 있다. **내** 승용차의 문 닫히는 소리가 나고, 꽃이 만발한 진입로를 걷는 **내** 발걸음 소리가 귀가를 알려 준다. 이어서 현관 자물쇠 속에서 돌아가는 **내** 열쇠의 소리가 들리고, **내가** 현관에 나타난다. 식사 준비가 끝나 가는 동안, **내가** 테니스 용구를 등에 진 채로 들어서는 것이다. 그가 나를 기다리는 것은 중요한 일이다. 그래서 나는 토요일마다 테니스장에 가고 별로 더 마실 생각도 없으면서 카운터에 커피를 한 잔 더 주문하면서 인위적으로 그 기다림을 만들어 내는 것이다.

나는 테니스를 별로 좋아하지 않는다. 그리고 테니스를 치러 가기 위해 토요일 아침에 일어나려면 상당한 노력이 필요하다. 그럼에도 나는 내 남편을 생각하는 것 말고 다른 일을 하기 위해(이게 정말 될까?), 특히 그의 시야에서 벗어나려는 마음을 다시 먹으면서 스스로에게 동기를 불어넣는다. 벼르고 벼른 대로, 그가 도달할 수 없는 바쁜 사람이 되리라. 그러다가 몇 시간 뒤에 다시 나타나리라. 나는 조금이나마 새로워 보일 것이고(그 사람 없이 무언가를 해본 뒤라서), 샤워를 하고 난 몸은 더 탱탱한 느낌을 줄 것이다(나의 모든 몸 중에서 그것이 그가 가장 좋아하는 몸이다).

테니스장에 가기, 학교에 남아 학생들의 답안을 평가하기, 시내에서 친구들과 저녁 먹기, 그가 밤늦게 돌아올 때 잠자는 척하기. 그런 모든 부재 상태에서, 그가 나를 보고 싶어 하면 좋겠다. 하지만 나는 안다. 내가 새로움의 매력을 잃은 지 오래라는 것을. 그는 이제 나를 바에서 처음 만난 미지의 여자처럼 바라보지 않을 것이고, 나를 다른 남자의 아내처럼 보지도 않을 것이다. 하지만 아마 나는 스스로 왜 그러는지 이해하지 못하면서도, 그런 일이 나에겐 해당되지 않는다고 생각할 것이고, 계속 내 남편을 멀리 떨어진 곳에서 살펴볼 것이며, 충분한 거리를 두고 그를 바라보면서 감탄하기를 그만두지 않을 것이다.

다행히도 이런 일은 아이마다 일 년에 한 번씩만 치르면 된다. 아마도 나는 나쁜 엄마일 것이다. 하지만 아무리 사랑이 많은 부모라도 정신이 건강하다면, 자식의 생일 파티가 해줄 만한 일이라고 생각하지는 않을 것 같다. 내가 정의하건대 그건 지옥이다. 주목의 주된 대상인 소란스러운 아이들, 부모들끼리 서로 신중하게 평을 내리며 주고받는 말들, 오늘 내가 빨간 드레스를 입고 있지만 그것에 대해서도 평을 아끼는 극도의 신중함 (따라서, 아무런 평이 없음).

이상야릇하게도 내 드레스의 네크라인이 아니라 식탁에 놓인 딸기샤를로트[15]에 모든 시선이 집중된다. 모

---

15 샤를로트는 빵이나 스펀지케이크, 비스킷 등으로 틀을 만든 다음, 과일퓌레나 크림으로 그 속을 채워 만드는 브레드푸딩의 일종으로, 높이가 10센티미터가량 되는 원기둥 또는 원뿔대 모양의 디저트이다. 샤를로트의 어원에 관해서는, 고영어 단어가 전와(轉訛)되었다는 견해부터 영국

두가 내가 그것을 만들었으냐고 내게 묻는다. 보아하니 많은 부모들이 똑같은 생각에 사로잡혀 있는 듯하다. 어느 엄마가 자식의 생일을 맞아 직접 케이크를 굽는지 밝혀내겠다는 그 이상한 강박 관념을 공유하고 있는 것이다. 좋은 어머니라는 사실과 제과 재능 사이에 입증된 인과 관계가 있는 것일까? 그런 것은 어떤 기사나 논문에서도 읽은 적이 없다. 솔직히 말하자면 나는 자식에 대한 부모의 역할을 다룬 글보다는 사랑에 관한 글을 더 많이 참조했다. 그래도 내 남편은 아버지의 역할을 잘 수행한 편이다. 그 점에 대해서는 내가 찬성의 뜻으로 입술을 뾰족이 내밀어 줄 만하다. 지금 이런 얘기를 하는 건 불필요해 보이긴 하지만, 그는 이번 생일잔치를 위해서 여러 가지 일을 맡아서 했다. 집 현관에 풍선을 매달고, 나무들 사이에 원색 조화 장식을 걸었으며, 음식을 차려 놓을 식탁을 동물무늬 식탁보로 덮고, 커다란 유리 물병들을 얼음 조각을 섞은 레모네이드로 채웠다. 그런가 하면 음악을 위해 정원에 스피커 시스템을 설치하기도 했다. 오늘 우리 딸아이를 위해 내 남

왕 조지 3세의 부인 샬럿 왕비 혹은 괴테의 소설 『젊은 베르테르의 슬픔』의 주인공 샤를로테에서 나왔다는 설, 샤를로타라고 불리는 프랑스 여자들이 즐겨 쓰던 모자 이름을 그대로 따랐다는 설 등 다양한 주장이 있다.

편이 갖가지 관심을 기울였다는 사실을 내 주위의 모든 것이 말해 주고 있다. 정말이지, 나는 **복이 많은 사람**인 것 같다. 하지만 훌륭한 아버지라고 해서 꼭 훌륭한 남편이 되는 것은 아니다.

아이들의 수가 점점 많아지고 있다. 우리 아들의 반 친구들도 와 있다. 보아하니, 내 아들과 딸은 학교가 같을 뿐만 아니라 사귀는 친구들도 같은 모양이다. 내 어린 시절을 돌이켜 보면, 저학년 꼬마들과 고학년 언니 오빠들 사이에는 넘어설 수 없는 경계가 있었다.

오늘은 모든 게 너무 붉은 날이다. 너무 신경이 많이 쓰이고, 너무 소란스럽고, 너무 햇살이 강하고, 너무 요청하는 것이 많다. 한쪽에서는 플라스틱 컵이 부족하다 알려 주고, 내 남편은 서늘한 곳에 보관해 둔 백포도주를 가져오라고 내게 말한다. 뤼시는 자기 딸 아나이스가 치마에 딸기퓌레를 묻혔다며 나를 부른다 — 이런 얼룩을 닦아 낼 때 쓰는 세제 없어? 그 밖에도 날아드는 많은 질문. 냉장고에 레모네이드 남은 거 있어요? 화장실이 어디에 있어요? 물 한잔 마실 수 있을까요? 우리 아들이 견과류 알레르기가 있는데, 샤를로트를 먹어도 아무 위험이 없을까요?

우리 딸아이가 촛불을 불어 끌 때, 사람들은 우리 네 식구의 사진을 찍어 준다(가족사진이 잘 나오면, 오늘 하루가 완전히 헛된 것이 되지는 않을 것이다). 이어서 아이가 선물을 하나씩 푼다. 반 친구들의 선물, 아이의 오빠가 주는 선물(우리 아들이 자기 동생에게 무언가를 선물하는 것은 이번 생일이 처음이다), 그리고 우리가 주는 선물. 우리는 아이의 여덟 살 생일을 축하하는 뜻으로 여덟 개의 선물을 준비했다. 그중에는 여러 색깔의 분장용 반짝이 가루, 아이가 좋아하는 일러스트레이터의 책, 수채 색연필도 들어 있다. 선물 포장은 내 남편이 맡아서 했는데, 그 방식이 이채롭다. 여덟 가지 서로 다른 포장지로 선물들을 꾸려 놓아서, 색깔의 더미를 이루었는데, 그 방식도 모양도 독특하고 매력적이다. 내 마음에 감동과 시샘이 동시에 밀려온다. 내 남편이 나를 위해 소포를 꾸릴 때 일부러 시간을 들여 소포마다 포장지와 라벨 색깔을 달리하려고 애쓰던 시절이 있었는데, 마지막으로 그렇게 해준 게 언제였는지 기억나지 않는다. 그가 나에게 선물하는 것은 베네치아 주말여행, 호텔에 묵으며 사랑 나누기, 촛불을 밝힌 레스토랑에서 식사하기, 오페라나 연극 보기 등이다. 그것들은 물론 멋진 배려에서 나온 선물이지만, 보존되는 것들이 아니고, 화사한 포장지로 싸야 하는 것들은 더더욱 아니다. 게다가 나는 집에서 만든 케이크나 나무들 사이에 걸린 꽃 모양 장식을 접해 본 적이 없다.

우리 딸아이를 지켜보니, 붙임성이 좋고 매우 활발하고 수다스럽기까지 하다(그러니까 딸아이는 자기 아버지의 카리스마를 물려받은 셈인데, 이게 좋은 소식인지를 잘 모르겠다). 집에서는 입을 열지 않던 아이가 이렇게 말을 잘하다니, 이해할 수 없는 일이다. 어떤 대화를 듣다 보니, 아이는 수의사가 되고 싶어 하는 모양이다. 왜 아이의 여러 친구들이 그와 맥락이 닿는 선물을 했는지 이해가 간다. 내 남편이 동물무늬 식탁보를 선택한 데에도 그럴 만한 이유가 있었던 것이다. 그는 아이의 꿈이 무엇인지 잘 알고 있는 게 분명하다. 나는 그들 없이 혼자서 2년 동안 바캉스를 다녀온 기분, 또는 긴 코마에서 깨어난 기분이 든다. 내 가족이 나에게서 멀어져 가고 있다.

이젠 포도주를 몇 잔째 마시는지 더는 세지 않는다. 이런 악조건에서 많이 마시는 것은 좋지 않은 일이다. 나는 술에 취하면 가드를 내려 버리는 경향이 있다. 내 남편이 내가 바로 자기 옆에 있음에도 나에 관해서 3인칭으로 말할 때 내가 대놓고 화를 내지 않을까 두렵다.

내가 현재 어떤 책을 번역하고 있는지 자세히 말하도록 그가 고집을 부릴 때(〈아일랜드의 젊은 작가가 쓴 베스트셀러 소설인데 영상물로 각색되고 있어요. 이건 엄청난 기회죠. 무척 기대되는 책이에요, 여보, 그렇지 않아?〉), 내가 경직된 반응을 보이지 않을까 걱정스럽다. 나는 내 남편이 무슨 말을 하건 관여하지 않도록 포도주 한 잔을 더 따라 마신다. 그는 자기 주위에 동그랗게 모인 손님들을 상대로 내가 번역가로서 한 일에 관해 칭찬을 늘어놓는다. 하지만 내가 고등학교에서 교사로 일하고 있다는 사실을 분명하게 말하는 것은 빼버린다(아내가 학교에서 가르치고 있다는 것은 훨씬 덜 인상적인 전리품인 것이다).

주방에서 나오다 보니, 내 남편이 뤼시와 한창 얘기를 나누고 있다. 그는 불편한 기색을 전혀 보이지 않고 눈으로 그녀를 먹어 치울 듯이 바라보고 있다. 마치 그녀가 우주 창조의 비밀을 알려 주고 있기라도 하듯 갈망이 가득 어린 표정이다(사실 뤼시는 아마도 피에르와 함께 시골집 공사를 어떻게 진행하고 있는지 말하고 있을 것이다. 그리고 오늘 오전에 그녀와 얘기를 나누면서 알게 된 것이지만, 그녀에겐 흥미로운 얘깃거리가 전혀 없다). 그건 정원 한복판에서 그들이 사랑을 나누는 거나 다름없는 모습이다. 내가 헛소리를 하는 게 아니다. 뤼시의 뺨이 붉어진 것을 보면 분명히 알 수 있다. 그녀의 얼굴에는 내 남편이 자기를 꾀는 중이라고 씌어 있다.

두 사람의 그런 모습을 보자, 갑자기 물속에서 발밑이 푹 꺼진 것처럼 당황스럽기 그지없다. 이젠 내 뇌가 아니라 내 배 속에서 명령이 떨어진다. 내 모습을 내가 보고 있는 기분이 든다. 나는 피에르를 집 안으로 이끌고 들어간다. 주방에서 나를 도와주었으면 좋겠다는 것이 그 핑계다. 그는 영문을 모르면서도 이의를 달지 않고 나를 따라온다. 주방은 1층에 있는데 우리가 위층으로 올라가고 있음을 그는 분명히 알고 있다. 나는 그를 데리고 욕실로 들어가서 문을 잠그고, 그에게 덤벼든다. 내 남편은 그의 아내를 눈으로 탐식했고, 나는 그녀의 남편을 혀로 탐식한다. 눈에는 눈, 이에는 이다.

그의 입은 우선 깜짝 놀라더니, 조금씩 내 입에 응답한다. 그는 한순간 버티려는 듯 내 머리채를 뒤로 잡아당기더니, 내가 손가락을 그의 바지 속으로 밀어 넣자 버티기를 그만둔다. 그저 이렇게 중얼거릴 뿐이다. 「아니 지금 뭐 하는 거죠?」 나는 다리 아래로 팬티를 미끄러뜨리고 한 손으로 그를 이끈다. 그는 나와 살을 섞는 동안, 넘어지지 않으려면 어찌할 수 없다는 듯 내 젖가슴을 움켜쥐더니, 마치 암벽의 홀드에 매달리듯 거기에 매달린다. 갑자기 모든 것이 사라지는 듯한 기분이 든다. 내 엉덩이에 닿은 문도, 내가 매일 아침 샤워를 하는 욕실도, 가장 가까운 내 친구의 남편도. 나는 3백 미터 상공으로 떠올라 커다란 길을 타고 알프스산맥의 어딘가로 옮겨 간다. 아뜩해진 그가 급격히 움직이다가 동작을 멈춘다. 이 동작에는 현기증을 일으키는 무언가가 있다. 혼외정사라는 금기를 깼기 때문일까? 아니면 피에르는 뤼시랑 할 때도 이렇게 거친 몸짓을 보이는 것일까? 피에르는 언제나 마치 내일 죽을 사람처럼 성행위를 하는 것일까?

그 마지막 동작은 불과 1~2분밖에 지속되지 않았지만, 그 시간 동안 나는 내가 방금 무슨 일을 벌였는지 깨달았다. 지각없이 엄청난 위험을 무릅썼다. 저토록 많은 증인 앞에서 내 남편을 속였다. 목요일에만 하기로 해놓고, 토요일에 내 남편을 속였다. 규칙은 그냥 있는 게 아니라, 나를 보호하기 위해서 있는 것이다. 왜 나는 평소처럼 하지 않았을까? 모욕을 당하더라도 참고 밤이 되기를 기다렸다가 수첩을 꺼내어 내가 무엇 때문에 마음에 상처를 입었는지 기록해 둘 것. 시간을 충분히 가질 것. 적당히 거리를 둘 것. 행동하기에 앞서 언제나 이튿날까지 기다릴 것. 이것이 내가 세운 규칙이다.

나는 젖은 몸을 부들거리면서 욕실을 나선다. 그 순간 2층 창문 너머로 내 남편과 눈이 마주친다. 그는 정원에서 한 손에 술잔을 들고 나를 올려다본다. 그러다가 고개를 돌리지만, 내가 보기엔 분명하다. 그의 눈은 내 눈에 박혀 있었다.

당혹감이 엄습한다. 곧 물에 빠져 죽을 것만 같다. 내 남편 눈에 내가 보였을까? 우리가 취조실의 매직미러와 비슷한 단(單)방향 투시 유리를 사이에 두고 있기라도 한 것처럼, 내 눈에는 그가 보였지만 그는 나를 보지 못한 것이 아닐까? 그의 눈에는 그저 어떤 실루엣만 보이지 않았을까? 그게 아니라면 그가 욕실을 나서는 나를 보았을까? 나뿐만 아니라 급히 옷차림을 수습하며 뒤따라 나오는 피에르도 보았을까?

평온을 잃지 말아야 한다. 정신을 차리고, 합리적인 사고를 유지하고, 매개 변수를 짜맞춰야 한다. 조금 전 상황으로 돌아가 보자. 내 남편은 정원에 있었다. 그러니까 그는 집에서 15미터 떨어진 지점에 있다. 나는 2층에 있다. 우리 집은 층과 층 사이의 높이가 달라서, 2층의 층고는 3미터이지만, 1층의 층고는 적어도 5미터는 되는데, 거기에 내 눈높이도 보태야 한다. 그러니까 우수리를 떼고, 나는 6미터 높이에 있는 것으로 하자. 내 남편과 나는 직각 삼각형을 이루고 있다. 밑변의 길이는 15미터, 높이는 6미터이다. 피타고라스, 피타고라스, 피타고라스……. 그 정리가 뭐였더라? 빗변의 길이의 제곱은 다른 두 변의 길이의 제곱의 합과 같다……. 15의 제곱은 225…… 6의 제곱은 36…… 225 더하기 36은 261. 이제 261의 제곱근을 찾아내야 하는데…… 16 곱하기 16은 256, 17 곱하기 17은 289……. 그러니까 16미터와 17미터 사이라는 얘기다. 내 남편과 나는 그 거리만큼 서로 떨어져 있다. 적다. 정말 얼마 되지 않는 거리다.

다음으로 생각해 볼 것은 내 남편이 마신 술이다. 그는 포도주를 정확히 몇 잔이나 마셨을까? 넉 잔, 다섯 잔? 어느 경우든 그는 취하지 않았다. 그래도 그의 시야를 흐리게 하기에는 충분한가? 하짓날이지만, 오후 5시라서 해는 이미 서쪽으로 한참 가 있다. 나는 빛을 등지고 있는 셈이다.

나는 현관 거울에 비친 내 모습을 살펴보고 평온을
유지하자고 한 번 더 마음을 다잡는다. 먼저 립스틱을
다시 바른다. 내가 평소에 바르고 다니는 것보다 조금
더 진한, 보라색과 밤색의 중간 색조다. 이어서 나의 금
발 머리를 풀어 헤친다. 틀어 올린 머리가 헝클어져서,
다시 틀어 올리지 않으려면 풀어 헤쳐야 한다. 머리채
가 등 위로 출렁거린다. 헤어 브러싱에 정성을 들인 보
람이 있다.

어떤 상황이 벌어지더라도, 아무 일도 없었던 것처럼
행동할 것. 자제심을 잃지 말 것. 설령 내 남편이 나를
보았다 해도, 그는 자기가 헛것을 보았다고 생각하리
라. 자기 아내가 딸 생일에 다른 남자와 관계를 맺었다
고는 당연히 생각할 수 없다. 도저히 있을 법하지 않다
는 것, 그게 바로 나의 가장 훌륭한 방어책이다.

내가 정원으로 돌아오자, 뤼시가 나를 보고 묻는다.
괜찮으냐고, 내 표정이 이상해 보이는데 무슨 일이 있
는 것 아니냐고. 사실 나는 암산(261의 제곱근은 똑 떨
어지는 수가 아니다)에 몰두해 있을 뿐만 아니라, 그녀
남편의 정액이 내 다리 사이로 흐르는 것을 느끼며 그
게 보이지 않을까 자문하고 있는 것이다.

아이들이 마침내 잠자리에 들었다. 나는 식탁 구석에 놓인 포도주병을 딴다. 그런 다음 양손에 술잔을 하나씩 든 채로 미소를 지으며 내 남편에게 다가간다. 드디어 우리끼리만 있게 되었다. 그리고 이번엔 조명이 완벽하다. 예전 전기스탠드를 바닥에 깨뜨려 치워 버리고 어제 새 스탠드를 사들인 건 잘한 일이다.

　이젠 긴장이 풀리고, 마음이 거의 고요하다. 내 남편은 피에르와 관련된 일에 대해서 알지 못한다. 만약 그가 나를 봤다면, 나한테 이렇게 말했을 것이다. 〈조금 전에 욕실에서 뭐 했어? 내가 당신을 봤는데, 피에르와 함께 나오던걸. 둘 사이에 무슨 일이 있는 거야?〉 하지만 내 남편은 아무것도 묻지 않았다.

　그런데도 우리가 2층 창문 너머로 눈길을 주고받았다고 단언해도 되는 것일까? 어떤 사람을 보는 것과 눈길을 주고받는 것은 같은 일이 아니다. 눈길을 주고받는 것은 상호성을 내포한다. 그건 능동적이고 반응적이고 본능적이다. 그건 포식자가 먹잇감을 바라보는 것과 비슷하다. 먹잇감은 눈길을 보내며 문득 자기 운명을 직감한다. 나는 분명코 환각을 보았다.

내 남편은 기분이 좋아 보인다. 사랑 고백이나 몇 마디 다정한 말을 기대할 수도 있을 법하다. 나에겐 모든 요일이 사랑의 영향 아래에 있지만, 내가 알기로 내 남편은 토요일에 더 나를 사랑한다. 그래서 이 토요일을 이용해야 하는 것이다.

거실 스피커 시스템을 통해 내 남편이 선택한 클래식 음악이 울려 퍼진다. 이건 드문 일이다. 그의 이런 선택을 어떻게 해석해야 할지 모르겠다. 내 음악 수첩은 이 점에 관해서 아무 말도 하지 않는다. 내가 아는 모차르트 곡인 것 같다. 귀에 익은 선율이다. 물론 나는 그에게 물어서 확인하려 하지 않는다. 자기 아내가 세상에서 가장 유명한 작곡가의 교향곡 40번 G 단조를 식별하는 일조차 할 수 없다는 것을 알게 되면, 내 남편이 무어라고 생각하겠는가? 나는 사회적으로든 문화적으로든 그와 똑같은 계층 출신이 아니다. 내 남편은 그 점을 잘 알고 있다, 하지만 내가 그것을 감추기 위해 엄청난 노력을 기울였기에 ── 그는 종종 내 출신 계층을 잊어버리는 것 같다 ── 그에게 그것을 상기시키는 것은 불필요한 일이다.

우리가 술잔을 나눠 들고 첫 모금을 마시자마자, 바이올린의 극적인 화음이 오보에의 슬픈 음조를 뒤따르고 있는데(하이든이 아닐까? 어쨌거나 바흐 이후, 18세기 후반의 작품인 건 분명하다. 얼개가 규칙적이고 언어가 매우 단순하면서도 조화롭지 않은가), 층계에서 발소리가 들린다. 문설주 옆에 딸아이가 나타난다. 내 남편이랑 얼굴을 맞대고 저녁 시간을 보내고자 하는데, 그것도 과도한 욕심이란 말인가. 이미 딸아이의 생일을 축하하며 하룻낮을 보내지 않았는가.

딸아이는 배가 아프다고 종알거린다. 그러고는 내 무릎에 올라앉아 내 목에 얼굴을 묻는다. 내 머릿속에 분명하게 떠오른 생각은 단 하나, 아이가 내 화장을 망치고 있다는 것이다. 나는 깊게 파인 네크라인 때문에 많이 드러난 목둘레와 두 뺨에 안색이 더 좋아 보이도록 선 파우더를 발랐는데, 그게 망쳐진 것이다.

딸아이가 내 품에서 떨고 있는데, 나는 내 얼굴빛을 걱정하는 괴물이구나. 나는 마음을 추스르고, 아이의 머리를 쓰다듬으며 크루아상처럼 따뜻한 작은 몸을 꼭 안아 준다. 그런 다음 내 남편에게 내가 알아서 하겠다는 뜻의 신호를 보내고, 아이와 함께 아이의 방으로 올라간다. 아이의 체온을 재어 본다. 별다른 문제는 없어 보이지만 아이를 안심시키려면 시간이 필요할 듯하다. 나는 소화를 돕는 약을 물컵에 녹여서(내가 알기로 아이는 알약 삼키는 것을 좋아하지 않는다) 아이에게 준다. 만약 한 시간이 지나도 아이가 복통을 호소하면 의사를 부를 것이다. 이윽고 나는 아이의 침대에 아이와 함께 눕고 아이가 가장 좋아하는 노래를 속삭여 준다.

Sunny, thank you for that smile upon your face[16]

Sunny, thank you for that gleam that flows with grace

You're my spark of nature's fire,

You're my sweet complete desire

Sunny one so true, I love you

16 이 대목에서 주인공이 딸에게 불러 주는 「Sunny」는 경쾌한 디스코 풍으로 리메이크한 보니 M.의 버전이 아닌 이 노래를 작곡한 미국의 R&B 가수 보비 헤브의 1966년 원곡 버전이다. 형의 갑작스러운 죽음에 큰 충격을 받은 보비 헤브가 슬픔을 딛고 다시 희망을 찾기 위해 만들고 직접 부른 R&B 버전은 한국 독자들에게 익숙한 보니 M.의 「Sunny」와는 또 다른 매력이 있다.

서니, 네 얼굴에 어린 그 미소가 고마워
서니, 우아하게 흐르는 그 은은한 광채가 고마워
너는 본성에 불을 지피는 내 불꽃이야,
너는 달콤하고 완전한 내 욕구야
서니 참으로 진실한 사람, 널 사랑해

오랜만에 아이를 위해 이 노래를 불러 본다. 아이가
어릴 때는 곧잘 노래를 불러 주었다. 다른 사람들의 말
을 활용해서 아이에게 애정이 무엇인지 보여 주려 한
것이다. 아이는 영어 가사를 외우게 되자, 그 의미를 나
에게 묻고 또 물었다(엄마, ⟨you're my spark⟩가 무슨
뜻이야?).

딸아이가 잠드는 기미를 보이자, 나는 방을 나서 방
문을 가만히 닫는다. 괴물 같은 사람. 잘못을 저지른 사
람. 내가 아이를 달래기 위해 시간을 들였다 해도, 내가
좋은 어머니가 할 법한 일을 했다고 스스로 생각한다
해도, 그 점은 달라지지 않는다. 나는 남편이랑 단둘이
보낼 시간을 도둑맞았다고 생각하는 괴물 같은 사람이
다. 나는 내 손목시계를 들여다보는 잘못을 저지른 사
람이다.

방을 나서기가 무섭게, 아이가 다시 나를 부르는 소

리가 들린다. 온몸이 뻣뻣해진다. 난 참을 만큼 참았거든. 발걸음을 돌려 침대 머리맡 탁자에 놓은 스탠드를 켜고, 아이의 높이에 맞게 자세를 낮춘 다음 아이의 눈을 똑바로 바라본다 — 착한 엄마의 가면이 사라지는 순간. 나는 아이의 손목을 잡고 아이의 팔이 경직되는 게 느껴질 만큼 꽉 그러쥔다. 그러고는 아이의 피가 얼어붙을 만큼 냉정하게 아주 나직한 소리로 명령한다. 「이제 자.」 어조는 높이지 않는다.

하지만 거실에 내려와 보니, 이미 너무 늦었다. 내 남편은 자기 술잔을 다 비웠다. 내가 기대하던 순간은 끝난 것이다.

내 남편이 침실의 덧창을 닫기 시작한다. 이건 과도한 몸짓이다. 나는 그의 뒤에 있고, 그의 몸은 덧창의 걸쇠를 잡기 위해 허공 위로 기울어져 있다. 덧창을 잠그는 다른 장치를 설치해야 한다고 우리가 서로 말한 지는 몇 해가 되었다. 걸쇠가 너무 멀리 떨어져 있어서, 그것을 잡으려면 까치발을 해야 한다. 이건 너무 위험해, 하고 우리는 수도 없이 되뇐다. 나는 내 남편에게 다가간다. 그는 바로 내 앞에 있다. 내 숨결이 그의 목에 닿는다. 그를 떼민다는 생각이 뇌리를 스친다. 이 사람을 창문 난간 너머로 넘어가게 할 힘이 나에게 있을까? 이 사람이 난간에 매달리면, 허공에 떨어지도록 그의 손가락을 눌러 버릴 수 있을까? 나는 그 대답이 〈그렇다〉라는 것을 알고 있다. 맞은편에는 불빛도 없고 마주 보는 사람도 없으니 위험한 사태에 말려들지는 않을 것이다. 밤늦게 개를 산책시키러 나온 이웃도 전혀 없다. 나는 안다. 나에게 어떤 위험도 닥치지 않을 것이다. 결정은 내 몫이다. 내 남편은 삶을 누릴 자격이 있는가? 그가 아래로 떨어졌을 때의 모습을 상상하기는 조금도 어렵지 않다. 의식을 잃은 채로 바닥에 쓰러져 있는 남자, 부서진 두개골, 뇌를 흥건히 적시는 피. 남편을 잃고 비탄에 빠져 버린 내 모습을 상상하기는 더 쉽다(검은 옷은 금발과 잘 어울리리라). 행복한 삶을 살기 위해 모든 것을 가지고 있었으나, 터무니없는 사고 때문에 삶의 흐름이 바뀌어 버린 여자 말이다. 나는 망설이다가, 포기하고 뒤로 물러선다. 덧창을 닫고 자는 것을 나에게 강요하는 그를 벌하기 위해 복수를 할 수는 있겠으나, 이건 균형이 맞지 않는 너무나 큰 복수일 것이다. 그 복수를 하는 대신, 붉은 눈물이, 분노에 찬 눈물이 내 두 눈에서 마치 분출하는 두 줄기 화산처럼 쏟아져 내린다. 왜 이 사람은 최소한의 양보도 하지 못할까?

내 남편은 몸을 돌려, 침대 모퉁이에서 울고 있는 나에게 눈길을 준다(왜 이 사람은 깜짝 놀란 표정을 짓지 않는가?). 그러더니 내 쪽으로 몸을 기울이며 무슨 일이 있느냐고 묻는다. 우는 이유를 그에게 설명하고 싶지만 분별 있는 설명이 나오지 않는다. 칠흑 같은 어둠 속에서 잠자는 것 때문에 내가 미쳐 가기 시작한다고, 그런 구조적 불공정에 저항하고 그런 잘못을 저지르고 있는 그를 벌하기 위해 월요일부터 진지하게 벼르는 중이라고 어떻게 말할 수 있으랴. 조금 전에 그의 죽음을 상상했다고, 그러면서 장례식 때 옷을 어떻게 입어야 할지 생각했다고 어떻게 털어놓을 수 있으랴(지난 시즌에 산 검은색 드레스가 무척 잘 어울릴 테지만, 이 기회에 새로 한 벌 사는 게 더 시의적절하지 않을까?). 우리 딸아이의 생일 파티가 벌어지는 동안 분별없이 피에르와 살을 섞는 위험을 무릅쓴 것이 후회스럽지만, 그일 역시 그에게 말할 수 없다. 그리고 귤에 관한 설명을 여전히 기다리고 있다고, 그가 나와 연상되는 것으로 왜 그토록 형편없는 과일을 선택했는지 정말 궁금하다고 고백하고 싶지만, 그것도 할 수가 없다. 다시 공격을 가해서 그가 궁지에 몰리도록 몰아붙이고 싶은 마음도 크지만, 그것 역시 가능하지 않다. 이렇게 물을 수 있으면 얼마나 좋을까. 당신, 수요일에서 목요일로 넘어가던 밤에 날 사랑한다고 말하지 않았다는 게 정말이야? 어떻게 그토록 확신할 수 있지? 잠결에, 자기도 모르는 사이에 말할 수도 있잖아? 내가 들었다는데, 무슨 이유로 내 지각의 진실성을 문제 삼는 거지? 나는 자고 있지도 않았는데, 내가 잘못 들었다고 생각하는 거야? 그리고 또 한 가지 나한테 설명해 줄 수 있겠어? 화요일 밤 우리가 텔레비전을 보고 있었을 때, 왜 당신은 소파에 놓인 내 손을 잡아 주지 않았지?

분별 있게 진실을 말할 수 없어서, 나는 다른 방법을 찾아낸다. 가정, 아이들, 일, 부부에 관해서 혼잣말하듯 중얼거리는 것이다. 나는 내가 진짜로 겪은 고통과 처음에 머릿속을 스쳐간 책망을 뒤섞어서 중얼중얼 말한다. 어수선한 얘기들이 물결치듯 쏟아져 나오니, 내 남편은 뭐가 뭔지 분간할 수가 없다. 다만 우리 둘이서 보내는 시간이 갈수록 드물어지고 있어서 유감스럽다는 말은 분명히 알아들었다. 그가 대답한다. 곧 바캉스를 맞이하니, 몇 주일을 함께 보내자고.

내 남편 앞에서 무너지는 모습을 보인 게 후회스럽다. 그가 가장 좋아하는 요일 밤에 울 생각이었다면, 강한 여자처럼 굴어야 했다. 내 화장에도 더 신경을 쓸 필요가 있었다. 이제 마스카라가 내 뺨 여기저기로 흘러내리지 않는가. 게다가 확신컨대 내가 우는 바람에 내 남편은 오늘 밤 나랑 성관계를 갖지 않을 것이다. 그는 내가 우는 것을 본 지 24시간이 지나기 전에 나랑 잔 적이 없다(눈물을 보면 혐오감을 느끼는 것일까?).

마음이 진정되자, 나는 용기를 내어 그에게 오늘 하루에 관한 얘기를 해달라고 부탁한다. 그런 부탁은 되도록 하지 않으려고 애쓰는 편이다. 그는 피곤하거나 내키지 않으면, 이따금 그런 부탁을 들어주지 않는다. 하지만 오늘 밤엔 이 놀이에 동참하는 것을 순순히 받아들인다.

규칙은 간단하다. 그는 우리가 함께 보낸 하루를 아침 식사 때부터 해 질 녘까지 자기의 관점으로 서술해야 한다. 우리가 함께 겪은 일을 말로 표현해 내는 것이 그 요령이다. 나는 내 말보다 그의 말을 더 좋아한다. 실제로 벌어진 일에 대해 그의 해석을 더 신뢰하기 때문이다. 그의 해석은 종종 내 해석보다 객관적이다. 게다가 눈여겨보니, 그는 자기 이야기에서 따분하거나 거북하거나 하품 또는 한숨이 나오게 하는 것들은 빼버리는 경향이 있다. 내 세계에서는 그것들이 종종 나머지 모든 것을 가릴 만큼 넓은 자리를 차지하는데 말이다.

그는 아침에 잠자리에서 일어난 것부터 하루 이야기를 시작한다. 토요일의 좋은 기분, 오렌지주스 짜기, 호수 주위를 한 바퀴 달리기, 조깅에서 돌아와 아이들과 함께 아침 먹기, 어느 집에서 기르는 멧돼지에 관한 소식을 라디오에서 들었을 때 셋이서 함께 웃은 일, 욕실에서 우리가 주고받은 말, 아이들과 함께 도서관에 들렀다가 아들 친구의 학부모와 마주친 일, 그 아이 아버지는 변호사이고 어머니는 비행기 조종사인데 어느 날 저녁 식사에 그들을 초대하는 게 좋겠다는 의견, 딸아이 생일 파티 준비, 딸아이가 친구들에게 둘러싸여 행복해하는 모습을 보고 느낀 행복감, 과일과 채소를 파는 가게에 가서 장 보기, 초콜릿 가게에도 들러서 나에게 줄 산딸기초콜릿을 산 뒤 승용차를 타고 집에 돌아온 일, 라디오에서 환경 위기에 관한 방송을 듣고 생각에 잠겼던 일(우리는 해야 할 일을 충분히 하고 있는 것일까? 우리 아이들은 장차 어떤 세계에서 자라게 될까?), 저녁 식사 후에 네 식구가 한자리에 모여 즐긴 보드게임, 우리 아들이 자기 동생에게 보여 주는 친절에 대한 그의 감동, 그들 부부 역시 게임에 동참한 일, 아이들이 잠자리에 든 뒤에 포도주를 마시는 기쁨, 그가 무척 좋아하는 이 포도주는 피에르가 매년 한 상자씩 그에게 선물하는 보르도산 제품이라는 것, 피에르는 오늘 오후에 이상해 보였지만 그 이유를 묻지는 못함, 우리 딸아이가 문가에 나타남, 재미가 없는 텔레비전 방송, 갑작스러운 피로감, 침대, 생일 선물로 받은 터라 그가 무척 귀하게 여기는 손목시계를 풀어 침대 머리맡 탁자에 풀어 놓음, 혹시 어제 손목시계에 흠이 생기지 않았는지 살펴봄, 내가 피곤해하며 눈물을 흘림, 그리고 끝으로 내가 마음을 가라앉히고 누워 있는 그를 향해 몸을 돌림, 그는 내 눈빛을 보고 내가 오늘 하루의 일을 그의 관점에서 이야기해 달라고 부탁할 것임을 알아차림.

나는 말 한 마디 한 마디에 주의를 기울인다. 경탄하는 마음으로, 나를 마주 보는 창문이나 다름없는 내 남편의 관점에서 우리 세계를 관찰하는 것이다.

곧이어 내 남편이 나보고 옷을 벗으라 한다. 내가 다른 남자와 살을 섞은 날, 그가 다시 한번 나랑 사랑을 나누는 것이다(그에게 남성적인 본능의 힘이 있음을 믿지 않을 수 없다). 참으로 행복한 일이다. 어찌 이런 일을 바랄 수 있었으랴. 이미 울었던 마당이라 기대할 수 없었고, 이미 목요일 밤에 사랑을 나눈 터라 역시 기대할 수 없었다. 일주일에 한 번, 그건 합리적이다. 그리고 그게 우리의 평균적인 횟수이다(나는 수첩 어딘가에 기록해 놓은 우리의 통계를 분명히 기억하고 있다. 우리의 횟수는 프랑스인들의 평균에 가깝다). 일주일에 한 번, 그건 존중받을 만하다. 너무 많지도, 너무 적지도 않다. 남자들끼리 저녁 모임을 가질 때 니콜라를 상대로 자랑할 일은 아니지만, 그렇다고 부끄러워할 일도 아니다. 마흔 살에 들어서, 일주일에 한 번이면 정상에 속한다. 그것이 바로 내가 바라는 정상적인 삶이다.

일을 끝내자, 그는 나에게 입을 맞추고 침대의 자기 쪽 자리로 돌아누워 잠에 빠져든다. 나는 그가 나를 등지고 눕는 게 싫지만, 그렇게 누워야 잠을 더 잘 자는 거라면, 어떻게 그를 비난할 수 있겠는가? 모름지기 남편은 아내와 마주 보고 자야 하는 것인가? 다른 부부들은 어떻게 하고 있을까?

곧바로 몸이 근질거리기 시작한다. 중지와 검지로 손목의 오목한 자리를 눌러 보지만, 잠을 이룰 수가 없다. 여느 때처럼 질문을 던지고 답을 찾으면서 근질거림을 잊어 보려 하지만 그것도 효과가 없다. 내가 지어낸 자장가도 아무런 도움을 주지 못한다.

시름은 이제 그만, 시름은 이제 그만
그가 확신한다고 말하잖아, 그가 확신한다고 말하잖아
내일 날 사랑하리라 하잖아, 내일 날 사랑하리라

하잖아

나는 근질거리는 내 몸을 생각하고, 내 몸과 아주 가까이 있지만 이젠 다가갈 수 없는 그의 몸을 생각한다(불과 10분 전만 해도 그 몸이 내 안에 있었다는 건 얼마나 현기증 나는 일인가). 그의 호흡 리듬이 들려온다. 그는 자고 있지 않다. 숨결이 조금 지나치다 싶을 만큼 빠르다. 자는 척하느라 최선을 다하는 것이다. 하지만 내가 느끼기엔 분명하다. 내 남편은 자고 있지 않다(내가 그에게서 알아볼 수 있는 게 하나 있다면, 그건 바로 그가 진짜 자느냐 아니냐 하는 것이다). 나 역시 잠을 자지 않으면서 그가 잠들지 못하게 해야 한다. 그는 내가 돌아눕고 긁적거리는 소리를 듣는다. 내가 생각하고 있다는 것도 그는 짐작할 것이다(그가 정말로 내가 생각하는 소리를 들을 수 있다고는 생각하지 않는다. 하지만 내가 알기로 뇌는 골똘한 생각 중일 때 많은 에너지를 소비한다. 내 남편은 뇌의 그 열기를 느끼는 것이 아닐까?).

우리가 잠자리에 든 지 한 시간이 넘게 지났다. 이젠 더 움직일 엄두가 나지 않는다. 내 남편이 잠자지 않는 나를 원망하는 게 느껴진다. 자기를 나무라는 듯한 내가 침대에 함께 누워 있다는 사실에 그는 피곤함을 느낄 것이다. 그의 수면을 두고 나는 사실 여러 가지 비난을 하고 있다. 이 사람은 정말 칠흑같이 어두워야 잠을 잘 자는 것일까? 왜 이 사람은 나를 등지고 눕는 걸까? 우리는 서로 딱 붙어서 잘 수 없는 것일까? 어려운 하루를 보낸 뒤면, 나는 잠드는 데에 몇 시간이 걸리곤 하는데, 이 사람은 어쩌면 이리도 간단하게 잠들 수 있단 말인가?

갑자기 그가 돌아눕더니, 내 위로 몸을 기울인다. 소스라치게 놀랄 일이다. 몸이 굳어지는 듯하다. 그의 얼굴이 내 얼굴로 바싹 다가든다. 그가 한 손을 내 쪽으로 들어 올린다. 시간이 느려진다. 시간의 흐름이 거의 정지된 듯하다. 내 남편은 내 목을 쥐고 아주 세게 조를 것이다. 내 숨이 멎을 때까지 목을 압박할 것이다. 그는 이제 지친 것이다. 내가 생각하는 것을 더는 들을 수 없고 내가 자기를 살피고 있음을 더는 느낄 수 없는 것이다. 그는 알고 있다. 내가 휴대 전화로 우리 대화를 녹음하여 다시 듣고 있다는 사실을. 그는 내가 피에르와 무슨 일을 벌였는지 알고 있다. 그는 자기가 감시당하고 있다고 느낀다. 그는 곧 내 목을 조를 것이다. 사실 나를 숨 막히게 하는 건 그인데, 그는 나를 사라지게 만들려 한다. 그가 더는 견디지 못하기 때문에 나는 곧 죽을 것이다. 내 남편이 내 위쪽에서 다가든다. 그의 손이 내 목에 놓인다. 나는 버둥거리지 않으리라. 소리도 지르지 않고 몸부림치지도 않으리라.

내 남편이 내 얼굴로 아주 바싹 다가들더니 뺨에 입을 맞춘다.

「여보, 안 자?」

일요일

이 시간엔 대기가 찬연하고, 주방엔 햇살이 가득하다. 위층에서 덧창이 열리는 소리가 들리고, 계단을 내려오는 아이들의 발소리도 들린다. 집이 깨어나고 있다.

　아이들은 붙박이 그릇장에서 볼을 꺼내고, 나에게 잘 잤느냐고 묻는다(순서를 바꾸어 인사를 먼저 건네고 그릇을 꺼내야 하지 않을까?). 아침 식사 의례가 순조롭게 펼쳐진다. 이 의례는 저녁 식사 의례보다 짜증이 덜 난다(까닭은 알 수 없지만, 아이들이 파자마를 입고 있을 때면 그들에게 특별한 애정을 느낀다). 그사이에 내 남편은 브라질 음악을 틀어 놓는다. 빵 굽는 냄새며 일요일 아침의 평화로운 분위기와 완벽하게 어울리는 음악이다.

커피를 다 마셔 가는 중인데, 내 남편이 몸을 기울여 귀엣말로 속삭인다. 「얘기 좀 나누게 잠깐 시간을 내야 겠어.」 그러더니 짧게 사이를 두었다가 동을 단다. 「중 요한 일이야.」 나는 온몸이 굳어 버린 듯, 한마디도 할 수가 없다. 그래도 당황하거나 놀란 반응을 보이지는 않았다. 차가운 미녀의 면모를 보일 수 있는 절호의 기 회다. 나는 커피를 한 모금 더 마시고 숨을 가다듬는다.

내 심장 박동에 문제가 생긴 게 분명하다. 상심 증후 군에 관한 매우 진지한 기사를 읽은 적이 있다. 일본 사 람들은 가슴을 쥐어짜는 듯이 아픈 이런 증상을 가리켜 다코쓰보 심근증[17]이라는 말을 쓴다. 프랑스에서는 의 사들이 주로 스트레스성 심근증이라고 부른다. 갑작스 럽게 고통을 겪으면서 심장이 멎었다가 다시 뛰는 증상 을 그렇게 부르는 것이다. 내가 알기로 사랑하다가 죽 는 것은 17세기 소설의 주인공에게만 일어나는 일이 아니다. 나는 한 손을 조심스럽게 가슴에 올린다. 내 가 슴뼈 뒤로 심장의 수축이 느껴진다. 판막과 심실이 한 순간 닫혔다가 정상으로 돌아간다.

17 다코쓰보(蛸壺)란 일본에서 낙지나 문어를 잡을 때 쓰는 항아리를 가리키는 말이다. 이 증상이 나타나면 좌심실이 수축하면서 위쪽이 부풀 어 오르는데, 좌심실의 그 모양이 다코쓰보를 닮았다 해서 이런 이름이 생 겨난 것이다.

내 남편은 한 손을 내 등허리에 대고 내 쪽으로 몸을 기울이면서 그 불길한 문장을 말했다. 그는 왜 한 손을 내 몸에 얹었을까? 우리 사이에 신체적인 접촉이 이루어지게 하면서 그가 한 말의 충격을 완화하기 위함인가? 그와 반대로 나에게 말하고자 하는 바가 중요하긴 하지만 심각한 건 아니라는 뜻을 나타내기 위함일까? 우리가 시간을 조금 내서 얘기를 나누긴 하겠지만 걱정할 이유는 전혀 없다는 뜻이었을까? 아니면 아이들 앞에서 좋은 모습을 보이기 위한 하나의 방식일까? 아이들 앞에서 그 말을 내게 속삭인 것은 내 반응이 두려웠기 때문일까? 만약 아이들을 방패로 이용하는 것이라면 그건 비겁한 짓이다. 그런 일은 그와 어울리지 않는다.

내 남편은 마치 아무 일도 없다는 듯 대화의 흐름을 이끌어 간다. 그러다가 커피를 다 마시자, 샤워를 하러 올라간다. 그러는 동안 나는 식탁에 그대로 앉아서 생각을 이어 간다. 주위에 초록색 물건이 있는지 찾아 본다. 무엇이든 내가 걱정하지 않아도 된다고 안심시켜 줄 수 있는 물건이 시야에 있었으면 좋겠다. 하지만 그런 것은 어디에도 없다. 주방의 벽시계에 눈길이 간다. 덕블루duck blue, 즉 오리의 깃털에서 볼 수 있는 녹색

을 띤 파란색이다. 저건 짙은 초록색이라고 볼 수도 있
지 않을까?

아이들이 나에게 말하고 있는데, 그들의 말뜻을 이해
하기가 어렵다. 1분 동안 그들이 머나먼 나라의 이해할
수 없는 언어로 자기들 생각을 말하고 있는데, 나는 해
독할 수가 없다. 「엄마? 괜찮아요, 엄마?」

아니야, 괜찮지 않아, 내 남편이 오늘 밤 나를 두고
떠날 거야, 하고 대답하고 싶다. 아니면 아이들과도 관
련이 있다는 것을 분명하게 알려 주기 위해 이렇게 대
답할 수도 있으리라. 너희 아버지가 오늘 밤 나를 두고
떠날 거야, 무슨 말인지 알겠니? 다음 주중, 우리가 충
분히 시간을 들여 말을 고르고 말하기 좋은 때를 골라
서 너희에게 알려 줄 거야. 아마도 수요일 저녁때가 되
지 않을까? 이 똑같은 식탁에 네 사람이 둘러앉을 거고,
너희 아버지가 일어나서 음악을 끄고 나한테로 다가와
서 엄숙한 동작으로 내 어깨에 한 손을 얹고 옆에 앉아
서 먼저 이렇게 말할 거야. 〈얘들아, 너희 어머니와 내
가 중요한 것 한 가지를 너희에게 말하려고 해.〉 그는
아주 어른스러운 방식으로 사태를 진술할 거야. 우리가
너희를 무척 사랑하고 우리가 헤어져도 그 사랑에는 아
무것도 달라지는 게 없다는 점을 너희에게 일깨울 거

야. 그리고 이렇게 말할 거야. 이건 너희 잘못이 아니라고, 이 모든 일에도 불구하고 우리는 한 가족으로 남을 거라고.

그 장면을 어렵지 않게 머릿속에 그리다 보니(내가 그 장면을 얼마나 여러 번 상상했던가), 뜻하지 않게 마음이 편해진다. 내가 터무니없는 생각을 한 게 아니었다. 나의 불안에는 근거가 있었고, 나의 두려움은 당연한 것이었다. 내가 불안을 느낀 데에는 다 그럴 만한 이유가 있었다. 내 남편이 나를 두고 떠날 작정을 한 게 분명하니까 말이다.

하지만 그게 내가 가장 두려워하는 일은 아니다. 내가 겁내는 것이 무엇인지 말하자면, 그가 떠나는 것, 그가 이혼을 요구하는 것, 그가 나를 속이는 것, 그가 젊은 시절의 자기 사랑에 여전히 마음을 두는 것, 그가 어떤 여자 동료와 사랑에 빠지는 것, 그가 동성애를 하는 것, 그가 나에 대해서 어떤 열정도 더는 느끼지 않는 것 등이다. 그 목록은 길다. 하지만 나에게 현기증을 느끼게 할 만큼 다른 모든 두려움을 넘어서는 것이 하나 있다. 바로 그것, 내가 가장 두려워하는 일은 어느 날 사람들이 우리를 두고 이렇게 말하는 것이다. 그 남자는 못된 여자와 35년을 함께 살았다.

고통이 가시지 않는다. 문어 한 마리가 목둘레에 들러붙어 목을 압박하는 듯하다. 여기저기가 다 아프고 아무 소리도 들리지 않는다. 하지만 마음은 가벼워졌다. 내 남편은 나를 떠나면서 상황을 바로잡고, 인생의 궤도를 수정할 것이다. 그는 언제나 좋은 결정을 내리는 사람이다. 자기 생각이 옳다고 주장하는 경우가 얼마나 많은가(프루스트 읽기의 중요성, 도로 정체를 피하기 위해 선택해야 하는 행로, 중동 지역의 지정학적 분석 등등). 나는 그의 판단을 무조건 신뢰한다. 그의 심장은 올곧이 뛴다. 그는 훌륭한 아버지다. 그가 떠난다면, 그건 좋은 일을 하기 위함이고 그럴 만한 때가 되었다는 뜻이다. 나는 그저 일이 돌아가는 대로 따라갈 뿐이다. 불안해하거나 무언가를 맡아서 할 필요가 없다. 나는 그가 내게서 떠나간다면 눈을 감고 보낼 수 있다.

마음을 놓으니 고통이 덜해진다. 두려워하던 일이 마침내 벌어지면 문득 해방감이 밀려온다. 숨바꼭질하다가 숨어 있던 곳을 들켰을 때처럼, 우리가 무척 사랑하던 가족이 오랫동안 병을 앓다가 세상을 떠났을 때처럼, 공포 영화의 주인공이 괴물 같은 악당에게 계속 쫓

기다가 결국 잡힐 때처럼 말이다. 잘됐다. 이제 두려워
할 일이 없다. 일어나야 할 일이 일어났으니까. 게다가
나는 더더욱 두려워할 것이 없다. 최악의 일이 벌어졌
으니까 말이다.

내가 두려워했던 건 이런 상황이다. 내 남편이 이혼
하고 싶어 죽을 지경이 되었는데, 용기가 없어 실행에
옮기지 못하는 상황 말이다. 매일 밤 우리가 같은 침대
에서 잔다는 사실이 그가 진정으로 여기에 있고 싶어
한다는 확신을 내게 주어야 하는데, 세월이 흐를수록
확신은 덜해 간다. 나는 우리 결혼과 우리의 두 자녀와
우리 집이 그를 내 곁에 붙들어 두고 있음을 알고 있었
다. 역설적이게도, 나는 우리가 막 만나기 시작했던 그
때에 더 마음이 편했다. 당시에 나를 향한 그의 사랑은
더 순수했다. 왜냐하면 그 무엇도 그를 내 곁에 붙들어
두지 않았으니까. 지금 나는 이곳저곳에서 주위 사람들
에게 외치고 싶다. 결혼을 사랑의 궁극적인 증거로 여
기며 기다리는 모든 여자에게 말하고 싶다. 결혼은 아
무것도 보장하지 않는다고, 만약 당신 남편이 어느 여
자 동료와 몰래 바람을 피우고도 당신에게 고백하지 않
는 것은 그저 잃을 게 너무 많기 때문이라고. 사랑하는

남자와 함께 자식을 두는 일에 대해서는 굳이 말하지 않겠다. 그런 건 욕망도 없는 사람을 몇 년 동안 당신 옆에 붙들어 두는 일이라는 말을 어찌하겠는가.

초등학교 시절에는 사랑하는 사람이 생기면, 사랑의 시작과 끝이 쉬는 시간 동안 한꺼번에 이루어질 수 있다. 중학교 시절에는 그런 일에 일주일이 걸린다. 월요일에는 함께 있다가, 금요일 마지막 수업 시간이 지나면 끝나 버리니까 말이다. 고교 시절에는 아마도 한두 달 정도 걸릴 것이다. 9월 개학 무렵 사랑에 빠졌다가, 11월 1일 만성절이 되면 모든 게 끝나 버린다. 이 정도면 결별에 걸리는 시간이 길어진 셈이다. 20대 때는 사랑하다가 헤어지기까지 한 해가 온전히 걸릴 수 있다. 하지만 둘 중 하나가 용기가 없다면, 2년이 더 걸린다. 마흔 살부터는 서로 헤어지는 데에 적어도 10년이 걸린다. 서로 잘 맞지 않는다는 것을 확인하는 순간부터 떠나기로 결심하는 순간까지 10년이다.

다행히도 내 남편은 쪼잔하지 않다. 그의 솔직함에 나는 늘 감탄했다. 설령 그게 이제는 내 쪽에 도움이 되지 않는다 해도, 그런 관점에서 보면 내 남편이 경이로운 사람이라고 말할 수 있다. 그는 우리가 당면한 일의 해결을 뒤로 미루지 않을 것이다. 떠나기로 마음먹었다면, 그는 내일이라도 휙 떠날 것이다. 오늘 아침에 우리는 부부로 잠자리에서 일어났지만, 내일은 헤어진 사람들로 잠에서 깨어난다(그의 입이 곧 내가 닿을 수 없는 곳으로 변하고, 거기에 입맞춤하기 위해 다가가는 권리가 나에게서 사라지고, 〈내 남편〉이라 말하면서 그에 관한 얘기를 꺼내는 것이 더는 가능하지 않다고 생각하니 현기증이 난다).

무슨 일을 처음으로 하고 있다는 사실을 알아차리는 것은 쉬운 일이지만, 무언가를 마지막으로 겪고 있음을 알아차리는 것은 드문 일이다. 오늘이 걱정 없이 보내는 마지막 월요일임을 어떻게 알아맞힐 수 있겠는가? 이것이 친구들과 함께하는 마지막 저녁 식사라는 생각을 어떻게 할 수 있단 말인가? 이 사람이 나랑 마지막으로 살을 섞는다는 것을 어떻게 직감할 수 있겠는가(만약 내가 그것을 알았다면, 내 몸속을 오고 가던 그 동작들 하나하나와 내 목에 닿던 그의 숨결, 매트리스 위로 나를 돌려 눕히던 그 몸짓을 내 몸의 기억 속에 새겼으리라)? 더 거슬러 올라가서, 우리가 함께 보낸 작년 크리스마스가 우리 가족의 마지막 성탄절이라는 것을 내가 어떻게 예견할 수 있었으랴? 우리 딸아이 생일을 네 식구 모두가 함께 축하한 것도 이번이 마지막이라고?

우리가 지난번에 넷이서 함께 보낸 바캉스도? 만약 우리가 마지막으로 하는 일들을 처음으로 하는 일들만큼 분명하게 판별할 수 있다면, 분명코 우리는 무수한 순간들을 더 강렬하게 살게 되리라.

이제 끝장이다. 내 결혼이 무너진다. 이건 실패이다 (이별이란 언제나 실패가 아니던가). 그렇다고 해서 사랑하는 여자의 삶을 선택한 것이 잘못이었는지는 잘 모르겠다. 왜냐하면 누구나 어느 순간에는 내려야 하는 결정을 한 것이니까 말이다. 누구나 마찬가지다. 때가되면 사랑하느냐와 사랑받느냐 중 하나를 선택해야 한다. 사랑을 서로 대등하게 주고받는 부부는 세상에 없다. 서로에게 사랑을 대등하게 준다는 것은 사실이 아니다. 그러니 어떤 사랑의 삶을 영위하고자 하는지 결정해야 한다. 받는 사람이 될 것인지 아니면 주는 사람이 될 것인지.

내 남편을 만나기 전에, 나는 어떤 젊은 남자와 일을 겪었다. 그는 나를 무척 사랑했다. 내가 그를 사랑하는 것보다 그가 나를 더 사랑했다. 아드리앵이라는 그 남자와 2년을 함께하면서, 나는 매일 밤 그 남자보다 먼저 잠들었고, 괴로움은 없지만 열정도 없는 삶을 살았다. 내 남편을 만나면서 나는 곧바로 알아차렸다. 그와 함께하면 정반대의 삶을 살게 되리라는 것, 힘의 경쟁 상태가 그에게 유리한 쪽으로 돌아가리라는 것을. 그래서 나는 망설였다. 내 남편을 처음 만나고 넉 달이 지났을 때, 아드리앵에게 다시 기회를 주기 위해서 그를 떠나기도 했다. 파도 소리를 자장가로 들으며, 그렇게 2주일 동안 망설였다. 하지만 나는 결국 내 남편을 선택했다. 나는 바닷가와 아드리앵을 떠났고, 사랑받는 것의 안락함을 포기했다. 그리고 내 남편 곁으로 진짜 돌아왔다. 사랑받기보다 사랑하기가 더 고상한 선택인 것처럼 보였다. 게다가 그의 매력에 혹해 있던 터라, 앞으로 그를 매일 보지 못하면 어쩌나 하고 진지하게 고민하기도 했다. 그가 말하고, 실내에서 자리를 옮기고, 두 손을 움직이는 방식 등 모든 것이 단박에 나를 홀딱 빠지게 만들었다. 그와 같은 공기를 마시는 것, 그와 같이 침대를 쓰는 것, 그와 함께 바캉스를 떠나는 것 등 모든 것이 거부할 수 없는 특권인 것처럼 보였다. 요컨대, 내 남편의 카리스마가 내 판단을 그르쳤을 것이다.

　오늘 내가 그 선택을 후회하는지는 잘 모르겠다. 하지만 분명히 깨달은 것이 있다. 그것을 선택함으로써 치러야 할 대가는 너무 컸다. 내가 예상했던 것보다 훨씬 컸다. 만약 내가 사랑하는 쪽보다 사랑받는 쪽을 선택했다면, 아마도 나는 훌륭한 어머니가 되었을 것이고, 마음을 크고 넓게 쓰면서 아름다운 우정을 가꾸고 경력에 대해 진정한 야심을 품는 사람이 되기도 했으리라.

왜 올해 나를 떠나는 것일까? 왜 이 봄에 나를 떠나는 것일까? 왜 오늘 나를 두고 떠나려 하는가? 어쨌거나 일요일을 고른 것은 전략적인 선택이다. 왜냐하면 일요일은 가타부타 할 것 없이 흰색의 날이니까. 다른 요일들에 색깔이 부여될 때는 논쟁이 일어나지만, 일요일은 누구나 받아들일 만한 색깔을 보여 준다. 그 색깔은 당연히 성스러움의 백색이다. 그것은 평화의 보편적인 약속을 나타내는 색깔이기도 하다. 그러니까 내 남편은 우리의 이별이 평화적으로 이루어지리라 확신하는 것이다. 그가 브라질 음악을 틀어 놓았던 데도 그럴 만한 이유가 있다. 그는 고요하고 차분할 때 그 음악을 듣는다. 이것이 뜻하는 바는 그가 자기 결정에 고통을 느끼지 않는다는 것이다. 그는 확신에 차 있고 마음을 바꾸지 않을 것이다. 모든 게 그가 뜻한 대로 이루어지리라.

하지만 일요일의 흰색은 겉으로 보기보다 그리 단순치 않다. 광학이 가르쳐 주는 바에 따르면, 흰색은 모든 빛깔이 혼합된 결과이다(내가 생각했던 것처럼 색깔이 없는 게 아니라는 것이다). 그건 신부의 순수성도 아니고 백지의 아무것도 씌지 않은 상태도 아니다. 일요일은 중립적이지도 않고 순진무구하지도 않다. 백색은 모든 빛깔의 종합이다. 그건 일요일이 모든 요일의 종합인 것과 비슷하다. 그건 마지막 결과, 마지막 장(章), 해결을 짓는 것과 같다.

딸아이가 피아노에 자리를 잡는다. 아들은 클라리넷을 꺼낸다. 음악원의 기말 콘서트를 위해 연습하려는 것이다. 콘서트는 3주 후에 열릴 것이고, 나는 이미 악보를 외우고 있다. 이 곡을 이해하려면 누군가 울먹거리며 길게 불평하는 모습을 상상하면 된다. 아니면 네 살짜리 아이가 7분 동안 훌쩍거리는 것을 상상해도 괜찮을 듯하다(프랑시스 풀랑크는 축제 같은 분위기를 별로 내지 않는 작곡가이지만, 이 클라리넷과 피아노를 위한 소나타는 특히 무서운 느낌을 준다). 만약 내가 이 곡을 또다시 듣는다면, 마지막 남은 힘마저 소진될 것 같다. 나는 샤워를 하러 올라간다. 아무 소리도 들리지 않도록 머리를 감을 것이다.

욕실 거울에 비친 내 모습을 뚫어져라 바라본다. 진짜 내가 어떤 모습인지 기억나지 않는다. 샤워를 하고 나면 아마도 본래의 내 모습으로 조금은 돌아가리라. 쏟아지는 물의 온도를 점점 낮춘다. 수도꼭지를 계속 돌리자, 얼음처럼 차가운 물이 분출하여 알알하게 온몸을 때린다. 한기가 나를 마취시킨다. 덕분에 일요일의 흰색이 더욱 선명하게 느껴진다. 먼지의 입자들이 공중에 떠다닌다. 햇살 사이로 그것들이 눈에 띈다. 수분 크림을 개암나무 열매만 하게 손에 짜놓으니 순결무구한 흰색으로 보인다(다른 요일에는 이렇게 빛나는 흰색을 본 적이 없다). 조금 전 아침 식사 때, 아이들의 볼에 담겼던 우유 역시 유난히 반짝이는 느낌을 주었다. 그래서 나는 아주 자연스럽게 무척 가벼운 흰 실크 셔츠를 골라 입는다. 그런 속옷 차림으로 옷방 앞에 서자, 흰색이 마치 가장 큰 위안을 주는 색깔처럼 보인다. 흰색 옷이 오늘 하루를 이치에 닿게 보내기 위해 내가 입을 수 있는 유일한 색깔의 옷이라는 느낌이 든다.

　흰색이 나에게 도움을 주긴 하지만, 내 머릿속에 잇따라 떠오르는 의문들을 지워 주지는 못한다. 그 의문들은 단어가 아니라 문장의 형태로 나타난다. 얼마 전에 내가 배운 바에 따르면, 생각하는 방식에는 두 가지가 있다. 어떤 사람들은 긴 내면 독백의 형태로 진짜 문장을 지어 가며 생각한다. 반면에 다른 사람들은 추상적인 개념의 형태로 사고한다. 내가 속해 있는 첫 번째 부류가 인구의 60퍼센트 가까이를 차지한다. 그러니까 나는 머릿속으로 말하면서 이렇게 묻는다. 왜 지금이지? 왜 오늘 아침이지? 왜 오늘이지?

내 남편은 오래전부터 나를 더는 사랑하지 않았지만, 아이들이 자라기를 기다렸다가 그 사실을 나에게 털어놓으려는 것일까? 여름이 오기 전에 이혼하는 게 좋겠다고 그는 생각했을까? 사실 여름을 맞기 전에 이혼하면 우리는 긴 여름 바캉스 기간에 이사할 수 있고 아이들을 전학시킬 수 있다.

그렇긴 해도 그가 6월 초에 나를 떠난다는 게 놀랍다. 이 문제와 관련된 통계가 분명히 보여 주길, 이혼은 바캉스 전보다 바캉스 후(여름 휴가 뒤나 성탄 휴가 뒤)에 더 많이 이루어진다. 나는 그 수치를 사랑에 관한 가르침을 담은 수첩에 적어 두고 빨간색으로 테두리를 쳐 놓았다. 몇 해 전부터 사회학자들과 경제학자들이 주목한 바에 따르면, 이혼율은 실업의 그래프나 부동산 시장 상황과 서로 연관되어 있지 않다. 반면에, 바캉스가 끝날 때마다 이혼율은 언제나 높아진다.

다른 한편으로, 국립 통계 경제 연구소의 최신 정보에 따르면, 결혼 생활 중 이혼할 위기가 가장 많이 닥치는 시기는 결혼한 지 5년이 지났을 때다. 그건 의미가 없다. 우리는 결혼 생활 13년째를 맞고 있으니까(혹시 이게 불행을 가져오는 수일까?). 우리가 6월에, 그리고 결혼 13년 차에 헤어지게 된다면, 규칙에 항상 따르기 마련인 예외가 되는 것이다. 하지만 내 남편이 지금 나를 떠나는 데는 그럴 만한 이유가 있는 게 분명하다. 목요일에 내가 막심이랑 함께 있는 것을 보았을까? 어제 피에르와 관해서 무언가를 알아차렸을까? 그가 어떤 사람을 만났을까? 그는 딴 여자 때문에 나를 떠나는 게 분명하다. 그러고 보니 한 가지 명백해 보이는 것이 있다. 베네치아행 항공권은 나를 위한 것이 아니었다. 우리는 거기에 함께 가본 적도 없고, 거기에 어떤 추억도 없다. 그곳은 새로운 사랑 노래를 부르기 위한 이상적인 장소이다. 그는 새 동반자와 함께 팔라초 두칼레, 즉 도제Doge의 궁전을 구경하리라. 그는 산마르코 대성당 앞에서 그녀를 사랑한다고 말하리라. 그리고 그들은 대운하가 내려다보이는 호텔 방에서 몇 시간 동안 사랑을 나누리라.

내가 귀고리(내 남편에게서 선물로 받은 황금 고리이지만 앞으로는 눈물 없이는 걸 수 없을 장식품)의 잠금쇠를 걸고 있는데, 문득 진리가 단순하고 얼음장처럼 차가운 형태로 나에게 나타났다. 내 남편은 막심에 대해서도 피에르에 대해서도 알지 못한다. 그는 누군가를 만난 적도 없다. 베네치아행 항공권은 분명 나를 위한 것이었다. 그가 나를 떠나려는 것은 내가 2년 전부터 세심하게 공들여 작성하고 있는 징계 수첩을 찾아냈기 때문이다.

그는 서재에서 책을 옮기다가 우연히 그것을 보게 되었다. 수첩을 펴보니, 놀라운 구절들이 눈에 띄었다. 내가 여백에 써놓은 설명도 경악스러웠다. 이 수첩은 일기라는 느낌은 전혀 주지 않는다. 비장한 불평의 소리를 길게 늘어놓지도 않았고(페드르가 그랬듯이, 나는 심정 토로나 감정 표출을 싫어한다), 심리적인 분석을 하지도 않았다. 자를 대고 세로줄을 그어서 한 페이지를 세 부분으로 나누어 놓고, 각 부분에 범죄, 형벌, 날짜를 나누어 기록한 것이 수첩의 내용이다.

수첩의 처음 몇 쪽에는 가장 빈번하게 행해진 범죄들과 그에 상응하는 형벌을 기록해 두었다. 예컨대, 〈잠들기 전에 나에게 잘 자라고 말하기를 잊은 것〉은 내 쪽에서 보면 〈이튿날 아침 애무 없음〉의 벌을 가할 만한 잘못이 된다. 마찬가지로, 〈거실 소파에서 내가 옆에 있는데도(설령 텔레비전을 켜놓았다 하더라도) 자기 휴대전화를 오래 들여다보거나 반복해서 보는 것〉은 다음과 같은 형벌을 초래한다. 〈다음번에 그가 전화를 걸어오면 전화에 응답하지 않기(적어도 두 차례 무응답 이후에야 그에게 전화 걸기).〉

나는 그 두 가지 벌을 불행하게도 주초에 가해야만 했다. 내 남편의 행동과 내 행동 사이에 균형을 맞추는 것이 중요했다. 그것은 회복적 정의[18]의 원칙이기도 하다. 내가 경험을 통해서 알게 된 바이지만, 부부간에 최소한의 공평성이 유지되기 위해서는 이 원칙을 지키는 것이 중요하다.

같은 잘못에 대해서 벌을 주기도 하고 안 주기도 하

18 회복적 정의는 응보적 정의의 대안으로 나온 새로운 정의 패러다임이다. 응보적 정의란 잘못된 행위에 대해 법이나 규범에 따라 가해자에게 적절한 처벌을 가함으로써 개인과 사회를 통제하는 것에 집중하는 것을 가리킨다. 흔히 〈눈에는 눈, 이에는 이〉라는 말로 표현하는 탈리오 법칙이 이에 해당하며 가해자의 처벌 방법과 강제적 책임 이행에 초점을 둔다. 반면에 회복적 정의는 범죄를 다른 관점으로 바라본다. 범죄는 법을 어긴 것이라기보다 관계를 훼손한 행위로 본다. 따라서 범죄에 따른 책임도 자신에 의해서 훼손된 관계와 피해를 회복하는 것에 맞춰져 있어야 한다고 보는 것이다.

는 것을 피하기 위해, 나는 사랑과 관련된 각각의 범죄에 대해 하나씩 형벌을 적용하는 엄격한 체계를 선택했다. 일이 간단하게 진행되도록 만든 것이다. 이 수첩은 형벌의 임의성이 사라졌다는 것을 보여 준다(우리 아들이 아홉 살 때 첫 학기에 학교에서 배운 바에 따르면, 임의적인 권력은 주권자의 의지에 따라 행사되어 어떤 규칙으로도 제한할 수 없는 강제력이다 ─ 내가 그런 앙시앵 레짐 체제의 커플을 이루며 산다는 것은 있을 수 없는 일이다). 내가 변덕을 부리거나, 날에 따라 생각을 바꾸거나, 월요일엔 내 남편을 탓하다가 화요일엔 그의 잘못이 별로 대수롭지 않다고 하는 일은 생각할 수 없다. 이렇듯 규칙은 존재하고, 그것은 언제나 동일하므로, 그것에 따라야 한다.

형벌을 적용할 때, 특별한 경우와 범죄의 정상에 참작할 만한 사유는 무시한다. 내 남편에게서 잘못의 이유를 찾지 않고, 사실을 바탕으로 그 결과를 판정한다. 그가 피곤하거나 스트레스를 받았거나 아프다고 하더라도, 똑같은 규칙이 적용된다. 재판정에서 판사는 피고인이 서민 가정 출신인지 아닌지, 피고인이 그날 나쁜 하루를 보냈는지 아닌지는 고려하지 않는다. 그와 마찬가지로, 내 남편이 어릴 때 그의 어머니가 그를 별로 안아 주지 않았다든가, 그가 한 주일을 어렵게 보냈다는 것 따위는 고려의 대상이 되지 않는다. 엄격하지만, 그게 규칙이다.

하나의 범죄에 하나의 형벌. 1년은 365일. 이건 우리 현대적인 사법 시스템의 토대이고, 이를 바탕으로 시스템이 제대로 돌아갔다. 그것을 개인 영역으로 확대하면 안 될 이유가 없지 않은가? 법률은 우리의 행동을 규제하고 우리가 함께 살 수 있게 해준다. 그 사실은 가정에서도 예외가 되지 않는다. 내 남편은 자기가 매일 밤 나에게 잘 자라고 인사해야 한다는 것을 잘 알고 있다. 나에게 존경과 변함없는 사랑을 바쳐야 한다는 것도 잘 알고 있다. 몇 주일 동안 내 수첩이 서가의 책들 뒤에 감춰져 있고, 이 수첩에 무언가를 기록할 필요를 느끼지 않는 때도 있다. 형벌이 없는 주일들이 존재하니까, 그런 때도 있는 것이다.

이 시스템에는 전혀 잔인한 구석이 없다. 오히려 그 반대다. 이 시스템에는 무엇보다 내 삶을 단순화하겠다는 포부가 담겨 있다. 내가 매일 나 자신에게 던져야 하는 질문의 수를 제한하는 역할을 하는 것이다. 내 남편이 나에게 고통을 주는 때, 그의 배신이 몰인정하거나(귤 사건) 소소할 때(소파에 앉아 휴대 전화에 정신을 팔 때), 나는 나에게 남아 있는 일이 무엇인지 안다(해당하는 형벌을 적용하는 것). 만년필로 한 줄을 쓰면, 해결책이 나타난다. 그러고 나면 저녁 시간의 불안이 줄어들고, 썩어 문드러지는 상처의 수가 한정된다. 내 남편이 벌을 받는 그 순간부터 나는 그가 빚을 갚았다고 생각하기 때문이다. 그래서 나는 그를 용서할 수 있게 되는 것이다.

새로운 범죄가 규칙적으로 이 수첩에 기록된다. 내 남편은 나를 괴롭히는 새로운 방식을 끊임없이 찾아낸다. 하지만 나 역시 이따금 시간을 들여 내가 희생자가 된 불공정한 행위의 크기를 잰다. 매일 밤 우리 침실에서 덧창을 닫는 행위가 그 경우에 해당한다. 나는 내 남편이 그것 때문에 벌을 받아야 한다고 생각해 보지 못했다. 칠흑 같은 어둠 속에서 잠을 자려는 욕구가 잘못이 될 수 있으리라고 어찌 생각했겠는가. 그런데 내 안에서 그에 따른 욕구 불만이 커지기 시작하더니, 점점 더 자리를 넓혀 가고, 급기야 어젯밤에는 분노를 이기지 못해 울음을 터뜨리기까지 했다. 나는 아직 균형을 되찾게 할 만한 등가물, 즉 어둠 속에서 망가진 4만 시간 수면의 대가가 될 만한 형벌을 찾아내지 못했다. 그런 잘못에 상응하는 형벌을 찾아내는 것은 더없이 어려운 일이다. 너무 가혹해서도 안 되고(나는 어제 내 머릿속을 스쳤던 그 생각처럼 그를 창문 너머로 떼밀어 버리는 일을 하지 않을 것이다), 너무 관용적이어서도 안 된다(아침에 그에게 입맞춤하기를 거부하는 것은 충분치 않다). 어쩌면 조금씩 독을 타는 행위처럼 장기간에 걸쳐 이루어지는 형벌이 되어야 할지도 모른다. 덧창이 닫혀 있어서 잠을 제대로 이루지 못한 날 아침마다 그의 커피에 소량의 약을 탈까? 물론 그를 죽이려는 것은 아니고(범죄와 형벌 사이의 균형은 정의의 기초이기도 하다), 약한 설사약이나 수면제 정도면 효과를 볼 수 있지 않을까 싶다.

당연한 얘기지만, 모든 게 그리 분명한 것은 아니다. 잘못인지 아닌지 분간하기가 어려운 회색 지대가 있다. 예를 들어, 나는 내 남편이 나를 등지고 잠드는 것을 싫어하지만, 그것 자체로 잘못이 될 수 있다고는 생각하지 않는다. 내가 좋아하지는 않지만, 그게 금지되어 있지는 않다. 그에게 그럴 권리가 있는지 확인하기 위해서는 다른 부부들은 어떻게 자는지 알아보아야 하겠지만 말이다.

이번 주는 유난히 강렬한 느낌을 많이 주었다. 범죄

도 없고 형벌도 없는 날이 단 하루도 없지 않았나 싶다. 아마도 막심은 내가 가한 가장 엄중한 형벌이었을 것이다. 나는 몇 달 전부터 그와 가볍게 사귀던 터였다. 그런데 내가 행동에 나서기로 결심한 것은 내 남편이 한밤중에 사랑을 고백해 놓고 취소를 했기 때문이었다. 내가 다른 남자와 살을 섞는 것은 그에게 가하는 벌이었다. 가혹해 보일 수도 있지만, 정당한 벌이다. 사람의 지각 작용을 부정하는 것은 간통만큼이나 난폭한 행동이다. 만약 내 남편이 자기가 〈당신을 사랑해〉라고 말했음을 확인해 주었다면, 나는 절대로 막심과 살을 섞지 않았을 것이다. 교원 연수 모임에 참가한다고 거짓말을 해서 얻은 그 시간을 쇼핑하는 데에 활용했으리라. 나는 쇼핑하고 온 사실을 그에게 말하지 않았을 것이다. 그는 옷을 잘 입은 내 모습을 보면 좋아하지만 쇼핑 같은 행위는 하찮은 것으로 여기기 때문에, 나는 은근슬쩍 새 의상을 장만한다(그래도 때로는 그가 알아차리는 경우도 있다. 화요일 저녁 루이즈와 니콜라의 집에 갈 때 입었던 새 드레스에 대해 그랬던 것처럼).

어제 피에르와 함께 벌인 일은 그와 달랐다. 내가 완전히 자제력을 잃고 벌인 일이었다. 물론 내 남편이 뤼시를 상대로 일탈 행동을 벌인 것에 대해서 그를 벌해

야 했다. 하지만 그런 식으로 하는 건 아니었다. 그 현
장에서, 홧김에 일을 저지르는 건 아니었다. 나는 대응
에 나서기 전에 대개 내 남편의 잘못을 수첩에 적는 시
간을 갖는다. 그런 다음 이튿날이 되어서야 그를 벌한
다. 바로 그날 벌하는 건 드문 일이다. 정의를 제대로
실현하려면 초기의 흥분을 가라앉히는 것이 매우 중요
하다. 그래야 정도에 지나치는 행위를 막을 수 있다. 내
가 어제 한 것처럼 흥분한 상태로 즉석에서 반응하는
것은 분별없는 짓이다. 그 바람에 나는 큰 위험을 떠안
게 되었다.

이번 주에 나는 다른 벌들을 내 남편에게 가해야만
했다. 그중에는 〈그가 말을 걸어올 때 안 들리는 척하
기〉와 〈그의 소지품(지갑, 열쇠, 가방, 옷, 중요한 서류)
을 옮겨 놓기〉도 있었다. 이 두 가지 벌은 다음의 두 범
죄에 대응하는 것이었다. 〈내 손에서 자기 손을 빼낸 뒤
에 다시 잡지 않은 것〉과 〈증인들(친구나 가족) 앞에서
창피를 준 일〉. 두 번째 잘못을 벌하기 위해서 나는 그
의 지갑을 감추었다. 그가 출근을 앞두고 시간을 허비
하게 한 것이다. 매일 그러듯이, 그는 지갑을 현관 가구
위에 올려놓았었다. 나로서는 그 지갑을 그가 전날 입

었던 바지의 주머니로 옮겨 놓기만 하면 되는 일이었다.

하지만 루이즈와 니콜라의 집에서 저녁 시간을 보낼 때 그가 가한 삼중 모욕(우리가 새내기 부모 시절에 겪은 일에 관한 그의 고통스러운 추억, 그의 생일 파티 때 알람 장치를 찾아낸 일화를 들려주면서 내 역할을 빼놓은 것, 그리고 빠질 수 없는 귤 사건)이 매우 심각했기 때문에, 나는 그의 업무와 관련된 중요 서류가 담긴 봉투를 숨기기로 마음먹기도 했다. 그렇게 하면 그가 시간을 허비하도록 만들 뿐만 아니라, 그가 서류를 가져다 달라고 나에게 전화할 수밖에 없으리라는 것도 알고 있었다.

내가 그의 소지품을 옮겨 놓기 시작한 것은 몇 년 전이었다. 형벌 수첩을 작성하기 훨씬 전의 일이었다. 어느 날 아침, 그가 샤워를 하고 있을 때 나는 그의 외투 주머니에서 열쇠 꾸러미를 빼내었다. 또 한번은 그가 잊지 않고 우체국에 가서 부치기 위해 현관에 놓아둔 소포를 장롱에 감춰 버렸다. 몇 달 뒤, 내 남편은 매우 불안해하며 의사와 연락해서 진료를 예약했다.

그건 좋은 의도에서 시작된 일이다. 나는 우리 딸아이를 낳은 뒤에 다시 일을 시작한 터였다. 내 남편뿐만 아니라 나도 바쁜 처지가 되고 보니, 주중에는 서로 엇갈리기 일쑤였다. 나는 아침 일찍 나가고, 그는 밤늦게 돌아오는 날들이 이어졌다. 그때 나는 그의 소지품을 옮겨 놓기 시작했다. 그가 자기 직장으로 그것을 가져다 달라고 부탁하게 만들기 위해서였다. 우리는 그의 사무실 근처에서 만났고, 그 시간을 이용해 그의 다음 회의 전까지 커피 한 잔을 마셨다. 수요일에 내가 그의 서류봉투를 가지고 벌인 일이 바로 그런 종류의 일이다. 나는 결단코 그것을 후회하지 않는다. 이러저러한 것을 알뜰하게 엮어서 두 사람의 아주 멋진 순간을 만들어 냈으니 말이다(사랑의 추억은 하늘에서 떨어지지 않는다. 우리 두 사람 중 하나는 그것을 만들어 내기 위해 헌신해야 한다). 게다가 물건들이 어디에 있는지, 그리고 복잡한 상황이 어떻게 전개될지 언제나 알고 있는 여자가 되는 것이 무척 마음에 든다. 그런 여자가 됨으로써 나는 끊임없이 그에게 내가 필요하다는 점을 상기시키는 것이다.

내가 내 남편의 소지품을 옮겨 놓기 시작한 것은 그가 그리웠기 때문이다. 그리고 그를 벌하기 위해 그 일을 계속했다. 그는 마땅히 벌을 받아야 했으니까.

내 남편은 내 형벌 수첩을 우연히 보게 되었을 것이다. 그는 결단코 나를 용서하지 않으리라. 누군들 용서할 수 있을까? 만약 그가 사랑에 관한 가르침을 담은 수첩이나 그가 선택한 음악의 목록을 작성해 놓은 수첩을 찾아냈다면, 내가 수치심 때문에 돌처럼 굳어 버렸을지언정 해명은 할 수 있었으리라. 번역을 위해 자료를 수집하던 중이라는 식으로. 그런데 이 수첩과 관련해서는 오늘 저녁 서로 마주 보며 심문하는 일이 벌어질 것이고, 나는 부인할 방법이나 사태를 최소화할 방도가 전혀 없을 것이다.

몸이 떨리고, 이젠 숨을 가누기가 어렵다. 덥고, 춥고, 두렵고, 배가 고프고, 졸립다(사실, 이제 뭐가 뭔지 잘 모르겠다). 승용차를 타고 한 바퀴 돌았으면 좋겠다. 그러자면 핑곗거리가 있어야 한다. 나는 내 남편에게 경구 피임약이 다 떨어져서 약국에 들러야 한다고 말한다.

나는 어디로 간다는 작정도 없이 차를 몬다. 머릿속에 떠오른 생각은 단 하나, 슈퍼트램프의 CD가 글러브 박스에 들어 있다는 것이다.

플루트의 첫 음에 이어 색소폰의 음이 곧바로 나를 1980년대로 데려간다. 하지만 이 노래는 절대적인 현실을 담은 노래로 들린다. 마치 나를 위해 쓰인 듯하다. **바로 이** 드라이브를 위해, **내** 결혼의 종말을 음악에 담기 위해 작곡된 듯하다.

건반 악기가 가만가만 소리를 낸다. 색소폰 소리에 묻힐 정도로 조심조심 다가온다. 그러다가 흥분된 듯 기세를 올린다. 이어서 타악기가 절망감을 키우고 색소폰이 그 분위기를 고조시킨다. 그리고 마침내 노랫말이 시작된다. 누가 듣기에도 이건 분명 한숨 섞인 하소연이다. 애원의 소리이자, 대놓고 터뜨리는 외침이다.

Don't leave me now

Leave me out in the pouring rain

With my back against the wall

노래하면서 동시에 번역을 안 할 수가 없다(직업적인 습벽이다). 지금은 날 떠나지 마. 억수 같은 빗속에서, 벽에 등을 기대고 있는 나를 두고 가지 마. 이 순간이 완벽해지려면 자동차의 앞 유리에 빗물이 떨어져야 하고, 와이퍼가 비탄에 잠긴 듯 좌우로 움직여야 한다. 노래에 나오는 **억수 같은 비**가 없어서 아쉽다(하지만 절망적으로 파란 6월의 하늘에서 그런 비가 떨어질 리는 없다).

Don't leave me now

Leave me holding an empty heart

지금은 날 떠나지 마. 마음이 비어 있는 나를 두고 가지 마. 내 마음은 남편에 대한 사랑으로 충만하다. 만약 내게 사랑할 대상이 없다면, 내 심장의 기능이 중단되지는 않을까? 엔진도 없고 목적도 없는데 심장이 정상적으로 작동될까?

빨간불을 앞두고 서 있는데 한 운전자가 나를 뚫어지게 바라본다. 내가 추한 표정으로 목청껏 노래하고 있으니 그럴 만도 하다. 그는 분명 내가 다음 커브에서 벽을 들이받지 않을까 걱정하고 있을 것이다. 신호가 파란불로 바뀐다. 발로 액셀을 밟고, 눈물 때문에 시야가 흐릿해진 채로 나는 목이 찢어지도록 노래를 부른다. 말이 필요 없다. 노래가 모든 말을 대신한다(색소폰 솔로 연주가 아직 시작되지도 않았는데, 나는 벌써 망아지경에 빠져 있다). 절망감이 절정에 달하는 순간, 나는 정지 신호를 무시하고 내처 달린다. 만약 어떤 경찰관이 나를 세운다면, 눈물로 뒤범벅이 된 내 얼굴을 보고 딱지 떼려는 마음을 접을 것이다.

슈퍼트램프의 이 노래는 길이가 6분 17초에 달한다. 무척 길다(보통 노래의 평균 길이는 3분 49초). 하지만 나한테는 이것도 짧다. 나는 한 번을 듣고 나서 다시 듣는다. 감동에는 변함이 없다. 다 듣고 나서 눈물을 말리고, 휴일의 당번 약국을 찾아낸다. 집에 돌아가기 위해 차에서 내리기 전에, 나는 얼굴에 파우더를 다시 바른다.

오늘 하루의 나머지 시간은 마치 나 없이 지나간 것만 같다. 우리는 시장에 갔고, 내 남편의 부모님 댁에 가서 점심을 먹었다. 아이들은 자전거를 타고 호수를 한 바퀴 돌았다. 우리는 산책에서 돌아와 커피를 한 잔 마셨다. 나는 라즈베리초콜릿 한 조각을 깨물어 먹었고, 내 남편의 셔츠 단추 한 개를 다시 달았다. 우리는 저녁을 먹고, 넷이서 보드게임을 했다. 그런데 나는 무엇을 하든 무슨 말을 하든 이래도 좋고 저래도 좋다는 식이었다. 시장에서는 그저 손이 가는 대로 과일과 채소를 골랐다. 시부모님 댁에 갈 때는 회전 교차로에서 잘못된 방향으로 빠져나가는 실수를 범했다. 호숫가에 도착할 때는 도로의 다른 쪽을 보다가 하마터면 어느 차와 부딪혀 전복될 뻔했다. 커피를 주방 조리대에 올려놓고는 다 식을 때까지 마시는 걸 깜박했다. 초콜릿 조각을 깨물다가 혀를 너무 세게 무는 바람에 입속에서 초콜릿 맛과 피 맛이 뒤섞였다. 나는 아직 무언가를 느낄 수 있는지 알아보기 위해 바늘로 여러 번 내 살을 찔렀다. 식사를 준비하면서 일부러 손을 데여 보기도 했다. 언제 내가 일을 겪게 될지 알 수가 없는 상황이었다.

그래도 나는 미소를 짓고 있었다. 내 남편에게는 피곤하다고 양해를 구했다. 그건 사실이었다. 나는 기진맥진한 상태에 빠져 있었다. 압박감, 의심, 기대. 갑자기 모든 게 무너져 버리는 듯한 기분이 들었다. 이젠 남은 것은 피로뿐이다. 엄청난 피로.

드디어 아이들이 잠자리에 들었다. 내 남편은 다른 날 밤보다 조금 더 오래 아이들 방에서 시간을 보내고 있다. 우리 가족에게 곧 닥쳐올 변화에 대처하도록 아이들에게 몇 마디 언질을 주었을까? 이별에 관해 말하는 어린이용 책, 부모가 이혼한 뒤에도 두 자녀를 계속 끔찍이 사랑한다는 얘기를 담은 책을 읽어 주었을까? 아니면 아이들이 어렸을 때 그랬던 것처럼 프랑스 역사에 관해서 이야기했을까? 나폴레옹이 더 젊은 여자와 관계를 맺으려고 조제핀을 버리던 때의 이야기를 아이들에게 들려주었을까?

물이 흐르는 소리가 들린다. 나는 침대에 앉아 그를 기다린다. 숨을 쉬기가 쉽지 않다. 내가 여전히 숨을 쉬는지 확인하기 위해 코 밑에 손끝을 대어 본다. 이제 어떻게 해야 할지 가늠할 수가 없다. 숨을 들이쉬면서 공기 중의 산소를 흡입하는 방법이나 숨을 내쉬면서 이산화탄소를 배출하는 방법을 제대로 알고 있는지조차 확신할 수가 없다.

내 남편이 샤워를 하고 나온다. 나는 호흡 정지 상태에서 벗어난다. 그는 빛바랜 티셔츠를 입고 있다. 몇 해 전부터 잠옷 구실을 하는 셔츠다. 그 아래에 입은 것은 해수어 무늬가 들어간 사각팬티이다. 아이러니도 이런 아이러니가 없다. 곧 우리 결혼을 종결지을 내 남편이 입고 있는 옷이라곤 그가 좋아하는 럭비 팀의 티셔츠와 물고기 무늬가 들어간 우스꽝스러운 사각팬티뿐이라니 말이다.

이건 내 생각 밖의 일이다. 그가 여느 때나 다름없는 일요일 밤에 우리 침실에서 15년 동안 함께 살아온 삶에 종지부를 찍을 만큼 잔인할 거라고 어떻게 생각할 수 있었겠는가. 그가 바지도 입지 않은 차림으로 나를 떠날 수 있으리라고 어떻게 생각할 수 있었겠는가. 그가 그렇게까지 나를 존중하지 않으리라는 생각은 들지 않았다. 하지만 잠시 더 생각해 보니, 그가 달리 무엇을 할 수 있었을까 싶기도 하다. 하기야 그가 이혼을 요구하기 위해 시내에서 저녁을 먹자고 청하는 것이나, 테니스 게임을 벌이던 중에 이별 얘기를 꺼내는 것도 그리 할 만한 일은 못 된다. 누군가를 만났다고 나한테 고백하기 위해 정장을 차려입는 것도 이상하기는 마찬가지다.

내 남편이 와서 내 옆에 앉는다. 그러더니 내 두 손을 자기의 두 손으로 감싼다. 두 사람의 손이 작지만 단단하고 야무진 공 모양을 이룬다(그 동작이 엄숙해 보여서 조금 위로가 된다).

우리는 침대 가장자리에 앉아 있다. 우리는 진지하게 얘기를 나눠야 할 때마다 이 자리에 앉는다. 하지만 이제 나는 알고 있다. 밤에 주고받던 그런 대화를 더는 나누지 못할 것이다. 그 대화는 출판인이 아직 나에게 지급하지 않고 있는 선금과 관련해 어떤 조치를 취해야 하는지 결정하기도 하고, 우리 아들의 게임기 구입에 관해서 결정하기도 하는 즉석의 집행 위원회 구실을 했다. 이제 우리는 침대 가장자리에 앉아서 마지막 대화를 나눌 참이다. 내가 예감하건대, 이 대화는 마지막임을 알고 행하는 일의 드문 아름다움을 지니게 될 것이다.

그의 말을 끊고 싶다. 다 안다고, 나는 준비가 되어 있다고, 나는 오래전부터 이 순간을 기다려 왔다고 말하고 싶다. 하지만 단 한 마디도 입 밖으로 낼 수가 없다.

내가 이러는 동안, 내 남편은 무언가를 깊이 생각하는 듯하다. 시간을 들여 말들을 고르는 모양이다. 일상의 삶 속에서, 그는 깊이 생각하지 않고 말을 먼저 하는 편이다. 하지만 무언가 중요한 것을 말하고자 할 때는 높이뛰기나 멀리뛰기를 할 때처럼 언제나 도움닫기를 한다. 지금이 바로 그런 때다. 그는 정신을 집중하고, 약간 뒤로 물러나서, 거리를 가늠하고, 필요한 에너지를 모은 뒤에, 마침내 내닫는다.

「당신한테 말하고 싶었던 게 있는데, 어떻게 말을 꺼내야 할지 모르겠더라고. 생각한 지는 벌써 좀 됐어. 아마 당신도 짐작했을 거야. 올해 우리는 둘 다 마흔 살이 되었어. 아이들은 다 컸지……. 애들이 아주 빨리 컸어. 그래서 나는 지금이 아니면 영영 기회가 없다고 생각했지. 우리 가족의 수를 늘리고 싶은데, 당신 생각은 어때? 아이를 하나 더 낳았으면 하는데, 당신은 어떻게 생각해?」

내 귀에 〈좋아〉 하고 대답하는 내 목소리가 들린다. 내 눈에는 그에게 입을 맞추는 내가 보인다. 이렇게 기쁠 수가! 내 남편이 나를 사랑하는구나.

그의 소지품을 뒤지는 것도, 그의 말을 녹음하는 것도, 그를 벌하는 것도 중단해야 한다. 나는 그에게 바싹 다가들어 몸을 기댄다. 그가 사랑의 증거를 보여 주어서 너무나 행복하다. 멋진 해법을 생각해 내어 내일 아침부터 실행에 옮길 수 있으리라는 확신이 든다. 내일은 월요일, 바로 그런 일을 하기 위해 있는 날이 아닌가.

나는 눈을 감는다. 내 남편의 큰 바다 같은 숨결이 나를 흔들어 재운다. 그러자 내 허벅지가 근질거리기 시작한다. 나는 그 신호를 무시하고, 얼굴을 베개에 묻고, 두 다리 사이에 깃이불을 둥그렇게 감아 넣으며 긁지 않으려고 애를 쓴다. 하지만 근질거림은 머리로, 팔로, 배로 조금씩 번져 간다.

에필로그

이번 주엔 내가 비상수단을 썼다. 아내의 수첩이 그 것을 보여 주는 증거이다. 온갖 것이 수첩에 기록되어 있다. 소파에 앉아 있는 동안 그녀가 세 번이나 내 손을 잡으려고 했을 때 내가 손을 빼냈던 일도 적혀 있다. 내 아내는 무엇이든 다 기록한다. 고생이 참 많겠다.

내가 무척 좋아하던 일 중에, 한밤중에 아내를 깨워 사랑한다고 말해 주는 일이 있다. 이튿날 아침에 아내 가 행복감에 차서 빛나는 모습을 보는 게 좋았다. 아내 는 몇 시간이 지나고 나면 불안한 목소리로 전화를 걸 어 내가 정말로 사랑을 고백했는지 확인하곤 했다. 물 론, 매번 그랬듯이 나는 차분한 목소리로 아니라고 했 다. 그렇게 하면, 아내가 어이없어하는 모습을 보게 된다.

여보, 생각해 보면 믿을 수가 없어. 당신이 당신 귀를 믿으면 되는 일이잖아. 나는 당신한테 같은 말을 세 번 했어. 당신 스스로를 성모님 믿듯 믿어야지. 자신감을 가져야 해. 자신을 그렇게까지 의심하는 건 있을 수 없는 일이야. 내 아내의 상처받기 쉬운 약한 모습을 보면 때로는 현기증이 나기도 한다. 내가 어디까지 가야 아내가 반응을 보이지 않고 넘어갈 수 있을까? 아내가 나를 덤덤하게 대할 날이 올까? 아내가 스스로 격분하지 않는 날이 오게 될까?

내가 인정해야 할 일이지만, 지난 며칠 동안 나는 아내를 끝까지 밀어붙였다. 수요일 점심시간에 이탈리아 레스토랑의 예쁜 여자 종업원에게 고집스레 눈길을 보낸 일, 한밤중에 대화하다가 잘 자라는 말도 하지 않고 잠든 일, 오늘 아침 잠깐 얘기할 시간을 갖자고 하면서 짐짓 아무렇지도 않은 표정을 지어 아내를 겁먹게 만든 일. 게다가 나는 루이즈와 니콜라의 집에서 아내에게 다정하게 굴지 않았다. 하지만 정직하게 말하자면, 아내가 귤 이야기를 가지고 그렇게 화를 낼 줄은 몰랐다. 정말이지 나는 귤이 아내와 잘 어울린다고 생각했다. 귤은 달콤하고도 새콤하다. 지치지 않고 1천 개도 먹을 수 있을 것 같다.

이번 주는 유난히 강렬했다는 것을 인정한다. 하지만

아내가 우리 딸아이의 생일 파티 도중에 피에르와 함께
자리를 비웠던 일은 잘 이해가 되지 않는다. 진지하게
그런 행동을 벌인 것일까? 그들이 욕실에서 나오는 모
습을 누가 보지 않았을까 정말로 걱정스러웠다. 그건
별로 영리한 짓이 아니었다. 복도 창문이 정원 쪽으로
나 있으니까 말이다.

나는 그 일과 관련하여 아내를 탓하지 않는다. 아내
의 눈길이 미치는 곳에서 아내가 가장 좋아하는 여자
친구를 끈질기게 꾀는 것은 아내의 심사를 꼬이게 할
수 있다는 점을 예상했어야 했을 것이다. 그리고 매번
그랬듯이, 나는 바로 그날 밤 아내와 사랑을 나누었다.
나는 아내가 다른 남자와 잘 때면 어김없이 아내랑 사
랑을 나눈다. 내 나름대로 영역을 표시하는 것이다. 그
리고 나로서는 아내를 원망하지 않는다고, 아내를 용서
한다고 조용히 말하는 방식이기도 하다.

다음 주에는 본보기가 될 만한 행동을 아내에게 보여
주고자 한다. 수첩에 단 한 줄도 기록되지 않도록, 아주
작은 실수도 범하지 않으려 한다. 열의를 조금 과하게
표현하는 것도 나쁘지 않을 것이다. 즉흥적으로 사랑을
고백하고 매우 아름다운 선물을 주는 것 말이다. 아내
는 벌써 베네치아 여행에 관해서 알고 있을 것이다. 일

부러 시간을 들여서 내 이메일을 뒤졌을 테니까 — 그 래도 그 여행은 아내에게 큰 기쁨을 줄 것이다.

힘의 경쟁 상태를 나에게 유리하도록 유지하는 데는 비결이 있다. 강도에 변화를 주면서 게임을 하는 게 그 비결이다. 만약 모든 주일이 이번 주와 같았다면, 아내 는 지쳐 버린 나머지 결국 아무것도 느끼지 못하는 상 태에 이르렀을 것이다. 그래서, 한 주를 점점 고통이 늘 어나는 방식으로 — 월요일에서 일요일까지 템포를 높 여 가는 방식으로 — 이끌었다면, 그 뒤에는 한 주를 편 하게 보낼 수 있도록 만들어야 한다. 아내가 경계를 늦 추도록 만들어야 하는 것이다. 그러면 아내는 스스로 알아서 상대적으로 생각하고, 더 나아가 죄의식도 느끼 게 된다 — 내 남편과 나는 멋진 순간들을 보내고 있잖 아, 남편이 이토록 날 사랑하는데 어떻게 그런 식으로 남편을 원망할 수 있지? 하는 식으로.

나의 마지막 전략을 실행에 옮기려면 우리 사이에 평 온한 기후를 조성할 필요가 있다. 나는 이번 주에 새로 운 남성 피임법이 있다는 사실을 알아냈다. 그 정보를 바탕으로 아내에게 아이를 하나 더 낳자고 제안하는 방 안을 생각해 냈다. 체온을 이용하여 피임을 하되 다시 원래의 상태로 돌아갈 수 있는 이 피임법은 아내에게 숨기기가 쉬울 것이다. 이 방법을 사용하면 아내는 자기가 임신할 수 없는 여자가 되었다고 생각할 것이다. 심지어는 자기가 갱년기에 접어들었다고 믿을 수도 있다. 내가 원하는 것을 나에게 줄 수 없다는 생각에 아내는 몇 달 동안 불안해할 것이다. 내가 아이를 낳아 줄 수 있는 더 젊은 여자를 만나기 위해 나를 떠날 거라는 불안한 생각 때문에 안절부절못할 것이다. 아마도 이 피임법을 몇 달 동안 사용하게 되지 않을까 싶다. 그러다가 아내가 아이를 더 기대하지 않게 되면, 아내를 임신시킬 것이다. 만약 내가 지금 당장 아내에게 아기를 갖게 하면, 아내는 아이를 덜 사랑하게 될 것이다. 우리 두 사람 모두 알고 있다시피, 모성애는 내 아내의 강점이 아니다. 거듭거듭 생각해 보니, 그 세 번째 아이는 나에게 큰 기쁨을 줄 것이다. 니콜라와 루이즈가 아이를 낳고 행복해하는 모습을 보고 나서, 아이를 더 낳고자 하는 욕구가 커졌다.

나를 겨냥한 수첩이나 형벌 체계 따위는 아무래도 좋다. 그건 내 아내에게 맡긴다. 나는 내 욕구에 따라 행동한다. 나는 내가 하고자 하는 것을 한다. 아내가 그리우면 아내를 만나고, 아내가 짜증 나게 하면 멀리 떨어진다. 아내가 나를 위해 무엇이든 할 준비가 되어 있는 것을 보면 마음이 편하다. 그것은 내 힘을 돋우기도 하고, 무엇보다 나에게 안정감을 준다. 세상의 어떤 여자도 내 아내처럼 나를 사랑하지 않으리라. 그게 바로 내 아내이다.

참고 자료

소설의 주인공은 마르그리트 뒤라스의 『연인』을 다시 읽는다. 파스칼의 『팡세』를 인용하기도 한다. 고교의 마지막 학년 때 공부한 그 고전을 떠올리는 것이다. 그런가 하면 자신을 라신 작품의 주인공 페드르와 닮은 사람으로 여기도 한다(이런 점에서 우리는 17세기 프랑스 고전주의 사상을 따르는 뚜렷한 성향에 유의하게 된다).

자기 승용차를 타고 갈 때, 우리 주인공은 뱅 마쥐에의 최신 앨범 「낙원Paradis」을 듣는다. 이 가수를 두고 그녀는 다른 생애에서 그와 사랑에 빠졌을 수도 있다고 즐겨 상상한다. 승용차의 글러브 박스에는 슈퍼트램프의 1982년 앨범 「유명한 마지막 말Famous Last Words」이 들어 있다. 「지금은 날 떠나지 마Don't Leave Me Now」라는 노래가 담겨 있는 앨범이다. 주인공은 딸아이에게 보비 헤브의 「Sunny」를 불러 준다. 그리고 여러 해 전부터 베로니크 상송의 노래, 특히 「사랑에 빠진 여자Amoureuse」를 되풀이해서 듣고 있다.

주인공의 남편은 거실에서 렉스 오렌지 카운티의 노래 「사랑하기는 쉽지Loving Is Easy」를 듣는다. 그가 가장 좋아하는 노래는 프랭크 시나트라가 부른 「데이 바이 데이Day by Day」이다. 클래식 음악 쪽으로는 그저 모차르트만을 숭배한다. 그래서 토요일 저녁이면 거실 오디오로 모차르트의 「교향곡 40번 G 단조」를 틀어 놓는다.

주인공인 화자가 가장 좋아하는 영화는 오드리 헵번이 주연을 맡은, 윌리엄 와일러 감독의 「로마의 휴일」이다. 니콜 키드먼과 그레이스 켈리 역시 소설에 나온다. 화자는 이탈리아의 철학자이자 법학자인 베카리아의 1764년 저서 『범죄와 형벌』— 근대 형법의 초석이 된 저작 — 에서 영감을 얻어 자기의 형벌 수첩을 작성한다. 끝으로 우리는 번역가이기도 한 화자가 어떤 작품을 옮기고 있는지 상상할 수 있다. 아일랜드의 소설가 샐리 루니의 첫 소설 『친구들과의 대화』를 번역하는 중이 아닐까 머릿속에 그려 볼 수 있는 것이다.

감사의 말

원고 더미에서 내 원고를 알아봐 준 내 편집인 실비 그라시아에게. 그 원고를 솔직하고 엄밀하게, 발랄하게 키워 준 것에 감사한다. 출판인 소피 드 시브리에게도 감사한다. 그는 내 텍스트를 믿어 주고, 그것에 거금을 걸었다. 리코노클라스트 출판사의 모든 팀원 — 콩스탕스 베카리아, 아델 르프루, 소피 랑글레, 알리스 위그, 알리나 귀르디엘 등 — 에게도 감사한다. 이 출판사는 글쓰기 좋고 책 내기 좋은 집이다. 진짜 집이다.

집필의 여러 단계에서 내 원고를 읽어 준 모든 이에게 감사한다. 그들은 두근거리는 마음으로 초고부터 출판사에 보내기 직전의 원고까지 읽어 주었다. 여러분 모두가 내 텍스트에 지문을 남겼다.

정기적으로 당신의 집을 나를 위한 집필 공간으로 변화시켜 주신 부모님께, 그리고 다미앵과 마리 루와 레오나르와 루이즈에게 감사한다. 이 가족은 오래전부터 나를 사랑으로 감싸 주고 있다. 당신들은 내 삶의 행운이다.

내가 온 힘을 낼 수 있도록 해준 친구들에게 감사한다. 조에, 뤼시, 니콜라, 발랑탱, 토마, 모드, 엘레오노르, 샤를로트, 클레망스, 마리안, 잔, 로레나. 당신들은 나의 비밀 군대다.

기쁨을 주고 새로운 지평을 열어준 피에르에게.

브르타뉴의 파도 소리를 알게 해준, 내 친구이자 그늘에 묻혀 지내는 문학 조언자인 마리옹에게. 그가 없었다면 이 책도 없었을 것이다. 이 텍스트와 내 삶에 관한 그의 눈길은 나에게 무한히 소중하다.

이 책을 쓰던 3년 동안 나를 지지해준 미카엘에게. 나는 너를 미치도록 사랑했어.

옮긴이의 말

사랑하는 이들이여, 그대들 사랑에 언제든 다행한
빛이 있으라.

— 소설가 구보

다시 떠올리는 디드로의 우화

자크가 자기 사부에게 말했다. 「저, 사부님, 별것
아닌 일을 두고 금언이 될 만한 말씀을 길게 하셨습
니다만, 그 모든 게 저희 마을에서 밤마실 갔을 때 들
었던 오래된 우화만 못합니다.」

「그게 어떤 우화지?」 사부가 물었다.

「도실(刀室)과 소도(小刀), 즉 칼집과 작은 칼의 우
화[1]입니다. 어느 날 도실과 소도가 말싸움을 벌였어

---

1 Gaine와 Coutelet의 우화. Gaine은 칼집이고, Coutelet는 작은 칼이지
만, 〈작다〉는 말을 빼고 그냥 〈칼집과 칼의 우화〉라고 옮기기도 한다.

요. 소도가 도실에게 말했죠. 〈도실, 이 사람아, 당신
은 너무 헤퍼. 매일같이 새 소도를 받아 주고 있잖
아…….〉 도실이 소도에게 대꾸했어요. 〈소도, 이 친
구야, 당신이야말로 너무 헤퍼. 매일같이 도실을 바
꾸잖아…….〉 그러자 소도가 〈도실, 당신이 나한테
약속한 건 이게 아냐…….〉 그에 맞서 도실이 〈소도,
먼저 배신한 건 당신이야…….〉 이 말싸움은 식탁에
앉았을 때 벌어진 일이었어요. 도실과 소도 사이에
앉아 있던 이가 발언권을 얻어 그들에게 말했어요.
〈당신 도실, 그리고 당신 소도, 당신들이 변하는 것은
잘한 일이오. 변하는 게 좋아서 한 일이니까 말이오.
하지만 변하지 않겠다고 약속한 건 잘못이오. 소도,
신은 당신이 여러 도실에 들어가도록 만들었다고 생
각하지 않았소? 그리고 도실, 신은 당신이 여러 소도
를 받아들이도록 만들었다고 생각하지 않았소? 어떤
소도들은 도실 없이 살겠다고 마치 일괄 계약을 하듯
이 서약하고, 어떤 도실들은 소도를 일절 받아들이지
않겠다고 서약하오. 당신들은 그런 소도와 도실이 미
쳤다고 생각했소. 그러고는 당신들 스스로 이렇게 맹
세했소. 도실, 당신은 단 하나의 소도로 만족할 거라
고 맹세했고, 소도, 당신은 단 하나의 도실로 만족할

거라고 맹세했소. 그런 당신들 역시 미친 거나 다름
없는데, 그렇게 생각하지 않았소.〉」

　　그러자 사부가 자크에게 일렀다. 「자네 우화는 별
로 도덕적이진 않지만 재미있군.」

　　이건 250년 전에 프랑스의 계몽사상가이자 철학자,
극작가이자 소설가인 드니 디드로가 들려준 우화다. 저
작 활동을 시작하던 무렵부터 성과 사랑, 성적인 욕망
의 지속과 변화 같은 문제를 중요하게 다루었던 디드로
가 노년에 저술한 『자크라는 운명론자와 그의 사부』[2]라
는 멋진 소설에서 〈말뚝이〉 같기도 하고 돈키호테를 모
시는 〈산초〉 같기도 한 자크가 이런 얘기를 들려준다.
당대의 프랑스 사회는 사랑과 연애에 깊은 관심을 쏟고
있었고, 오세아니아 지방의 섬들이 잇달아 발견되면서
원주민들의 자유로운 성 풍속에 관한 이야기가 널리 퍼
져 있었다. 그에 따라 문명사회의 온갖 규율과 격식을
벗어난 자유로운 성관계가 인간 본성에 충실한 것이라
고 주장하는 분위기가 고조되었다. 디드로는 이러한 시
대 분위기와 자연 과학 및 의학의 성과를 받아들이면
서, 구체적 삶과의 연관 속에서 실제적인 도덕을 찾고

　　2 〈운명론자 자크와 그의 주인〉이라 번역하기도 한다.

싶어 했다. 그는 당대의 사회 진보를 막는 것으로 여겨지던 기독교 사상을 혁신하기 위해 무신론을 발전시키고, 무신론의 인식론적 근거로서 유물론 철학을 정립했다. 디드로의 유물론 철학에서 중요한 것은 만물이 끊임없는 유동이며 의식도 이 끊임없는 물질 운동의 결과라는 것이다. 성행위 역시 물질 운동에 기반한 자연적 행동이고, 사랑이란 관념도 물질 운동의 소산이라 본다면, 여자와 남자가 사랑하다 마음이 변하는 것은 당연한 일이고, 결혼 서약이나 정절의 요구는 자연에 반하는 것이 된다. 그러나 디드로는 공동체의 행복과 미덕의 증진을 추구하는 계몽사상가이기도 했다. 그래서 디드로는 성에 대한 모든 구속에 의문을 제기하면서도, 이성에 바탕을 둔 미덕을 추구하며 갈등했다. 그런 갈등이 대화체 소설 『자크라는 운명론자와 그의 사부』나 『여성에 대하여』라는 에세이나 「이것은 콩트가 아니다」, 「드라카를리에르 부인」, 「부갱빌 여행기 부록」 같은 콩트 등을 통해 흥미진진한 방식으로 표현되었다.

그 뒤로 250년이라는 짧지 않은 세월이 흘렀고, 과학 기술이 경이로운 수준으로 발전했지만, 디드로가 고민하던 문제는 별로 해결되지 않았다. 그래서 세상 사람들이 앞다투어 읽는 소설 중에는 여전히 연애와 성과 결혼을 다룬 작품이 가장 많고, 그런 작품들을 읽을 때면 디드로의 우화를 버릇처럼 떠올리게 된다. 밀란 쿤데라의 『참을 수 없는 존재의 가벼움』이나 미셸 우엘벡의 『소립자』를 읽을 때도 그러했고, 모드 방뛰라의 『내 남편』을 읽을 때도 그러하다.

우리는 언제까지 사랑과 성 때문에, 결혼 때문에 고민하며 살게 될까?

「결혼의 풍경」— 48년 뒤 밀레니얼 세대가 다시 묻는다

그런 마음에서 『내 남편』이라는 소설에 대한 프랑스 독자들의 열띤 호응에 주목하게 된다. 밀레니얼 세대의 발랄하고 영리한 작가가 부부 관계에 관한 소설을 썼다는데, 왜 그렇게 많은 사람이 그 소설에 관심을 가졌을까? 아직도 부부 이야기, 사랑 이야기가 수십만의 독자를 사로잡을 수 있다고? 프랑스 독자들이 가장 좋아하는 작가 중 한 명인 아멜리 노통브는 『내 남편』을 가리켜 〈억제할 수 없는 희열〉을 느끼게 하는 소설이라고 말했다.

프랑스, 벨기에와 스위스의 많은 언론이 이 소설에 관한 서평을 내놓았다. 무엇보다 프랑스의 저명한 문학 전문 기자 제롬 가르생이 『르 누벨 옵스』에 실은 서평이 역자의 감상평과 아주 가까웠다. 가르생은 『내 남편』이 스웨덴의 거장 잉마르 베리만 감독의 TV 시리즈 「결혼의 풍경」을 현대판으로 재해석한 작품이라고 하면서, 1973년에 나온 그 작품에 영국의 스릴러 작가 루스 렌델이 가필을 하고, 해학과 풍자의 달인인 프랑스 희극 배우 블랑슈 가르댕이 각색을 맡은 가볍고 풍자적인 희극이라고 단언한다. 〈마지막에 숨겨 둔 마키아벨리적인 반전이 너무나 뜻밖이고 너무나 성공적이어서, 이 보드빌을 즉시 다시 읽고 싶어진다. 덫과 눈속임이 감추어진 이 발랄한 희극은 우리에게 윙크를 던지고, 우리는 그 추파에 무너진다〉는 권유의 말에도 강한 설득력이 있다.

2021년 『내 남편』이 출간되던 무렵에, 잉마르 베리만이 1973년 연출한 6부작 TV 드라마 「결혼의 풍경」이 48년 만에 미국에서 현대판으로 각색되어 HBO 채널을 통해 5부작으로 방영되었다. 하가이 레비 감독이 각색과 연출을 맡은 이 리메이크 작품은 〈역사상 가장 위대한 연출가〉라는 찬사를 받았던 베리만의 원작에서 크게 벗어나지는 않았다. 하지만 반세기 가까운 세월이 흐르는 동안 젠더에 관한 시각이 확연히 달라졌기에 그런 점을 보태어 넣었다고 할 수 있다. 원작과는 달리,

이번에는 떠나려는 쪽이 남편이 아니라 아내라는 점도 그런 차이에 속한다.

베리만의 「결혼의 풍경」은 10년 차 부부 마리안과 요한의 이야기다. 마리안은 이혼 전문 변호사이고 요한은 심리학 교수이다. 그들은 그렇게 안정된 직업을 가진 부유한 부부로서 두 딸을 두고 있다. 잡지에 두 사람의 인터뷰가 실릴 만큼 이상적인 커플로 평가된다. 그러던 어느 날 요한이 폴라라는 젊은 여자와 사랑에 빠졌다고 고백하면서 이튿날 파리로 떠날 거라고 통보한다. 보부아르와 사르트르 식의 계약 결혼이 신선한 대안으로 유행하던 시대의 젊은 지식인답게 자유로운 사고방식으로 계약을 맺고 결혼하여 이상적인 부부상을 가꾸어 오던 그들에게, 솔직하지만 잔인하기 짝이 없는 방식으로 계약 파기가 선언된 것이다. 마리안에게는 혼란과 반성과 절망의 시간이 찾아온다. 이별 후 1년 만에 두 사람은 다시 마주 앉아 이야기를 나누고, 함께 잠자리에 들지만 사랑이 다시 돌아오지는 않는다. 〈우리는 서로를 세속적이고 불완전한 방식으로 사랑했을 뿐〉이라는 요한의 말이 긴 여운을 남긴다. 그런데 밀레니얼 세대의 방송인, 팟캐스트 제작자, 소설가인 모드 방튀라는 베리만의 「결혼의 풍경」에 스릴러 같은 긴장과 절묘한 해학을 더하여 아주 발랄하고 아슬아슬하고 재미있는 현대판을 만들었다. 분명히 사랑과 결혼과 부부 관계에 관해서 말하고 있는데, 접근 방식이 독특하다. 주인공 〈나〉는 사랑을 이루지 못해 괴로운 사람이 아니라, 사랑이 너무 강렬해서 마음을 다치기 쉬운 사람이다. 남편을 뜨겁게 사랑하기에 그녀가 짊어진 감정의 부하는 너무 무겁다. 남편에게 온통 마음을 쏟고 있는 탓에, 그녀의 생각은 너무 복잡하고 감성은 너무나 섬세하다. 그녀가 들려주는 이야기를 읽어 갈수록, 이러다가 뭔가 나쁜 일이 벌어지지 않을까 하는 불안감이 고조된다. 그러다가 문득 나타나는 반전, 그리고 또 다른 반전!

디드로가 사랑과 성과 결혼에 관한 깊은 성찰을 해학과 풍자의 방식으로 전하려 했듯이, 모드 방뛰라는 뒤집어진 방식으로, 해체했다가 다시 구성하는 방식으로 부부간의 사랑이라는 주제를 익살스럽게 다룬다.

〈여자만의 촉〉이라는 환상

〈여자의 촉〉, 〈여자의 감〉. 우리가 살아가면서 숱하게 듣는 말이다. 〈우리 아내의 촉이 정말 대단하더라고!〉 하면서 아내에게 무언가를 들킨 사연을 들려주는 남자들도 적지 않다. 부부간의 고충을 토로하는 예능 방송

에도, 〈여자에게는 남자와 다른《촉》이 있잖아요!〉라고 목청을 높이면서 경험담을 말하는 사람들이 종종 나온다. 일본 사람들도 〈온나노칸(女の勘)〉이라 하면서 여성의 직감이 예리하다는 것을 인정해 온 지 오래다.

『내 남편』은 대다수 서평이 말하듯이, 아내의 정서적 의존증을 이야기하는 소설이지만, 우리 독자들은 그렇게 읽는 것에 그치지 않고, 우리가 흔히 말하는 그 〈여자만의 촉〉이라는 개념이 어떻게 만들어진 신화인지 생각하게 될 것이다.

〈여자만의 촉〉이라는 말은 여성이 매우 섬세하고 감성적인 존재라는 믿음으로 이어지기 쉽지만, 조금만 더 생각해 보면 그 개념은 기나긴 세월에 걸쳐 이루어진 사회화와 성차별의 결과임을 깨닫게 된다. 가사 노동과 육아를 전담하고 있는 사람의 처지에서 생각해 보라. 밖에 나가서 자유롭게 사회적 활동을 하는 배우자가 평일 저녁에 늦게까지 돌아오지 않는다면, 그가 어디에서 무엇을 하는지 궁금해하고 이런 일 저런 일을 상상하는 게 당연하지 않은가? 가정에 갇혀 있는 사람이 불신의 눈길을 보내는 것은 기울어진 운동장에서 불리한 쪽에 있는 사람에게는 자연스러운 일이다.

이 문제와 관련해서 모드 방퇴라가 방송 인터뷰에서

한 말을 참고하면, 소설을 더 잘 이해하는 데에 도움이 되리라고 생각한다.

SNS 기반의 동영상 전문 신생 업체인 브뤼Brut와 인터뷰를 하면서, 모드 방튀라는 『내 남편』이 페미니스트 소설이냐는 물음에 이렇게 답한다.

〈그렇다. 대단히, 매우매우 페미니스트적이다. 『내 남편』은 분명 페미니스트 소설이다. 왜냐하면 애정 관계에 대해서 말하고 있고, 의존성을 다루고 있으니까. 나에겐 두 가지 길이 있었다. 우선 자유롭고, 강하고, 독립적인 여자 주인공, 남자의 보호를 받지 않고 자아를 실현해 나가는 주인공이 나오는 소설을 쓰는 방법이 있었다. (……) 그런가 하면, 완전히 반대되는 길을 가는 방법이 있었다. 의존적이고, 자유롭지 않은 여자의 이야기를 들려주는 길 말이다. 오로지 자기 남편을 위해서 사는 여자, 남편이 퇴근해서 돌아오는 시각에 맞춰 남편이 좋아하는 요리를 해주는 여자가 알고 보면 하나의 괴물이라는 것을 보여 주는 것이다. 그런 여자의 삶은 남편을 중심으로 돌아가지만, 그 역명제가 진리인 것은 아니다. 나는 바로 거기에 테마가 있다고 생각한다. 이 소설에서, 나는 다른 무엇보다 부부의 문제를 다루고 있다. 부부는 페미니즘을 논하기 위한 중요한 영역이다. 내가 하고 싶은 말은, 급여 평등이 문제가 되는 기업의 세계나, 어떤 권리를 누리느냐 누리지 못하느냐를 다투는 의료 분야에만 페미니즘의 논의가 있는 게 아니라는 거다. 그런 것들이 페미니즘의 의제인 건 분명하지만, 그것만 있는 건 아니다. 이성애자들 사이의 관계를 대등하고 행복하게 만드는 것, 그것 역시 큰 싸움이라고 생각한다. 그 싸움은 무엇보다 가사 노동을 평등하게 분담하는 단계를 거치지만, 그것으로 끝나는 게 아니다. 정신적인 부하, 감정적인 부하를 평등하게 분담하는 단계도 거쳐 가야 한다. 사실, 부부가 말다툼을 벌일 때 일이 어떻게 돌아가는지 아는 임무를 맡는 쪽은 대개 여자다. 그런 감정적인 부하를 담당하는 쪽은 분명 여성이다. 부부가 페미니즘의 중요한 영역인지 보여 주는 사례는 무수히 많다. 나는 페미니스트이고, 부부 사이에서의 페미니즘을 다루고 있다.〉

이어서 기자가 〈나는 남자다. 내가 당신의 책을 여자만큼 잘 이해할 수 있으리라고 생각하는가?〉라고 묻자, 모드 방튀라의 대답은 이렇게 이어진다.

〈그렇다, 당연히 잘 이해할 수 있을 것이다. 『내 남편』은 의존성과 열렬한 사랑에 관해서 말하는 소설이다. 남자도 이런 테마에 감동을 받을 수 있다고 생각한다. 하지만 내가 생각하기에, 여자들은 너무나 오랫동안 자기들의 삶이 남자를 중심으로 돌아가게 하도록 사회화되었다. 너무나 오랫동안 자신의 진정한 삶이 결혼하는 날, 어머니가 되는 날 시작된다고 생각하도록 사회화되었다. 그래서 내가 보았을 때, 『내 남편』이 다루고 있는 것은 페미니즘과 관련된 테마이고, 여자들을 특히 더 많이 감동시킬 수 있는 테마이다. 나는 1990년대에 성장했다. 솔직히 말해서, 우리가 보고 자란 디즈니 만화 영화는 우리에게 《강하고 독립적이어야 한다, 그게 행복의 열쇠야》라고 말하지 않는다. 그보다는 이렇게 말한다. 《프린스 차밍을 기다려. 두고 봐. 그가 곧 올 거고 너의 진정한 삶이 시작될 거야.》따라서 많은 노력을 기울여 해체의 작업을 벌여야 한다. 특히 여자들에게 그런 작업이 필요하리라 생각한다.〉

번역가가 주인공인 소설의 신선한 매력

이 소설의 또 다른 매력 중 하나는 에리크 오르세나의 『두 해 여름』처럼 주인공이 번역가라는 점이다. 작가는 아마도 주인공의 섬세하고 꼼꼼한 성향, 완벽한 경지에 도달하려고 이리저리 생각하고 끊임없이 고민하는 태도를 더 잘 드러내기 위해 번역가라는 직업을 선택했을 것이다. 그래서 번역의 직접적인 경험이 없음에도 번역가의 흥미로운 작업 방식을 자세하게 묘사하는가 하면, 번역어를 선택하는 과정이나 번역문을 만들어 가는 과정을 보여 주기도 한다.

제목을 옮기는 것 말고는 이 소설을 번역하는 데에 큰 어려움이 없어 보인다. 나는 평소에 하는 방식대로 작업을 진행했다. 먼저 작가의 사고 체계에 친숙해지는 일부터 시작했다. 작가가 즐겨 쓰는 표현, 작가가 문장을 시작할 때 자주 쓰는 방식, 작가가 자신도 모르게 반복하는 말투, 작가가 좋아하는 어법을 알아냈다. 나는 그녀의 머릿속에 들어갔고, 그녀의 추론 방식을 독자에게 온전히 보여 줄 수 있도록 그 추론을 내 것으로 만들었다. 몇 달에 걸쳐 작업을 행한 뒤라, 이제는 그녀의 몸짓과 목소리를 내 것으로 만들었다고 말할 수 있다.(44면)

정말 번역가로 일해 본 적이 있는 사람처럼 번역가의 일을 얘기해 나가는 작가의 품새가 믿음직하고 야무지다. 번역가들의 에세이나 번역 이론서에서도 찾아보기 어려운 명구들도 많다. 번역용 어휘를 모으고 주제별로 나누어 색깔이 서로 다른 여러 수첩에 기록해 두었다가 실제로 활용하는 얘기도 재미있다. 번역가가 실제로 하는 일을 오밀조밀 설명해 나가는 모습이 정겹다.

또, 번역자가 예전에 자신에게 다짐하듯 했던 말을 주인공이 똑같이 하는 것을 보고 깜짝 놀라기도 했다.

사람들에게 이런 질문을 받은 적이 있다. 번역가로 일하다 보면 스스로 자기 글을 쓰고 싶다는 생각이 들지 않더냐고. 대답은 언제나 똑같았다. 나는 스스로 작가라 느끼지 않는다. 번역자로 일할 때, 나는 그저 해석자일 뿐이다. 이렇게 해석자로 일하는 것이 나에겐 더없이 잘 어울린다. 나는 무언가를 창안하지 않아도 된다. 그게 딱 맞는다. 나는 상상력이 별로 없으니까 말이다. 나는 살펴보고 분석하고 추론하기를 더 좋아한다. 나무나 열매의 껍질을 벗겨 그 속을 살피듯이 원문을 면밀하게 분석하여, 원문의 함의를 밝혀내고, 그 무언의 울림을 드러내는 일을 좋아한다. 마치 감춰진 증거를 찾아 나가는 수사관처럼 치밀하게 조사하는 일이 마음에 든다. 게다가 나는 마르그리트 뒤라스의 이 말을 종종 떠올린다. 〈나는 글을 쓴 적이 없으면서 글을 쓴다 믿었다.〉 그 말을 떠올리면 어김없이 이런 경고가 날아들었다. 조심해, 네가 글을 쓰고 있다고 생각하지 마, 너는 번역을 하는 거야.(46면)

모드 방튀라는 정말 영리하고 재능이 많은 작가이다. 앞으로도 펜을 놓지 않고 계속 써나갈 작가임이 분명하며, 벌써 그의 두 번째 소설이 그려진다.

2024년 5월
이세욱

옮긴이 **이세욱** 1962년에 태어나 서울대학교 불어교육과를 졸업하였으며, 현재 전문 번역가로 활동하고 있다. 옮긴 책으로 베르나르 베르베르의 『개미』, 『웃음』, 『신』(공역), 『인간』, 『나무』, 『상대적이며 절대적인 지식의 백과사전』(공역), 『뇌』, 『타나토노트』, 『아버지들의 아버지』, 『여행의 책』, 움베르토 에코의 『프라하의 묘지』, 『로아나 여왕의 신비한 불꽃』, 『세상의 바보들에게 웃으면서 화내는 방법』, 『세상 사람들에게 보내는 편지』(카를로 마리아 마르티니 공저), 장클로드 카리에르의 『바야돌리드 논쟁』, 미셸 우엘벡의 『소립자』, 미셸 투르니에의 『황금 구슬』, 카롤린 봉그랑의 『밑줄 긋는 남자』, 브램 스토커의 『드라큘라』, 파트리크 모디아노의 『우리 아빠는 엉뚱해』, 장자크 상페의 『속 깊은 이성 친구』, 에리크 오르세나의 『오래오래』, 『두 해 여름』, 마르셀 에메의 『벽으로 드나드는 남자』, 장크리스토프 그랑제의 『늑대의 제국』, 『검은 선』, 『미세레레』, 드니 게즈의 『머리털자리』 등이 있다.

내 남편

발행일 **2024년 5월 20일 초판 1쇄**

지은이 **모드 방튀라**
옮긴이 **이세욱**
발행인 **홍예빈 · 홍유진**
발행처 **주식회사 열린책들**

경기도 파주시 문발로 253 파주출판도시
전화 031-955-4000 팩스 031-955-4004
www.openbooks.co.kr